青少年阅读丛书

一定要知道的爱国故事

文聘元　编著

吉林人民出版社

图书在版编目(CIP)数据

一定要知道的爱国故事 / 文聘元编著 . -- 长春：
吉林人民出版社, 2012.4
（青少年阅读丛书）
ISBN 978-7-206-08761-5

Ⅰ.①一… Ⅱ.①文… Ⅲ.①故事－作品集－世界
Ⅳ.①I14

中国版本图书馆 CIP 数据核字(2012)第 071332 号

一定要知道的爱国故事

YIDING YAO ZHIDAO DE AIGUO GUSHI

编　　著：文聘元
责任编辑：门雄甲　　　　　　　　封面设计：七　洱
吉林人民出版社出版 发行（长春市人民大街7548号　邮政编码：130022）
印　　刷：北京市一鑫印务有限公司
开　　本：670mm×950mm　　1/16
印　　张：12.75　　　　　　　字　　数：150千字
标准书号：ISBN 978-7-206-08761-5
版　　次：2012年7月第1版　　　印　　次：2023年6月第3次印刷
定　　价：45.00元

CONTENT 1

目录

目录
CONTENT

2

伟大的爱国诗人屈原

屈原的大名我们都听说过，他可以说是中国历史上第一个伟人、至少是第一个真实存在的伟人、第一个得到广大的中国人民衷心爱戴的伟人。

在他之前的伟人，要么只是传说，并没有足够的考古证据表明他们的存在，例如尧、舜、禹；要么虽然很可能有这个人，这个人也受到中国人历来的推崇，但对他的崇拜主要属于上层士大夫，而不是广大的普通民众，例如商汤、周文王、周武王等。

屈原姓屈名平，字原，但我们一般称他为屈原，而不是更加正式的屈平。

屈原是著名的楚武王的直系后代，也就是说，是楚国的王族。

屈原大约出生于楚威王元年，即公元前339年，出生地是丹阳，就是现在湖北的秭归，那里诞生了两个名人，一个是屈原，另一个是西汉的大美人王昭君。

屈原一生经历了楚威王、楚怀王、楚顷襄王三个王，但与他有直接关系的主要是楚怀王。

这个时期属于战国的晚期，已经分成七个主要诸侯大国，即秦、楚、赵、魏、韩、齐、燕，其中秦国是最牛的国家，其他六国都有被它灭掉的危险。所以当时天下的大势是秦想灭六国，而六国则想避免被秦灭掉。

由于屈原有能力，口才还特好，所以很早就在楚国当了大官，叫左徒，大概相当于后来的左丞相吧。楚怀王很信任他，几乎朝廷的所有政策都先征询屈原的意见，所有的国家重要公文也由屈原来写。

屈原不但有才能，更重要的是对楚国和楚怀王极其忠心，愿意为了楚国的富强流尽最后一滴汗、最后一滴血。

他深知当时的形势是楚国等其他六国如果想不被秦国灭亡，就要在国内发展生产，积极改革，做到国富兵强，同时还要联合起来，共同抵抗强大的秦国。在他的早年，也就是楚怀王信任他的日子里，屈原真的采取了这样的措施，使楚国一派生机勃勃，国富兵强，威震诸侯，成为七国中除秦之外最强大的国家，也成为六国对抗强大的秦国的领袖国家。

但有一句老话，人怕出名猪怕壮，或者说树大招风，"木秀于林，风必摧之"。屈原在楚国朝廷的显赫地位遭到了一些心胸狭窄、看不得别人成功的同僚的嫉妒，屈原这个人又太正直、讲原则、认死理，不会拉帮结派，同这些人嘻嘻哈哈打成一片。所以他越成功，遭到的嫉恨就越厉害。于是，许多坏家伙就开始在楚怀王面前说屈原的坏话，特别是另外一个高官上官大夫，经常在怀王面前诬陷屈原做了这样那样的坏事。楚怀王又是一个耳根子特软，不能分辨是非黑白的人，竟然相信了上官大夫的鬼话，疏远了屈原，甚至撤掉了他左徒的要职，让他去当没有实权的三闾大夫，负责楚国宗庙的祭祀和贵族子弟的教育之类的杂事。

没了屈原在旁边看着，楚怀王就开始办错事了。公元前304年左右，当时秦国的宰相张仪来到楚国，他骗楚怀王说，只要楚国同齐国断交，秦国就把一片宽达600里的肥沃土地送给楚国。要知道，当时楚国与齐国是盟国，它们联合起来对抗强大的秦国，只要楚国与齐国这对当时除秦之外最强大的国家结盟，秦国就不敢对楚国动手。由于狡猾的张仪早就用重金收买了楚怀王身边的奸臣靳尚、外表美丽但心地比较坏的妃子郑袖等，让他们充当秦国的奸细。他们纷纷劝楚怀王答应张仪。怀王竟然听信了他们的鬼话，同齐国绝交，然后去向秦国要600里地。但张仪却耍赖说：我哪说了600里，我说的是6里！

当时又没有录音机和录像机之类当场录下张仪的话，也没有事先签什么协议，张仪这一赖楚怀王一点办法也没有。

发现自己被张仪要了后，楚怀王被气个半死，两次向秦国发动攻击，结果都遭到惨败，被消灭了8万大军，就连大将军屈丐等都被秦军俘虏了，还被秦国占领了大片国土。

楚怀王这下才知道还是屈原对，明白了楚国同齐国结盟的重要性，于是又派屈原去齐国，要同齐国重修旧好。

屈原不辱使命，成功劝说了齐王不记恨楚怀王一时的糊涂，使齐楚再次结盟，再次共同对付既坏又强的秦国。

这下秦国又怕了，于是张仪又来到了楚国，使出了老一套。

本来，只要有点儿脑子的人，都不会再相信张仪的鬼话。可悲的是，这世上就有那样奇怪的人，怎么也不能吸取教训。结果，楚国又同齐国断绝了关系，甚至后来反倒与秦国结成了盟国，这就是"黄棘之盟"，实际上使楚国成了秦国的帮凶，好让秦国先去消灭其他国家，再回过头来干掉楚国。

屈原当然知道楚怀王这样干的可怕后果，多次恳切地劝说怀王。但这时候的楚怀王已经彻底糊涂了，不但不听，还将对他忠心耿耿的屈原从楚国的都城郢（位于今天湖北的江陵一带）赶走了。

又过了几年，秦王约怀王在武关相会。这时候屈原回到了郢都，他再次冒着被赶走的危险，力劝怀王不要上秦王的当。但楚怀王的小儿子子兰等却怂恿怀王答应。怀王又信了这些奸臣的鬼话，到了秦国的武关，结果会盟的当天就被秦国抓了起来，三年后客死异乡。就像司马迁老人家说的：使楚国"兵挫地削，亡其六郡，身客死于秦，为天下笑。"

怀王被秦国人扣留后，楚国由顷襄王接位，坏蛋子兰当上了令尹，就是楚国的宰相。顷襄王又是一个昏君，不仅不思报父仇，竟然去同秦国结为亲家。对他们这样的作为屈原当然极力反对。甚至当面指责子兰应该对怀王所受的屈辱与死亡负责。子兰和上官大夫等又不停地在顷襄王面前造谣诋毁屈原。于是楚王又一次赶走了屈原，这次把他赶得更远，一直被赶到了今天湖南的沅江、资江和湘江一带。这里现在是鱼米之乡，但当时却是遥远的尚未开发的蛮荒之地。

屈原被赶走后，楚国的宫廷里更没有人说真话了，秦国也露出了它的狰狞面目，不停地向楚国发动攻击，楚国的形势也越来越危险。到了顷襄王继位21年的时候，秦将白起攻破了楚国的都城郢，还步步深入，楚国眼看是没戏了，要亡国了。

一直在沅江、资江和湘江一带流浪的屈原眼看着这可怕的一幕幕，心如刀割，但又毫无办法。

终于，有一天，他绝望了。

他来到了汨罗江畔，跳了下去。

他跳下去时还抱着一块大石头，因为他完全地、彻底地绝望了，不想再苟活在这个世界上。

这时大约是公元前278年。

据说屈原跳江这一天是农历的五月初五，周围热爱屈原的楚人听说他投了江，纷纷乘着船去河里寻找他、想救他上岸，后来找不着，又把大量的米饭等食物丢进江里，希望鱼儿虾儿蟹儿不要吃他的尸体。此后每年的这一天当地人都做同样的事，这样发展下去的结果，就是赛龙舟和吃粽子，再后来这个风俗传遍了全中国，这一天也成了我们现在的端午节，又被称为屈原节或者诗人节。

现在我们要谈一下为什么说屈原是伟大的爱国者。

当时是战国时代，主要特点之一就是人才没有国界，那些有才能的人经常在各国之间跑来跑去，哪国肯用他，肯给他钱就为哪国效劳甚至卖命，各国的宰相等高官也大都不是本国人，例如张仪就是魏国人，另一个为秦国做出巨大贡献的商鞅则是卫国人，曾同时挂秦国之外的六国相印的苏秦则是东周洛阳人。其实春秋战国时代以楚国的人才最多，但楚国就是不会使用，因此后来就出现了"楚材晋用"这样的成语，意思就是说自己有人才不会用，却被别人用了。

以屈原这样的大才，只要他愿意，楚国不用他，他完全可以去别国，包括秦国，当宰相都是轻而易举的事，而当时那些有才能的人都是这么干的。唯有屈原不吃这一套，他就像着了魔一样不肯离开楚国，热爱楚国，君王对他再不好也死心塌地地忠心。

但就是这种忠心令人感动，令人崇拜！我本人，对屈原可是崇拜得五体投地，要是世界上还有一个人值得我崇拜，那就是屈原了！

因为屈原称得上是中国古往今来第一个伟大的爱国者，甚至是古往今来最了不起的、最伟大的爱国者之一！

同样了不起的是，屈原不但是一个伟大的爱国者，同样是一个伟大的诗人，他写了许多著名的诗歌，如《九歌》《离骚》《天问》等。

这些诗有多好呢，简而言之，它们完全可以与著名的《诗经》并驾齐驱。由于屈原是楚国人，这些诗便被称为"楚辞"。它在中国文学史上与"诗经"齐名，并称"风骚"二体。又由于后来终究是楚人灭掉了秦国——陈胜、吴广、刘邦、项羽统统都是楚人，汉朝也是楚人建立的，是楚人的王朝，所以对后世中国的诗歌，包括唐诗，产生最大影响的不是属于中原王朝的《诗经》，而是楚人屈原的楚辞。

屈原的诗歌中有一个最鲜明的主题，那就是爱，不但有对祖国的爱，还有对人民大众的爱，他最著名的诗歌《九歌》中的《国殇》就是表达了对祖国和保卫它的勇士们的爱：

出不入兮往不反，

平原忽兮路超远。

带长剑兮挟秦弓，

首身离兮心不惩。

诚既勇兮又以武，

终刚强兮不可凌。

身既死兮神以灵，

魂魄毅兮为鬼雄！

它的大意就是说：勇士们执着宝剑、挟着强弓，路再远也要出发，而且出发了就不会想活着回来！

诗的最后屈原歌颂道："你们真的很勇敢啊，你们这样的勇士谁敢欺凌！你们的躯体虽已破碎，但你们的英灵永存！你们的魂魄到了地下也是鬼中英雄！"

不但有对保卫祖国的勇士们的爱，屈原还在诗歌中表达了对广大普通的劳苦大众的深深的爱。在屈原所有诗句中，最令我们感动的也许会是《离骚》中的这一句：

"长太息以掩涕兮，哀民生之多艰！"

这句话的意思是说："我长叹一声啊，止不住那眼泪流了下来，我是在哀叹那人民的生活有多么艰难!"

此外,《离骚》中还有这样的句子:

"路漫漫其修远兮,吾将上下而求索。"
"亦余心之所善兮,虽九死其犹未悔。"

一心为赵的名将廉颇

廉颇这个名字大家也听说过,虽然不能与屈原比,但在中国历史上也称得上是大名鼎鼎的。廉颇是今天的山东德州人,就是出产著名的德州扒鸡的那个地方,他与白起、王翦、李牧并称"战国四大名将"。

廉颇出生和死亡的时间现在都不是很清楚了,他比较活跃的时期是赵惠文王、赵孝成王、赵悼襄王三个赵王时期,即公元前298年到公元前236年左右,是古代少有的长寿者。

这时候已经是战国晚期了,秦国独大,正虎视眈眈地想吞并其他六国,而六国之中赵国又是地理上与秦国最为接近者之一,又没有楚国那么强大。因此秦国要灭六国,统一天下,首先想灭掉的国家之一就是赵国。

相对而言,赵国要救亡图存,首先就要抵抗秦国。

正是在这个大背景之下,廉颇横空出世了。关于廉颇,我们看到的就是他一次次的统兵出战,击败一个个的强大对手,其中尤其是强大的秦国。

赵惠文王初,位于西部的秦国向东攻击赵国,廉颇统领赵军屡败秦军,使秦国知道想先吃掉赵国是墙上挂帘子——没门的事。这样就迫使秦国改变了战略,在赵惠文王十四年(公元前285年)与赵国讲和——实际上赵国不该答应,此后赵国与秦国又加上韩、燕、魏共同攻打齐国,齐国哪是五国联军的对手,大败。其中廉颇率领赵军大举攻入齐国,夺取了大片土地。回国之后,赵王封他为上卿,这是很大的官,只比宰相小点儿吧。

这时候就出现了中国古代史上最著名事件之一的"将相和",还有与它相关的"负荆请罪"的故事。

这事首先起因于"和氏璧",这可是当时最最有名的宝贝,也许是中国历史上最有名的宝玉,属于赵国。秦王十分想得到这块玉,就向赵王提出要用15座城来换。这样不可思议的大价钱赵王当然不敢不答应,而且只要不答应秦国马上又有理由来攻打赵国了。

这时候,一个小官出现了,他就是蔺相如,当时仅仅是赵国宫廷中的小人物、宦官缪贤手下的一个更小的人物,他勇敢地站出来,作为赵王的特使带着"和氏璧"到秦国去了。

到秦国后的经过我们在中学课本里应该知道了,总之结果是蔺相如以他的大智大勇既使和氏璧完好无损地回到了赵国,又使秦国没有理由攻打赵国。这就是另一个成语"完璧归赵"的来源。不用说,赵王赏了蔺相如一个大官做。

又过了几年,秦国又找到借口来打赵国了,打败了赵军,当然不是决定性的胜利。赵国的损失虽不大,但这让赵王更怕秦国了。于是,当秦王表示说要同赵王在渑池相会,同赵国结盟议和后,赵王怕得要死,不敢去。但廉颇和蔺相如都告诉赵王,他应该去。

无奈,赵王硬着头皮去了。结果,又是蔺相如的大智大勇使赵王在与秦王会面时不但没有吃亏,还得了些便宜。

这下赵王更服蔺相如了,封他为"上卿",这大约相当于一人之下、万人之上的宰相了,官比廉颇还大!

廉颇当然不服,认为自己出生入死,军功卓著,结果还比不上一个靠嘴皮子吃饭的家伙,准备找机会好好羞辱一下蔺相如。

这事的结果我们也知道了,由于蔺相如识大体,为了国家让着廉颇,使廉颇既感动又惭愧,于是赤了背,背上绑着荆棘,去向蔺相如请罪,这就是成语"负荆请罪"的起源,两人起誓一辈子当好朋友,共同保卫祖国。

后来的日子,由于廉颇与蔺相如齐心协力抵抗秦国,使秦国长时期不敢惹赵国。赵国也一度国力强盛,成为诸侯阻挡秦国东进的屏障。

又过了多年，这时赵国的另一个名将赵奢已经死了，蔺相如也病重了，能够为赵国出力的只剩下廉颇。于是秦国又打来了，这时候已经是赵孝成王在位了，他命令廉颇统帅20万赵军在长平阻挡秦军。

由于秦军力量太强，廉颇采取了坚壁清野、筑垒固守的方针，坚决不与秦军正面交战。这样的方法当然是正确的，秦军一点办法也没有。

结果，秦国又使起了诡计，派人去赵国贿赂奸细，让赵王相信秦国不怕廉颇，最怕的是赵奢的儿子赵括。

于是，像楚怀王一样上了当的赵王便派赵括去代替廉颇迎战秦军。

结果，只会"纸上谈兵"（这也是纸上谈兵这个成语的起源）的赵括很快被秦军打败了，更可怕的是，这次赵国派出了全国所有的精锐军队，为数达40万，全被秦军俘虏活埋了。

这一仗赵国大伤元气，秦国大军也几乎年复一年地大举攻赵，赵国虽然没有马上灭亡，甚至以后还对秦国打了些胜仗，但灭亡已经是不可避免了。

此后一段时间，廉颇仍是赵军的主要统帅，他率领赵国的老弱残兵一次次地与秦国以及趁火打劫、攻打赵国的魏、燕等各国血战，并且取得了一次次的胜利，堪称战争史奇迹。

秦始皇二年，即公元前245年，赵孝成王又死了，他的儿子赵悼襄王继位。赵悼襄王又是一个楚怀王似的昏君，竟然听信了像楚国的上官大夫一样的赵国奸臣郭开的谗言，撤掉了廉颇的军职。廉颇被迫离开赵国逃到了魏国的都城大梁。

这时候的廉颇已经是白发苍苍了，虽然在大梁住了很久，但并没有为魏国出力，后来他又到了楚国，当了楚国的大将，也并没有为楚国立什么功。因为他心里想着的还是赵国，只想继续为赵国而战，但由于郭开等奸臣的诡计，他再也没有得到为国效劳的机会。

为此，廉颇一直郁郁寡欢，甚至忧思成疾，后来死在了楚国的寿春，就是今天安徽的寿县。

廉颇前后征战数十年，攻城无数，歼敌无数，从来没有因为他的原因而打过败仗。

廉颇死后不过十几年后，赵国就被秦国灭亡了。

这就是屈原之后，又一个爱国者的悲剧。他们一文一武，在遥远的春秋战国时代的天空中交相辉映，至今思来还令人感动不已。

李奥尼达与斯巴达战士

在说大家可能比较陌生的李奥尼达之前，我们先要谈谈大名鼎鼎的斯巴达。斯巴达有时也被称为拉西梦第或拉哥尼亚，位于希腊伯罗奔尼撒半岛的南部，他们的祖先就是曾经毁灭了古老的迈锡尼文明的多利安人。

斯巴达人的生活方式举世闻名。纵贯古今，从来没有一个种族或者国家的生活方式受到如此之多的关注和如此之隆的赞誉。

生活在斯巴达的人有三个分明的等级：希洛人、裴里欧齐、斯巴达人，其中希洛人占了总人口的一大部分，他们是奴隶，为斯巴达人耕种土地，供养主人；裴里欧齐是自由民，他们自耕自作，不是奴隶，但也没有政治权利、不能做官；斯巴达人则是斯巴达的主人，他们是奴隶主，占有几乎所有的土地，享有所有政治权利。

斯巴达人有一个特点，就是极其鄙视生产劳动，甚至用法律来禁止斯巴达人干活。他们终生只有一个工作——战争。

为了这个唯一的工作，斯巴达人采取了许多令人匪夷所思的措施，例如孩子刚生出来之后，就由长老检查，凡身体瘦弱的就丢到水里淹死，只有强壮的才可以活下来，无论男女从小就进行艰苦的体育与战争训练。

凭着这些措施，斯巴达人培养出了堪称古往今来最强大的战士。虽然斯巴达公民最多时也不过1万，其中能打仗的不过几千，但他们却称霸希腊几百年之久。以一当十是一个形容勇敢的词儿，对于斯巴达战士们却是最经常不过的事实。每次战斗，斯巴达战士无不以一当十甚至当百。

他们的无数次战斗中最为有名的当数温泉关之战了。

公元前480年，波斯大军第二次大举入侵希腊，开始了古代西方历史上著名的希波战争，斯巴达人也义无反顾地投入了抵抗异族入侵的光荣事业。

这时候的斯巴达王就是李奥尼达。

李奥尼达大概生于公元前508年，大约在公元前490年成为斯巴达王。

据说李奥尼达为人沉默寡言，而斯巴达人又极其蔑视文化甚至一切用文字记载的东西，所以关于李奥尼达或者其他斯巴达王的生平或者是言论自古就很少，我们知道的关于李奥尼达的一切差不多都在这场希腊人抵抗波斯侵略者的伟大战争之中。

虽然如此，我们也足可以在这场战争悲壮的经过与辉煌的胜利之中清楚地知道李奥尼达以及他所统领的斯巴达战士都是英勇无畏的爱国者！

希波战争的第一战，也是最关键、最著名的温泉关之战。

在温泉关之战中，李奥尼达率领300名斯巴达战士扼守温泉关。温泉关是从北面进入希腊的唯一通道，只要占领了它，波斯大军就可以长驱直入攻进希腊腹地，而这时候希腊人的大军尚未聚集，如果这时候波斯大军打来，希腊各个城邦很可能很快被各个击破，希腊世界就此完蛋。

我们只要看看希腊世界中最为强大的一个邦国斯巴达的战士独立抵抗波斯大军的结果，就会知道其他城邦要是单独抵抗将更不堪一击。

温泉关发生的战斗艰苦无比。波斯士兵的数量超过斯巴达人百倍，斯巴达人英勇奋战，一直打了整整3天，波斯人一次又一次地发起疯狂的冲锋，除了在关前留下小山般的尸体，没能前进一步。狡猾的波斯人开始想别的主意了。他们找到一个熟悉周围环境的当地农民，用大量的金子贿赂了他。这个农民便告诉他们，有一条小路可以通往温泉关后面。

以后的战斗就不用说了，波斯大军从后面攻来，团团包围了温泉关。斯巴达战士们没有后退一步，也没有一个投降或者被俘，他们英勇战斗，直至全部壮烈牺牲。

此前，有两个斯巴达战士因为得病到后方治疗去了，听到温泉关失守的消息，其中一个虽然眼睛已经瞎了，但仍命令他的希洛把他牵到战场，乱舞着刀剑冲向波斯人，马上被砍成了肉酱。另一个已经病得动不了了，就没有去。他回到斯巴达后，成了人人鄙视的对象，被称为"特瑞萨斯"，意思是"逃命的家伙"。

第二年，这个"逃命的家伙"在反抗波斯入侵的米拉太亚战役中勇敢非凡，战死沙场，洗刷了耻辱。

后来，在温泉关的旧战场上，人们竖起了一块纪念碑，上面刻着这样的诗句：

亲爱的过客，请告诉拉西梦第人，我们忠于他们的嘱托，在此地长眠。

这首诗既是献给全体斯巴达爱国战士的，也是特别地献给古希腊杰出的爱国将领李奥尼达的。

伯里克利领导雅典走向繁荣

在西方文明的发展史上，最为光辉的年代也许不是现代，而是古代，更确切地说，是古希腊时代。他们象征着古代西方文明的巅峰，也是现代西方文明的直接起源。

在古希腊时代，希腊有两个最著名的国家，即两个城邦，一个是我们上面提过的斯巴达，另一个就是雅典。斯巴达人象征着古希腊强盛的武力，而雅典人则象征着古希腊高度的文明。

带领雅典登上古希腊文明之顶峰的就是伯里克利。

伯里克利出身名门，大约生于公元前495年，父亲曾当过雅典舰队的指挥官，母亲是雅典民主政治的奠基人克里斯提尼的侄女。

伯里克利从小受到了良好的教育，特别是音乐和哲学的教育，古代希腊最有名的哲学家之一的阿那克萨戈拉就当过他的老师。

当时雅典有两个政治派别在激烈地斗争，一个是贵族派，另一个是民主派。贵族派希望由少数贵族精英来治理国家，民主派则要求由所有的雅典公民共同治理国家，每个雅典公民都有参政议政的权利，都有机会与权利当国家领导人。

伯里克利就是雅典民主派的代表人物。当他还是一个青年人的时候就投入了民主派的阵营，由于他能力出众、长得帅、为人正直，并且口才特好，说起话来雄辩滔滔，很快在民主派内崭露头角。到公元前461年，他设法叫雅典人赶走了当时贵族派的领导人，于是他就顺理成章地成了雅典最重要的政治人物之一。

到公元前443年，伯里克利终于当上了雅典的"总统"——称为"首席将军"，这个职位就像今天的美国总统一样，是由全体雅典公民一人一票选举出来的。从这时候起直到公元前429年，伯里克利每年都顺利当选首席将军，事实上成了雅典这个民主制城邦的"国王"。

当了雅典人的老大后，伯里克利采取了许多措施进一步强化雅典的民主制，例如使有广泛民意基础的公民大会、陪审法庭和五百人会议成为雅典国家的最高权力机关和执行机构。还把各级官职向所有公民开放，公民们可以通过抽签、选举和轮换等方式担任各级官职。还实行工薪制，也就是给当官的公民发薪水，这样，那些必须靠薪水才能活下去的贫穷公民们也就能够从政当官了。这些措施使雅典的民主制发展到了空前的高度，甚至比现在的西方国家如英国、美国还要民主，例如雅典的许多官员是可以通过抽签的方式来当的，公民们想当都可以去抽签，就像现在买彩票一样，而且是不要钱的彩票，抽到后就是官了，还是很大的官。怎样，够民主吧！

伯里克利的这些措施使雅典更加强大。当时希波战争已经结束了，由于雅典是希波战争最主要的领导城邦，战争结束后，雅典也成了整个希腊的霸主。它联合希腊诸城邦，加上爱琴海中的许多岛屿和小亚细亚半岛上的希腊城邦，建立了提洛同盟，操纵着整个同盟和盟友们交纳的入盟金。

到公元前450年左右，雅典城邦事实上已经变成了雅典帝国，它的实力从希腊半岛一直扩展到大西洋，而雅典的财富也空前地多了起来。

更为重要的是，雅典人有了一个非常善于使用这些财富的领袖，当然就是伯里克利。他用提洛同盟提供的巨大财富为雅典建设了大量精美的神庙，聘请了许多伟大的艺术家将这些神庙装饰得美轮美奂，古希腊最伟大的雕刻家菲狄亚斯就是这些人之一。同样，在伯里克利的英明领导之下，雅典的哲学、文学也空前繁荣，创造了即使到现在也令人高山仰止的伟大成就，使整个古代西方文明迈向了顶峰。

直到今天，那个时代雅典的许多东西，如文学、哲学与艺术，还被认为是不可超越的。倘若您肯费神读读古希腊三大悲剧诗人的作品、柏拉图与亚里士多德的哲学著作或者看看米诺斯的维纳斯、掷铁饼者这些古希腊的艺术作品，我相信您也大有可能得出类似的结论。

对了，上面这些伟人都是雅典人，至少都生活在雅典，是在雅典进行那些伟大创造的。

对于在自己领导之下的雅典所取得的伟大成就，伯里克利也深感自豪，按他自己的说法，这时候的雅典是"整个希腊的学校"，他说过这样一段有名的话：

> 我们的政体并不与他人的制度相敌对。我们不模仿我们的邻人，但我们是他们的榜样。我们的政体之所以称为民主政体，因为行政权不是掌握在少数人手里，而是掌握在多数人手中。当法律对所有的人都一视同仁、公正地调解人们的私人争端时，民主政体的优越性也就得到了确认。一个公民只要有任何长处，他就会受到提拔，担任公职，这是对他优点的奖赏，跟特权是两码事。贫穷也不再是障碍，任何人都可以有益于国家，不管他的境况有多暗淡。

从这段话就可以看出来，伯里克利有多么热爱他的国家，多么为他所热爱的国家而自豪，这就是我们把他放进这本书的原因。

然而，当伯里克利和雅典因为强大与成功而得意扬扬时，它的高兴并没有持续得太久。因为另一个同样强大的城邦——斯巴达不高兴了。

从公元前431年开始，爆发了持续十年之久的伯罗奔尼撒战争。战争一开始不相上下。因为斯巴达的陆军举世无双，雅典的海军也天下无敌，斯巴达在陆上逞英雄，雅典人在海上显好汉。

但一场天灾改变了一切。公元前429年，雅典爆发了空前的大瘟疫，整整一半人死了，包括他们的伟大领袖伯里克利，就这么突然地死了。

伯里克利的死加上瘟疫的流行，使雅典的实力大打折扣，战争中开始处于下风。

雅典又顽强地抵抗了十年之后，于公元前404年，在弹尽粮绝之下，终于投降。

雅典的失败也标志着西方文明的失败，从此之后，西方古代文明最辉煌的时代成为了明日黄花。

汉武大帝

汉武帝的大名我们都听说过，他是我们古代最有名、最有成就的皇帝之一。在他的统治之下，当时的西汉王朝可谓繁荣富强。特别重要的是，他统领汉朝与当时严重威胁汉朝边境安全的匈奴人进行了堪称波澜壮阔的大战，取得了巨大的胜利，使汉朝的边境得到了安宁，正因为他所取得的这些伟大成就，他被尊为"汉武大帝"，受到历代中国人民的崇敬。

汉武帝名叫刘彻，出生于公元前156年，是汉朝的第七位皇帝，是很了不起、为中国古代开创了著名的"文景之治"的汉景帝刘启的第十个儿子。他的母亲是皇后王娡。

出生4年之后，汉武帝4岁时被册立为胶东王，7岁时被册立为东宫太子，16岁时在景帝去世后登基，一共当了54年皇帝，即从公元前141年直到公元前87年，是中国历史上在位时间较长的帝皇之一。

不用说，当了这么久的皇帝，汉武帝自然采取了许多措施来治理他的国家，而且这些措施大都取得了成功，才使得他所统治的时代成为了中国历史上最辉煌的时代之一，有的措施的影响一直持续到今天。

下面就从政治、经济、军事、思想等几方面大致述说一下汉武帝的治国措施。

汉武帝最优先采取的措施之一就是强化中央集权。当时的西汉还有许多的诸侯王，大都是刘邦的子孙，他们建立了许多诸侯国，有的境内有上千座城市，领土方圆千里以上，对国家的统一构成了潜在的、很大的威胁。

于是汉武帝便采取了一系列措施来强化中央集权，其中最主要的是颁布了"推恩令"。

所谓的"推恩令"就是让那些诸侯们可以把它们的领地再分给所有的孩子们，而不是传统上的大儿子，让他们可以建立许多更小的诸侯国。这样一代一代地，诸侯国就变得越来越小了。到后来大的国家不过十余城，小的不过十余里，越来越没有资格同中央抗衡了。

可以说，自汉武帝之后，封建诸侯割据就不再成为中国政治体制中的一个大问题了，再也不会威胁中国的国家统一了。仅仅这一点，就可以看出汉武帝对中国国家的统一有多么重要！

经济方面，汉武帝一个基本特点是重农轻商。他向商人征收资产税，大力打击奸商，还将冶铁、煮盐等最关乎国计民生的行业收归国有，由国家统一经营。

汉武帝还禁止诸侯国铸钱（以前他们是可以这么做的），统一铸造了全国通用的五铢钱。这对于国家的统一与经济发展的重要性不言而喻。

在政治思想方面汉武帝也采取了一个极其重要的方针，那就是"罢黜百家，独尊儒术"，即将原来春秋战国时代出现的道家、法家、墨家等等统统禁止传播，只由国家出面大力推行儒学。他在长安设了太学，相当于现在的中国社科院吧。这些措施使孔夫子创立的儒学从此成了中国社会的统治思想，这个传统一直延续了两千多年。

当然，在汉武帝所做的所有工作之中，我们最应该在这里拿出来一说的乃是军事方面，具体地说，是他的对外战争。

在汉武帝的时代，汉朝的北边有许多的匈奴人，他们建立的国家十分强大，经常向汉朝发动进攻，使汉朝北部的人民不得安宁，甚至严重威胁汉朝的国家安全与领土完整。

汉武帝之前的几个帝皇都对匈奴人相当忍让，经常把漂亮的公主嫁给匈奴人的王"单于"，每年还送他们大量的粮食布匹，让他们不要攻打汉朝，可以说使当时的汉朝人相当没有面子。

汉武帝时期就不同了，他决定好好教训一下匈奴人，甚至灭他们的国，使匈奴人归化到中华民族的大家庭中来。

于是，汉武帝发动了一系列针对匈奴的战争。

他先后派李广、卫青、霍去病征伐，大败匈奴，夺回了肥沃的河套平原与河西走廊地区，甚至使匈奴从此被动称臣，解除了匈奴人长久以来对汉朝北部的威胁，保障了汉朝北方经济文化的发展。

他又派张骞出使西域，打通了著名的丝绸之路。

汉武帝又使在当时中国南方一直保持独立状态的夜郎、南越等小国归附汉朝，先后设立了7个郡，它们治理的地方最南端超过今天越南的胡志明市。

在汉武帝所发动的这些战争中还涌现出了许多著名的中华民族英雄，例如张骞、卫青、霍去病、苏武等等。倘若没有汉武帝的知人善任和雄才大略，这些人是不可能站到中国历史的大舞台上来的，更不可能取得伟大成就、成为我们这个民族的英雄、流芳千古。

更令我们感动的是，汉武帝虽然做出了巨大的贡献，开拓了大片疆土，但到了晚年，他深感自己的这些作为加重了人民的负担，使人民生活痛苦，国家财政陷入困境。所以，他下了一道《罪己诏》，就是宣布自己罪状的诏书，诏书中说：

"朕即位以来，所为狂悖，使天下愁苦，不可追悔。自今事有伤害百姓，靡费天下者，悉罢之！"

这些话的意思很明白，就是说我前面的许多行为都过分了，使老百姓们日子难过，我现在十分悔恨，从此之后再也不干这样的事了。

汉武帝死于公元前87年2月，享年70岁。

苏武牧羊

苏武生于公元前140年，是杜陵人，大约位于今天陕西的西安。他的父亲就是朝里的大官，曾经当过代郡太守。年纪还很轻时，苏武就靠着父亲的关系当了汉武帝的侍从，由于工作努力，慢慢升迁了，后来成为掌管皇帝骑的马啊、打猎的鹰啊狗啊什么的官。

当时汉武帝还没有大规模攻打匈奴，双方的关系还算可以，甚至经常互相派外交使节来往，但又互不信任，甚至双方都多次扣留来往的使节，例如匈奴扣留了汉朝的使节郭吉、路充国等前后十多批，汉朝当然也一报还一报，同样扣留匈奴使节。

到了公元前100年，匈奴的新单于且鞮侯即位了，想跟汉朝搞好关系，就说："汉皇帝是我的长辈。"这些是实话，因为他的母亲、祖母等可能都是汉朝皇帝们送过去和亲的公主呢。

单于送还了过去扣留的汉朝使节，汉武帝很高兴，于是投桃报李，也派了苏武以中郎将的身份出使匈奴，主要是为了护送也被扣留在汉朝的匈奴使者归国，汉武帝还送给单于很多礼物。

于是，苏武和他的副手张胜、常惠以及随从等共一百多人前往匈奴。到达匈奴后，单于看见汉朝皇帝对他这样客气，反而得意扬扬起来，一副傲慢的样子，令苏武很不爽。

当然单于没有扣留苏武。但正当他也要派使者护送苏武等人回汉时，苏武的同事中间却出了几个笨蛋，竟然想联合匈奴人内部反对新单于的人起来造反，结果被单于发现了。他大怒，派人去将那些造反的家伙抓了起来。其中也包括苏武，虽然苏武根本没有参加造反，甚至事先根本不知道有这码事。

苏武又气愤又无奈，更感觉丢脸，不但丢了自己的脸，更丢了国家的脸，拔出剑来就想自杀，幸好周围的人将他紧紧抱住，但他已经在脖子上抹了一道深深的口子。

单于知道了这事，很钦佩苏武是条铮铮的铁汉子，就派人好好照料他，使他的伤势渐渐地好了。

后来单于开始审讯了。他对苏武说：你虽然没有参与阴谋，但你的副手参与了，你也有罪。不过只要你投降，我就放了你，还让你当大官，过好日子。为了吓唬苏武，还在他面前杀了几个参加造反的人。这时候单于的一个大官叫卫律（原来也是汉朝的官），后来投降了单于，被单于高官厚赏（以自己的榜样来劝说苏武投降）。

这样威逼利诱、胡萝卜加大棒齐下，苏武的副手张胜马上投降了，但苏武毫无惧色，反而痛骂了卫律一通，说他不讲道义、背叛皇上、抛弃亲人、甘心在那里为奴。

单于知道了这事，就把苏武关了起来，放在一个大地窖里，不给他喝的吃的，想通过饥渴迫使他投降。当时正下着雪，苏武就在地窖里吃雪和毡毛。好多天过去了，还没有死，那些匈奴人甚至以为他是不要吃东西也能活命的神仙呢。

后来，单于又把苏武流放到了很远很远的北方，叫北海，大致相当于今天俄罗斯的贝加尔湖一带，荒无人烟。单于给了苏武一些公羊，说等到公羊生了小羊时才让他归汉。苏武那些没有被杀的部下和随从则被安置到了别的地方。

苏武到了北海后，没有粮食，就挖老鼠所储藏的野果来充饥。他挂着朝廷给他的符节牧羊，无论睡觉还是醒着都拿在手里。后来系在节上的牦牛尾巴毛都掉光了，但他也决不投降，始终贫困而有尊严地活着，没有做任何给国家丢脸的事。

这样过了很多年，后来有一天，一个投降了匈奴的汉朝大将李陵来探望他，告诉他汉武帝死了。苏武听到这个消息，面向南边放声大哭，一直哭到吐血，每天早晚哭吊达几个月之久。

这时汉昭帝继位了，汉朝又和匈奴关系好了起来，他想起了一直被扣留在匈奴的苏武，就向单于索要。单于没法，就去召集了原来苏武的部下，除了已经投降的和死了的，总共跟随苏武回来的有9个人。

苏武在汉昭帝始元六年（前81）的春天回到了长安。苏武前后在匈奴被扣留了19年，去时是中年壮汉，等到回来时已经是白胡须白头发的老大爷了。

苏武活了八十多岁，到汉宣帝神爵二年（前60）才死去。

对了，苏武不但品格高尚，令人佩服，还会写诗，在匈奴时他写了一首很好的诗，用来赞美他的妻子，想念他们在一起的幸福时光。诗是这样的：

> 结发为夫妻，恩爱两不疑。
>
> 欢娱在今夕，嬿婉及良时。
>
> 征夫怀远路，起视夜何其。
>
> 参辰皆已没，去去从此辞。
>
> 行役在战场，相见未有期。
>
> 握手一长叹，泪为生别滋。
>
> 努力爱春华，莫忘欢乐时。
>
> 生当复来归，死当长相思。

可惜的是，当他回来时，他那么爱着的妻子以为他死了，早已经嫁给别人了。

杰出的爱国外交家张骞

张骞是西汉著名的外交家，也是中国历史上最杰出的外交家之一，为中国人民打开了一扇扇通向外部世界的大门，是中国走向世界的开始。

张骞大约生于公元前164年，是西汉的汉中郡城固人，就是现在陕西省的城固县。

我们前面说过，西汉开始时面临着中国北部匈奴人的巨大威胁。

这些匈奴人是游牧民族，特别善于打仗，骑兵更是天下第一。他们乘中原处于春秋战国的混乱时期大力扩张，到西汉时已经征服了他们周围的许多民族，如东胡、月氏等，牢牢地控制了中国北面的大片土地。不仅如此，由于匈奴人不事耕织，只会放牧与打仗，又喜欢汉人生产的精美丝绸、瓷器等，所以一有机会就南下攻打汉人，大肆掠夺。

汉朝开国之初，由于国力尚弱，汉军经常被匈奴人打败。汉高祖七年，即公元前200年，匈奴的冒顿单于亲率大军围攻晋阳，就是今天的山西太原。汉高祖刘邦亲率三十多万大军迎战，结果反而被匈奴大军围困在白登山。更可怕的是汉军的粮草没有跟上，只要这么围上十天半月，汉军恐怕一个也逃不掉，刘邦也会成为俘虏，汉朝就完了。后来刘邦的重要参谋陈平先生想出了一个令人匪夷所思的"奇计"才解了围，就是暗中派人送给冒顿单于的老婆大批精美的丝绸瓷器、金银财宝，求她帮忙解围。她高兴地同意了，当天晚上就对冒顿说："我们即便占领了汉朝的地方也没法长期住下来，再说汉朝皇帝也有人会来救他，咱们还不如早点撤兵回去吧！"冒顿一听有理，第二天一大早就下令将包围网撤开一角，将汉军放走了。

汉高祖全凭运气逃出虎口后，知道自己现在是打不过匈奴人的，采用了"和亲"的法子，就是大家讲和、结为亲家，和和平平地过日子。具体办法是挑选一些出身高贵的美女称作公主送给匈奴单于，这招美人计果然奏效。

汉武帝即位后，不肯再这么丢脸了，决心反击。他偶然从来投降的匈奴人口中得知在西域一带曾经住着一个游牧民族月氏（读"肉支"），本来势力很大，但后来被匈奴人打败，匈奴的老单于还杀掉月氏国王，把他的头颅割下来做成酒杯。月氏人被迫向西迁移，逃避匈奴人。

于是，汉武帝想了一个办法，要与月氏人联合一起攻打匈奴。

要做到这一点，当然要先与月氏人取得联系。于是，公元前138年，汉武帝派了张骞前往西域寻找月氏人。

到西域必须经过匈奴人的地盘，结果张骞被匈奴人抓住了。单于听说他们要去找月氏人，大为生气，说：如果我要经过你们汉朝的地盘去南越，同南越人联合起来打你们，你们干不？就把张骞和他的大队人马统统抓了起来，让他们像苏武一样去放羊。

不过，单于对张骞要好些，给了他好些羊，还给了他一个匈奴美女当老婆，他们还生了孩子。单于想用这种办法来瓦解张骞的意志，投降匈奴。但张骞的心一直属于汉朝，时刻想着逃出去，继续完成他的未竟之业。

经过十来年后，匈奴人的监视放松了，张骞终于找机会逃走了。他没有东行回家，而是继续往西，先后到达了大宛、康居等西域国家，终于抵达了月氏。这时候他们生活的地方是今天的阿姆河流域，属于哈萨克斯坦。

但令张骞极为失望的是，那时月氏人已经打败了原来生活在这里的大夏人，即吐火罗人，他们觉得生活在这里很好，压根儿不想去找强大的匈奴人报什么仇了，所以拒绝了汉朝的提议。没办法，张骞只好回去了，途中又被匈奴人抓住了。但这次他运气好，一年多后匈奴发生内斗，一片混乱，他乘机逃走了。这时已经是公元前126年，距离开已经12年了。

张骞向汉武帝详细地报告了一路的发现，特别是匈奴的地理情况。聪明的张骞在进入匈奴国境后，就开始处处留心，凡经过每一处水源、每一块草地都详细地记录下来。他深知这对于以后汉军的进攻大有用处。所以，虽然没有完成目标，汉武帝还是很高兴，封张骞当了太中大夫，这是一个相当大的官，相当于后来的尚书之类。

回国三年后，汉武帝准备北伐匈奴了。由于张骞熟悉匈奴地理，就派他以校尉的身份跟着大将卫青出征，大胜。张骞又立了大功，被封为博望侯。

公元前121年，张骞再与李广出击匈奴。这次张骞延误了军期，本来要杀头的，但用他的侯爵爵位抵了罪，于是成了一介平民。

两年后张骞想出了个办法，劝武帝联合乌孙人一起攻打匈奴。乌孙人当时生活在今天的伊犁河流域，也是一个很强大的国家。汉武帝同意了，又封张骞为中郎将，带着300人和大群的牛羊、大量的金银丝绸之类出使乌孙。

这次张骞运气好，顺利到达了乌孙，他又派了一些人去邻近的大宛、康居、月氏、大夏等国。由于这时候汉朝军队已经在与匈奴人的战争中取得了大胜，这些国家一则相信汉朝有力量打败强大又野蛮的匈奴人，二则怕得罪这么强大的汉朝，所以对张骞和他的使者们十分客气，不但同意共同对付匈奴，也派了许多使者跟着他去汉都长安。

到元鼎二年，即公元前115年，张骞终于回到了长安。

这是他最后一次出国，在回来的第二年就死了。

张骞的两次出使西域对于西汉的意义与重要性是很明显的，例如他第一次打开了中国与中亚、西亚、南亚甚至欧洲等交往的大门，使汉朝人第一次看到了外面还有这么丰富多彩的世界，大大地激起了汉朝人的好奇心，使汉朝人在未来的世纪里不断地到这些地方去探险。更为重要的是，正是由于张骞的探险，为汉朝以后的征服西域、设立西域都护府奠定了基础。

还有，张骞的出使开拓了汉朝和西域的广泛交流，西域的许多好的土特产，如葡萄、核桃、苜蓿、石榴、胡萝卜、地毯等都传入了中国内地，这些东西的重要性大家一看就明白。同时，汉人的各种先进技艺如铸铁、开渠、凿井等和精美的丝织品、瓷器等也大量传到了西域，大大地促进了西域的发展。

此外，张骞在出使的过程中也像苏武一样充分地显示了他的民族尊严与气节，不愧为杰出的爱国外交家。

还有，在出使之时，张骞也能够对异国的人们平等相待、互相尊重，对于想冒犯大汉尊严的国君则勇敢有力地回击。

张骞为人还十分大方、讲究信用，气度从容尊贵，赢得了广大西域人民的尊敬与信服。这乃是汉朝能够顺利将西域划入版图的重要基础。

大将卫青

卫青是汉武帝的大将，也是中国历史上最厉害的军事家之一。正是他发动了对匈奴人的大规模反击，并取得了辉煌的胜利，甚至一次败仗都没有过，堪称用兵如神。

虽然这么厉害，卫青出身却十分低微，因此世人后来连他生在哪年都不清楚——也许连他自己也不清楚。他的出生地却是清楚的，是河东平阳，即今天的山西省临汾市。

卫青的母亲是平阳公主的女仆，因丈夫姓卫，她就被称为卫媪，意思是丈夫姓卫的老妈子。

这个平阳公主也是历史上有名的人物，原是汉景帝刘启的女儿，是皇后王娡的大女儿，汉武帝刘彻的同胞大姐。她一辈子嫁了三个人，您猜第三个是谁？就是卫青。

后面我们会看到卫青长大后一度是平阳公主的奴仆，后来立了大功，官拜大将军。当时平阳公主的第二任丈夫死了，要在大官中选丈夫，人们都说只有大将军卫青才配得上她。平阳公主先是把这个当玩笑，她怎么可以嫁给当过自己奴仆的人呢！但有人告诉他，现在的卫青可不得了，自己是大将军，姐姐还是皇后，姐姐的三个儿子都封了侯，恐怕天下除了她的天子哥哥没有比卫青更牛气的男人了。汉武帝也笑着说，从前我娶了他姐姐，要是现在他又娶了我的姐姐，那真是有趣！就这样由皇帝做主，卫青娶了自己从前的主人。

回过头来说卫老妈子，她有4个孩子，一男三女，其中小女儿叫卫子夫。后来老妈子的丈夫死了，她就与同在平阳公主家中做事的一个小官郑季私通，生下了卫青，因此卫青是卫子夫的同母异父弟弟。

当佣人的收入是非常微薄的，哪养得起5个孩子。实在没法，卫青妈只好把他送到了亲生父亲郑季家里。但郑季的老婆哪会喜欢这个丈夫的私生子，只把他当廉价劳动力使用，成天叫他上山放羊，他的几个异母兄弟也经常责骂虐待他。可怜的小卫青就在这样困苦的环境下慢慢长大了，虽然受尽了千般苦难，但他都逆来顺受，也并不自卑，依旧乐观而坚定地活着，甚至心中还有梦。

长大到可以独立谋生后，卫青便离开了郑家，回到了母亲身边，顺理成章地成了平阳公主家的仆人。

卫青生活的转折点发生在公元前139年，这年春天，他的姐姐卫子夫被汉武帝选入宫中。据说事情是这样发生的：

卫子夫本来是平阳公主府中的歌妓。有一天，汉武帝来姐姐家做客，平阳公主让她的歌女们载歌载舞助兴，想不到汉武帝对卫子夫一见钟情，当天晚上就成其好事了。卫子夫随即跟着皇帝进了宫，后来有了身孕，生了儿子。由于这是汉武帝的第一个儿子，于是母凭子贵，她终于当上了皇后，而她的弟弟，也就是卫青，也因此飞黄腾达，得到了施展才华的机会。

一开始卫青被汉武帝封为太中大夫，还赏了他大量钱财。到公元前129年，匈奴人又打来了。汉武帝慧眼识英雄，知道卫青是个大将之才，任命他为车骑将军，率军迎击匈奴。

这次汉武帝一共派了四路大军出击，卫青只是其中一路，四路大军各有骑兵一万。卫青是第一次带兵打仗，但他确实神，可以说是地地道道的军事天才，率军直捣龙城——这里是匈奴人祭祀天地祖先的地方，杀了不少匈奴兵，取得了胜利。但另外三路却是两路失败、一路无功而还。汉武帝更加欣赏卫青了，封他为关内侯。

这场"龙城之役"虽然规模不大，却有着极为重要的意义。因为在此之先，包括汉高祖在内，还没有一个人能够打败匈奴大军，匈奴兵甚至被认为是"不可战胜"的。这次卫青却打破了匈奴兵不可战胜的神话，不仅大大地鼓舞了汉军士气，还为以后汉军更大规模的反击并最终彻底击败匈奴人而打下了基础。

这次失败使匈奴人恼羞成怒，向汉朝发动了更大规模的入侵。公元前128年，匈奴骑兵大举南下，攻城略地，取得了不少胜利。卫青奉命再次出征，统率三万骑兵，杀向匈奴。战斗中卫青身先士卒，极大地激发了将士们的勇气，结果汉军大胜。

第二年，匈奴大军又杀来了，卫青再率大军迎击，在现在的黄河河套地区发生了规模空前的战斗。详细情形我们就不说了，总之汉军又大胜，俘虏了好几千匈奴兵，从匈奴人手里夺取的牲畜就有一百多万头，并且完全控制了水草肥美的河套地区。

更为重要的是，这次战役不但彻底解除了匈奴人长期对都城长安的直接威胁，而且在河套地区建起了进一步反击匈奴的最好的前哨基地。

这次卫青又立了大功，被封为长平侯。

以后，卫青就这样一次又一次地打败了匈奴人的进攻，总之攻必克、战必胜，打得强大的匈奴人哭爹叫娘、狼狈不堪，而且每次都不是小胜，而是大获全胜。

在这些反击匈奴的战争中最重要、规模最大的是发生于公元前119年的漠北大战。

汉武帝想一劳永逸地征服匈奴，为此集中了全国几乎所有的财力、物力、兵力，在公元前119年发动了总攻。

这次统兵进攻的两个人一个是卫青，另一个是卫青的外甥霍去病。

为了躲避强大的汉军，匈奴人一直逃到了遥远的漠北，即北方的大漠以北，认为汉军肯定不敢越过茫茫大沙漠来攻。然而卫青丝毫不惧，北行数千里，越过茫茫大漠，向严阵以待的匈奴大军发动了攻击。卫青身先士卒，汉军士兵也个个殊死搏斗，数以万计的骑兵在滚滚黄沙中血战。中间还发生了一次沙尘暴，对面不能见人，卫青乘机派出两队骑兵从左右两翼迂回包抄单于大营，单于大惊失色，立即拨马飞逃。卫青率大军长驱追击，一直追到了当时的真颜山赵信城，也就是今天蒙古国的首都乌兰巴托市一带，才胜利班师。

经过这次战役，匈奴大军的主力被消灭了。从此之后匈奴再也不敢侵犯汉朝，干脆远远地向西向北迁徙。匈奴对中国长达数百年的军事威胁就这么解除了。

匈奴人中有的被汉人同化了，有的则一直向西迁移，最后到达了遥远的西方，在那里掀起了冲天巨浪。他们在俄罗斯大草原打败了生活在最东方的西方人东哥特人（日耳曼人的一支），东哥特人只好往西飞逃。东哥特人为了从匈奴人那里逃命，不得不将阻拦他们逃跑的西哥特人打垮。西哥特人也只好再往西逃，在他们的西面就是当时的罗马帝国了，后来罗马帝国就是这样被灭亡的。

由此可以看出，卫青有多了不起，我们甚至可以合理地想象，倘若卫青有机会与当时西方最强大的罗马帝国打上一仗，那胜利者几乎肯定将会是卫青和他的汉朝大军。

同样令我们敬佩的是，即使身居高位，可谓一人之下万人之上，卫青也从不骄傲自满、妄自尊大，一向谦逊待人、敬贤重才，绝不以势压人，更不结党营私、干预朝政。

总之，几乎无论从哪个方面来说，卫青都是千古难得一见的杰出人物，为中华民族做出的贡献值得我们永远铭记。

"骠骑大将军"霍去病

霍去病是西汉时与卫青齐名的大将军，他虽然只活了短短的23年，但所取得的杰出成就几乎可以与历史上的任何统帅相匹。

霍去病生于公元前140年，与卫青一样是河东郡平阳县人。霍去病的母亲是平阳公主府中的女奴卫少儿，她的妹妹就是卫子夫。卫少儿偷偷与平阳县的一个小官霍仲孺私通，结果生下了儿子。这个小官哪敢承认自己跟公主的女奴私通了，所以当霍去病生下来时是没有父亲的，也就是私生子。

这样一个女奴的私生子可以说是社会最底层的人物，是永无出头之日的。然而所谓吉人自有天相，霍去病就是这样的吉人，不但出头了，而且出头得很快。

我们前面说过，公元前139年卫子夫已经入了宫，这时霍去病才一岁。卫子夫由于美貌、贤惠加聪明，很得汉武帝宠爱，被封为夫人，后来又怀了身孕，生下了儿子，于是她的兄弟、亲戚们都显贵起来，小霍去病也过上了衣食无忧甚至锦衣玉食的体面生活。

我们前面也说过，卫青从公元前129年起就与匈奴人展开了血战。这时候霍去病还是个十多岁的孩子，但小霍去病完全没有公子哥儿的纨绔习气，从小将舅舅当成了榜样，从来不走马斗狗，而是学习兵书战策、练习骑马射箭，所以从小就练成了强健的体魄。他还有出众的头脑，兵书战策一读就通，所以很得舅舅卫青的欢心，知道这孩子将可以继承他的衣钵，为国家建功立业。

到了公元前123年，汉朝与匈奴人又展开了大战，霍去病便去找舅舅，要求上阵杀敌，这时候他还未满十八岁。

卫青很欣赏外甥的勇气，汉武帝同样高兴，立即封他为骠姚校尉，随舅舅出征匈奴。

第一次上战场霍去病就显示了与舅舅一样了不起的军事天才，甚至更有过之。当时匈奴军队逃入了茫茫大沙漠。霍去病便亲率800骑兵，毫不犹豫地杀入大沙漠，长驱数百里，终于在大漠里找到了匈奴军队，匈奴军想不到汉军会这样突然来袭，结果大败，匈奴单于的两个叔父一个毙命一个被活捉。

霍去病这样的功绩令汉武帝大为叹赏，立即将他封为"冠军侯"，即勇冠三军之意。

两年后，霍去病被武帝任命为骠骑将军，才19岁的他就要独自率军作战了。

这次霍去病又不负众望，在千里大漠中又进行了一次长途奔袭。由于他行动快如闪电，使匈奴军防不胜防，不断逃跑。霍去病则一路追击，终于抓住了匈奴主力，双方决战的结果，汉军虽然也损失惨重，却更沉重地打击了匈奴人。匈奴的两个王卢侯王和折兰王都被杀死，浑邪王子和匈奴的许多大官成为俘虏，连匈奴人用来祭天的金人也成了汉军的战利品。

经此一战，霍去病名闻全国，声誉甚至有超越乃舅之势，而他还不满20岁。

这年夏天，汉武帝决定要痛打落水狗，一举收复被匈奴占领的河西地区。

这次霍去病甚至成了汉军的主要统帅。又同上次一样，霍去病再次亲率孤军深入突击，又获得了大胜，斩敌三万余人，俘虏匈奴王爷、王后、王子、大官等近百人。

更加重要的是，这次战争的发生地是祁连山一带水草丰美的河西平原，也是匈奴人赖以生存的重要领地，失了这块宝地后，匈奴人真是感觉痛心痛肺，哀叹道："亡我祁连山，使我六畜不蕃息；失我焉支山，使我妇女无颜色。"

经过此一大战，霍去病简直成了人间的战神，令匈奴人闻之色变。

然而，仅仅数月之后，另一场大战又来了。

河西大战之后，许多匈奴人慑于霍去病和汉军的威名，不想再打了，甚至表示要投降，其中包括地位很重要的浑邪王。汉武帝很高兴，就派霍去病东渡黄河去受降。

然而，就在这时，本来准备投降的匈奴军队中有人想反水，局势顿时危急起来，浑邪王不知所措。倘若这些哗变军人带头向汉军杀来，这时候身边只有少数士兵的霍去病肯定难逃一死。然而他毫无惧色，竟然只带着几名亲兵冲进了匈奴大营，找到了浑邪王，命令他杀掉那些想造反的士兵。正处于六神无主状态的浑邪王像木偶似的听从霍去病的指挥，下令处死那些哗变士兵，其他匈奴人似乎被霍去病吓傻了，纷纷投降，共有约四万，霍去病顺利将他们带了回来。

到元狩四年，即公元前119年，屡战屡胜的汉武帝决心彻底肃清匈奴人，一场更大规模的决战开始了，这就是"漠北大战"。

霍去病再一次统领大军深入大漠，这次只有一个目的，就是找到匈奴的主力大军消而灭之。

这次战果是这样的：霍去病在大漠里与匈奴大军决战，歼敌七万余人，俘虏大批匈奴高官，自己的损失只有一万余人。

消灭眼前的敌军之后，霍去病继续狂奔猛进，一直往北驰去，想抓住匈奴的大单于。

他这次追了多远呢？一直追到了今天属于蒙古国的肯特山一带。

在这遥远的漠北之地，霍去病进行了一项留名千古的活动——祭天。这次祭天典礼封礼于狼居胥山，后来被称为"封狼居胥"，大概是一个将军梦想取得的最大成就了。后来北宋大诗人辛弃疾在他的名作《永遇乐·京口北固亭怀古》中有这句话："元嘉草草，封狼居胥，赢得仓皇北顾。"

封狼居胥后，霍去病并没有止步，而是继续深入大漠，一直打到了瀚海，就是今天的俄罗斯贝加尔湖，这才鸣锣收兵。

我们看地图就知道，这次霍去病是从长安出发的，一路要率军杀到遥远又遥远的贝加尔湖，中间还要经过茫茫的戈壁大漠，还要与本来就生活在这里的匈奴人大战，真是何等的不可思议啊！

此役之后，匈奴人对汉朝的威胁终于消除了，在匈奴人的威胁之下生活了几百年的北部汉人从此可以安枕入眠了。

霍去病这样的功绩几乎称得上是奇迹了。汉武帝对还很年轻的他也简直不知道怎样奖赏才好，但终究是要给个官位的，就是大司马、骠骑将军，其地位甚至压过了他大名鼎鼎的舅舅卫青。

然而所谓天妒英才，霍去病这样的成就真的是老天也看不下去了。最后一场大战仅仅两年之后，公元前117年，霍去病突然患病，突然地死掉了，年仅23岁。

我们可以想象，倘若老天给霍去病以长寿，他还能干出什么惊天动地的英雄伟业来啊！然而天不假年、徒呼奈何！

霍去病死了，留给我们的除了他为中华民族留下的千秋伟业，还有他那从某种程度上是前无古人、后无来者的英雄气概。虽然身份尊贵无比，但他从来不喜欢过富贵奢华的日子，而是随时将国家的利益与人民的安危放在首位。据说汉武帝曾经提出要为霍去病修建一座极为豪华的大宅子，霍去病坚决地谢绝了。他是这样回答汉武帝的：

"匈奴未灭，何以家为？"

这就是他为我们留下的千古名言！

马援希望自己"马革裹尸"

马援生于公元前14年，是扶风茂陵人，那里相当于现在陕西的兴平一带。据说马援很小的时候就志向远大，但不喜欢学习，而且12岁时父亲就死了，是几个哥哥将他养大的。后来他当了公差，但有一天竟然将囚犯释放，自己也跑去种地、放牛了。

他很会做生意，赚了不少钱，却把所有的钱财都分给了亲戚朋友们。

我们知道，汉朝分为西汉与东汉，中间隔着一个王莽，是王莽将西汉灭掉的，后来绿林、赤眉起义爆发，天下大乱。刘秀恢复了汉朝，称东汉。刘秀就是东汉光武帝。

天下大乱时马援正在西州，后来有一个叫隗嚣的占领了这个地方，自称西州大将军。隗嚣遇到了马援，很佩服他的才能，任命他为绥德将军，凡事都听他的。

这时候，一个叫公孙述的人在现在的四川一带称帝。隗嚣想投靠他，先派了马援去探探虚实。马援到了那里后，发现公孙述只会摆臭架子，像井底之蛙，一点前途也没有，就回来了，告诉隗嚣这个公孙述不行，不如去看看也称了帝的刘秀是不是好点儿。隗嚣便又派马援去刘秀那里看看。

与刘秀一见面，马援立即服了，认为他才是真命天子，刘秀也非常欣赏马援的才华，两人真是惺惺相惜、相见恨晚。

马援回来后，向隗嚣报告他的所见，主张投靠刘秀，隗嚣同意了。后来隗嚣又反了刘秀，马援苦劝不听，于是帮助刘秀打败了隗嚣。

到公元33年，马援当上了刘秀的太中大夫。这时汉人的边境之外有了强大的羌人，他们像过去的匈奴人一样，不断攻击中原的陇西地区，使百姓不得安宁。于是光武帝任命马援为陇西郡郡守，去对付羌人。

马援一到陇西，就与羌人展开大战，屡战屡胜，不久就使羌人听到他的名字都害怕。

马援之所以能够如此，首先是由于他作战极为勇敢，每次战斗都身先士卒，冲锋在前。有一次冲锋时，他的腿肚子都被箭射穿了，仍继续冲锋。这样一来，部下无不像他一样奋勇作战。其次，每次打了胜仗，得到了战利品，包括皇帝的赏赐，他都送给部下，自己分毫不留。这样，部下们就更愿意为他卖命了。

虽然马援顺利打败了羌人，占了他们的土地，就是现在的甘肃、青海一带，但这些羌人可不好治理，经常反叛。于是当时就有人建议，干脆不要这些地方好了，反正离长安、洛阳远得很。马援立即反驳这样的馊主意，说倘若如此，那么中原之地岂不成为边境了？还有，这些地方虽然偏远，但土地肥沃，完全可以派人去常驻在那里，还可以开垦土地耕种。

刘秀接受了马援的建议，在那些地方派驻了官吏，移居了许多人，使那里成为东汉可靠的领土。马援还对那些不反叛的羌人、氐人等少数民族，无论塞内还是塞外，都以礼相待，叫他们都归服朝廷，一起过好日子，还请求朝廷封他们各种的官位。这些措施为东汉王朝安定了边疆、扩充了领土，那些地方直到现在都是中国的固有领土。

由于顺利地平定了羌人，刘秀以后遇到边境方面的难题，就都来找马援了。

当时，在中国的最南方生活着越人，他们生活在今天两广直到越南的广大地区，在秦汉时期就归附了中央。中央政府在那里设置了交趾郡、九真郡和日南郡等，但统治并不安稳，时常有少数民族起来造反。

公元37年，著名的越人女将征侧、征贰在交趾一带起兵反叛，光武帝立即任命马援为伏波将军，前往镇压。

马援统领大军，沿着海边往南一直挺进，逢山开路、遇水架桥，长驱直入数千里，公元42年到达交趾，与叛军大战。叛军哪是马援大军的对手，不久就死的死、降的降，叛乱平定了。第二年正月，马援又杀了征侧、征贰，把她们的头送到洛阳向刘秀报功。

更加重要的是，马援并不是简单地把叛乱分子杀掉了事，而是每到一处都组织人力物力，修筑城墙、开渠引水、灌溉田地，使百姓们能够安居乐业。这样的结果，使交趾直到很久很久之后，都是中国的固有领土。

平定南方叛乱后，马援并没有以为万事大吉，而是认为中国的北方还有匈奴、乌桓等少数民族对中原虎视眈眈，要去像征服南越一样征服他们。他这时候还说了一句流传千古的话："男儿要当死于边野，以马革裹尸还葬耳。"这就是成语"马革裹尸"的来历。意思就是军人要有死在战场之上的勇气。

马援正是这样做的，他后来真的又北征匈奴、乌桓，南征今天湖南一带的武陵五溪蛮，后来死于这场征战之中。这是公元49年的事。

汉尼拔差点毁灭罗马

说汉尼拔先要说罗马人。大家都听说过罗马人，也知道罗马帝国。

在罗马帝国建立以地中海为内湖的庞大帝国的过程中，他们的主要敌人就是迦太基人。

罗马人与迦太基人之间的战争便是著名的"三次布匿战争"，罗马人称迦太基人为布匿人。

第一次布匿战争发生在公元前264年，结果迦太基人战败求和，退出西西里和附近岛屿，赔罗马人3 200塔兰托银子。这在当时是一笔大得不得了的钱，一般人有十来个塔兰托就是大富翁了。

第一次布匿战争结束后，迦太基人的统帅汉密尔卡决定去经略西班牙南部的殖民地，因为那里土地肥沃、人口众多。跟随他的除了军队外，还有一个9岁的孩子——他的儿子汉尼拔。

到了西班牙后，汉密尔卡的第一件事就是叫小汉尼拔跪在神坛和迦太基列祖列宗的牌位前，立誓终身与罗马人为敌。这是西方历史上最有名的誓言之一，不久以后将发出它巨大的威力。

不甘于和平的罗马人不断挑衅迦太基人，终于，公元前218年，挑起了第二次布匿战争。年已26岁、铭记着誓言的汉尼拔立即统军杀向罗马。

从这一刻起汉尼拔就显示了卓越的军事天才。他没有像罗马人以为的那样从海上进攻，而是出其不意、攻其不备。他率军从西班牙往东横扫，跨过比利牛斯山，继而历尽千辛万苦、翻越白雪皑皑的阿尔卑斯山，从天而降般地出现在罗马之北的波河平原。

罗马人大惊失色，接下来的15年是西方军事史上最辉煌也最悲壮的时期之一。

汉尼拔率军渡过波河，向罗马人发动了进攻。此后的15年，他每战必胜，把罗马逼到了毁灭的边缘。

先是，渡过波河不久，他遇到了领军前来迎战的罗马执政官，并将他打败。接着罗马派出了盖约·弗拉米尼，被认为是当时罗马最杰出的统帅。不久，在特拉西米诺湖畔发生了西方古代最有名的战例之一"特拉西米诺湖之战"，罗马军队人数比汉尼拔要多，但结果是，弗拉米尼连同他的几万大军全军覆没，这是彻头彻尾的全军覆没，罗马人一个都没能逃掉。

公元前216年，又爆发了坎尼战役，汉尼拔以约4万步兵和1万骑兵几乎全部消灭了罗马8万步兵和6 000骑兵。

罗马这时已经认识到与汉尼拔硬拼只有送死的份，于是一方面将罗马所有17岁以上的男子全部征入军队，另一方面再也不与汉尼拔军正面作战，而是加紧瓦解汉尼拔的反罗马同盟，办法是残酷报复那些与汉尼拔结盟的城市，将它们一个个毁灭。同时又派西庇阿·阿非利加努斯率军切断了汉尼拔与西班牙之间的陆上通道，将汉尼拔最后一支援军全部歼灭，使汉尼拔完全陷入孤军奋战。

罗马人最厉害的一个办法是直捣汉尼拔的母邦——迦太基，迦太基抵挡不住，只好急召汉尼拔归国，汉尼拔匆匆归国，匆匆上阵。

结果，在这场"扎马战役"中，汉尼拔输掉了平生第一仗，也是最后一仗。

这一仗后，他再也没有机会输了，因为迦太基的元老和执政官们立即投降了，这是公元前202年间的事。

至于汉尼拔，罗马人的停战条件之一是必须把他交由罗马来处置。在所有的条件之中，这对于迦太基来说是最耻辱的，但毫无骨气的迦太基统治者也同意了。

汉尼拔没有给国人这样的耻辱，他逃走了，逃到了亚洲。然而极度冷酷的罗马人继续追索他，向敢于收留他的一切国家发出战争威胁。最后，走投无路的汉尼拔宁死不肯做俘虏，在亚洲一个山洞之中服毒自杀。

他的死伤害的其实不是他自己，而是罗马人。他用自己悲壮的死而赢得了西方人的千年崇敬；而罗马人因他悲惨的死令他们的伟大蒙上了渺小的阴影。

同样重要的是，同胞对汉尼拔的背叛更衬托出他对祖国的爱是何等深厚、何等无私！

一代明君唐太宗

唐太宗大家都听说过，他可以说是中国历史上最有名的皇帝之一，事实上甚至可以说是最有名、也最有成就的皇帝。因为汉武帝也有过失，晚年还要颁布"罪己诏"，然而唐太宗却几乎没有什么过失或者说大的过失可言，尤其在治国安民方面是如此。

唐太宗李世民的父亲是唐朝的开国皇帝唐高祖李渊。世民的意思应该是"济世安民"，大概当初父亲起名时就希望他成为一位能够济世安民的杰出人物吧！

李世民祖籍赵郡的隆庆，公元599年出生在今天属于陕西的武功。李世民是李渊的第二个儿子，本来轮不到他当皇帝，但由于李世民跟着父亲打天下，立下了赫赫战功，在朝廷中获得了大批支持者，朝中无论是武将还是文臣大都依附于他。而他的哥哥太子李建成既没什么本事，品行又不好，还嫉妒弟弟，想对他下毒手。在这种情形之下，李世民只能先下手为强，在公元626年发动了著名的玄武门之变，杀了哥哥李建成和弟弟李元吉。这下李渊没法，只好封李世民为太子，并且不久后就将皇帝位子让给了他。李世民便成为了唐王朝的第二任皇帝。

当上皇帝之后，李世民采取了许许多多有力的措施，使唐朝社会各方面都获得了极大的发展，这个时期就是著名的"贞观之治"，称得上是中国古代最为繁荣昌盛的时期。

这个时期有多好呢，史书中有记载的，书中的话翻译成现代汉语大意是说：

在贞观时期，做官的基本上都是清廉的，社会上也没有什么犯法的，因此监牢经常是空着的，田野上牛马成群，大家晚上睡觉都不关门，连年丰收，一斗米只值三四个铜钱，在全国各地旅行根本不需要自带干粮，一路上都有人白送，你到了村子里，村民们不但会热情接待，走时还会送你好多礼物！这是从古到今没有过的事啊！

怎么样，听得人流口水吧！

之所以能够如此，与唐太宗继位之后采取的一系列措施有关，这些措施之中最为核心的也许是两者，即安百姓、善用人。

李世民深知他的朝廷与老百姓是"舟与水"的关系，水可以行船，也能把船掀翻。于是通过一系列的政策减轻老百姓的负担，发展经济，特别是发展农业，例如推行租庸调制和均田制等，使老百姓不但有田种，而且只要向国家缴纳很少的赋税。

李世民很善于用人，他的手下无论文官还是武将基本上都是有本事又清廉正直的人，他还特别善于广泛听取这些人的意见，只要意见提得对，他就接受，即使提意见的时候不怎么给他面子，他也不生气。正所谓知人善任、从善如流。

这样形成了"贞观之治"的局面，这个时期也是我们中国人在整个历史上最有面子、最能够在世界上横着走的时期，就像今天的美国一样，说不定还要超过今天的美国呢！

我们在这里是将唐太宗当做一个爱国者来写的，因此我们主要来写写他的对外战略。

唐太宗的对外战略就是对中国周围的其他政权，尤其是威胁了中国安全的政权进行了全面的打击，而且几乎是战必胜、攻必克，将唐朝的边界远远地向四方扩展开去。

这时候中国最主要的敌人是北方替代匈奴兴起的突厥。唐太宗多次派大军征伐突厥人，取得了彻底的胜利，竟然俘虏了突厥人的最高统帅颉利可汗。

这个颉利可汗本来很厉害的。在他的统领之下，突厥人可谓兵强马壮，在唐朝开国之初便经常南下攻打唐朝，烧杀抢掠，搞得中国北方不得安宁。李世民决心拔掉这颗眼中钉，于是贞观三年，即公元629年，派李靖等统率大军出击突厥，第二年就大败突厥人，抓住了颉利可汗，把他送到了长安，东突厥就此灭亡。但唐太宗并没有虐待或者侮辱这位敌国之君，而是很礼貌地对待他，送给他一座很大的房子和许多金银财宝，甚至封了他一个大大的官，叫"右卫大将军"，使颉利可汗感激不已，从此一辈子老老实实地生活在中国，做起中国的官来了。

除了突厥人外，这时候中国周围另外一个最强大的政权是西部的吐蕃人。他们的王松赞干布也是个很了不起的人物，有段时间不把唐朝放在眼里。于是唐太宗派侯君集与吐蕃人打了一仗，并获得了胜利。见识了唐朝厉害的松赞干布立即派使者谢罪求和，还求着要当唐朝的女婿。唐太宗也大方地答应了他。于是，著名的文成公主就此嫁给吐蕃，就是今天的西藏，这为若干世纪之后西藏与中华成为一家打下了最初的基础。

在西方与北方，也就是唐朝的西域甚至更往西边一带，这时候还有其他的地方政权，如吐谷浑、高昌、焉耆、西突厥、薛延陀、龟兹等，都一度与唐朝为敌，但唐太宗大军一到，就都跑不掉被打败、征服的命运。

这段时间还发生了一个小插曲，公元648年时，唐太宗派王玄策当使者去印度，印度那时候叫天竺，一个大臣篡夺了王位，还想劫持唐使。王玄策跑到了吐蕃，向吐蕃和尼泊尔借来了一支军队，向天竺军杀去，三天工夫就将其打败，还俘虏了那个篡夺王位的家伙，恢复了原来国王的王位，不用说那国王感激得很，臣服了唐朝。

经过唐太宗的治理，唐朝的领土得到了扩大，超过了历史上的任何一个朝代，也远远地超过了今天的中国。那时候的唐朝领土东边一直到大海，西边一直越过了帕米尔高原，南边到达今天的越南，北边一直抵达蒙古大沙漠，领土面积远远超过了1 000万平方千米。

除了这些攻伐之事，唐太宗时期的另一件大事是派了唐僧去西天取经。

也许唐太宗一辈子最大的不圆满之处是没有得享高寿，他只活了52岁，因病死于贞观二十三年，即公元649年。

玄奘西游

玄奘这个人大家都听说过，他就是四大名著《西游记》中带着徒弟孙悟空、沙和尚、猪八戒一起去西天取经的唐僧的原型。

玄奘大约生于公元602年，又被称为唐三藏，称得上是中国佛教史或者世界佛教史上最伟大的人物之一。他出家前姓陈，叫陈祎，出生于河南洛阳的缑氏县，就是今天河南省的偃师市一带。

为什么他又叫唐三藏呢？原来，佛教的典籍分为三大部分，即一经藏，就是如来佛说的佛经；二律藏，就是戒律；三论藏，就是后来如来佛的弟子们的著作。如果一个和尚精通了经藏、律藏与论藏，就会被尊称为三藏法师。唐三藏就是这么来的，意思就是唐朝精通经藏、律藏与论藏的法师。不用说，这样的人在佛教界是少之又少、稀奇得不得了的。

玄奘之所以出家主要是受了哥哥的影响。他的哥哥先于他在洛阳的净土寺出家，法号叫长捷，而玄奘自小就跟着哥哥诵经念佛，决心也跟着哥哥学佛。

于是，公元612年时，10岁的玄奘就在洛阳出了家。据说当时由于玄奘年纪太小，本来只能当小沙弥，但大师傅们见玄奘年纪虽小，但讲到佛理时对答如流，而且形象清新，有成为高僧大德的潜质，就破格让他直接当了正式的僧人，与哥哥一起住在净土寺。

当时正值隋朝末年，天下大乱。玄奘在净土寺住了几年，觉得这里没多少东西可学了，就与哥哥一起云游四海，走遍了大半个中国，到处寻找庙宇高僧，凡遇到必定虔诚参谒，向他们请教有关佛理，佛学修为也越来越深湛。

到了唐朝的武德五年，即公元622年，玄奘接受了具足戒。这时候他已经精通了经藏，又开始跟着一些高僧学律藏。

然而，就在这些学习之中，包括前面的诸多学习之中，玄奘有一个很深的感触，就是大家对佛经的解释各自不一，莫衷一是，有的佛经甚至不知道是怎么来的，是如何翻译成汉语的，更不知道是不是真的从西天传来的真经了。这些问题深深地困扰着玄奘，他终于下定决心，要去西天，就是今天的印度——那里是佛教的诞生之地——去学习原汁原味的佛理，将最真实可靠的佛经带回中国来。

贞观三年，即公元629年，玄奘正式西行。期间经过的艰辛困苦怎么说也不过分，大家去看《西游记》就可以了。当然这是笑话，但玄奘真实的经历比《西游记》里所记载的要艰难困苦得多。在《西游记》里唐僧有三个徒弟随时护驾，骑的马都是龙变的，从玉皇大帝、观音菩萨甚至到法力无边的如来佛祖都在帮他，所以他实际上是很安全的。但真实的玄奘哪有这样的待遇！他只有一个人，身上背了沉重的行囊，跋山涉水，走过万水千山，甚至根本没有什么马骑，都是走路。那时候也没有现在宽敞的大马路，都是乡间小路，许多地方甚至根本没有路，只有吃人的老虎豹子之类。那走过的路程之远更是吓人，相当于今天从西安一直走路到印度，中间要穿过阿富汗、哈萨克斯坦等许多国家，那路程何止万里！

但玄奘对这一切艰难险阻毫不畏惧，克服了一切常人难以想象的困难，终于到达了佛教的诞生之地印度。

他一路参观各个寺院，沿途向遇到的高僧学习，并参拜释迦牟尼留下的圣迹。他一路南行，终于抵达了当时佛教的中心摩揭陀国，这时候已经30岁了，在路上走了整整3年。

玄奘到了当时佛教最大最重要的寺院那烂陀寺，在那里留学，拜在著名的戒贤大师门下，学习当时最正宗最先进的佛学理论。

玄奘在那烂陀寺共呆了5年，将能够学到的基本上都学会了。此后又开始了游历，足迹遍及整个印度，不断找高僧请教，那水平不用说一天比一天高。

就这样玄奘又游学了整整12年，才回到那烂陀寺。在寺里，他应师尊戒贤之命讲经，讲得精彩极了，那些不同意他见解的人一个个被他驳得体无完肤。后来，他甚至向全印度摆出擂台，邀请无论什么人来与他辩论佛学佛理。结果竟然无人敢应战。

玄奘迅速成为全印度最知名的高僧，受到印度这个佛教诞生之国的教徒们的广泛崇拜。当时印度最强大的君主戒日王也非常尊敬玄奘，甚至有18个印度小国的国王拜玄奘为师傅，当了他的弟子。

玄奘要是一直生活在印度，会享尽一个僧人所能够享受到的一切荣华与尊贵，但他却决意要回到祖国。戒日王苦留不成，只好邀集那18个国王在他的首都开了75天的无遮大会，为玄奘隆重饯行。

背着更加沉重的行囊——里面装的是大量从印度带回来的原本佛

经，玄奘又开始了千山万水的跋涉，贞观十九年时终于回到了长安，这时候距他离开已经整整17年了！

唐太宗听说了这事，下令举行隆重无比的仪式迎接玄奘归来。

玄奘这次从印度带回来了如来佛的经像和舍利——就是烧如来佛的尸体时所得到的凝结成块的骨灰，佛家称为舍利，是佛教最宝贵的圣物，此外当然有数以百计的佛经梵文原典，共有520 657部。

据说唐太宗对玄奘钦佩不已，几次请他还俗，准备封他高官厚禄，但都毫不犹豫地拒绝了，他只想好好整理带回来的佛经，将他们译成汉语，他深知这些经典就是中国以后佛学发展的基础。

唐太宗很为玄奘的精神感动，答应了他的要求。于是，玄奘先后在弘福寺、大慈恩寺、玉华宫等寺院里译经，又花了19年，共译出经论75部1 335卷，而且是忠于原典、逐字逐句的翻译，这些译经成为中国后来佛学继续发展的基础。

在译经之余，玄奘还写了一部《大唐西域记》，共12卷，记载了中国的西域及印度、甚至远在印度洋的斯里兰卡等国的历史、地理、宗教、神话与风土人情等，这部著作由于史料真实、丰富，今天还是研究这些地区历史地理等最基本的资料之一，具有极高的价值，受到全世界相关学者的重视。

玄奘逝世于麟德元年，即公元664年，只活了63岁。

一个人只活了并不长久的63年，却跑了这么远的路，还做了这么多的事，真是令人佩服啊！

深受藏族人民爱戴的文成公主

文成公主生于公元625年，她和松赞干布的故事我们在初中的历史课本里就读到过。可以这样说吧，在中国历朝历代所有的公主之中，最有名、最受到人们敬仰的就是文成公主了。在西藏，文成公主已经不是一个人，而是受到万千人崇拜的神了，直到今天依然如此。

文成公主是唐朝皇族的女儿，既聪明又美丽。这样聪明美丽的公主是很多的，文成公主也许会像其他的公主一样度过锦衣玉食然而平凡的一生。但有个人的出现改变了她的一生，他就是松赞干布。

松赞干布是藏族历史上第一个大英雄，正是他让西藏这块古老而神奇的土地呈现在我们面前。

松赞干布基本上统一了所有藏族人生活的地区，建立了吐蕃王朝。一开始他不怎么服唐朝，但后来打了一仗之后，觉得还是唐朝厉害，不但武功隆盛，而且文化也极发达，令他羡慕不已。

于是，公元640年时，他派了自己的宰相禄东赞到长安，献上了大量金银财宝，请求唐太宗嫁个公主给他当老婆。唐太宗答应了，许他的对象就是文成公主。

这里面还有一段故事，据说当时刚刚15岁的文成公主不但容貌美丽，而且仪态高贵、举止优雅，且学识丰富，在唐朝的皇室之中享有盛名，其芳名甚至传到了国外。于是许多异国国王和王子都向唐太宗请求娶文成公主为妻，连天竺、大食等当时有名的大国都在其内。

怎么办呢？后来唐太宗想出了一个办法，就是出了六道智力题，叫这些派来求婚的使臣解答。题目不用说都是极难的，结果只有禄东赞一个人都答对了，从而娶到了文成公主。现在拉萨的大昭寺和布达拉宫内仍完好地保存着描绘"六试婚使"的故事的壁画。

据说第一试是要用一根细丝带穿过中间有个弯弯曲曲的"九曲孔"的明珠。硬干当然不行，禄东赞找来一根线，将线的一头系在蚂蚁的腰上，另一头则接在丝带上。他在九曲孔眼的一头抹上蜂蜜，把蚂蚁放在另一头。蚂蚁闻到蜂蜜的香味，再借助禄东赞吹气的力量，便带着丝线，顺着弯曲的小孔，缓缓地从另一边爬了出来。细丝带也就随着线从九曲明珠中穿过去了。

第六试是在个个衣着华丽、端庄秀美的300个年轻女子中间把文成公主选出来。禄东赞因为事先得到了曾经服侍过公主的人的指点，顺利把文成公主给挑了出来。也就是在这里我们知道了文成公主是何等的美貌。据记载，她体态婀娜多姿、肌肤似雪，左脸颊上有一点莲花纹，额头的正中间画有一个黄丹圆圈，牙齿洁白又细密，口里还有青莲的香味，颈部又有一颗痣。同时，文成公主不止外表美丽，内在也很出众，这从她炯炯有神的双目就看得出来。

就这样，禄东赞凭借他的智慧顺利地为松赞干布娶到了文成公主。

对了，这个禄东赞在历史上也是很有名的。大家都见过唐代的一幅名画，就是阎立本所作的《步辇图》，描绘的就是禄东赞前来向唐太宗请婚的场面。图中身形巨大的唐太宗坐在轿子上，前面那位浓眉、高鼻梁、连鬓胡须，手里握着象笏的人就是禄东赞了。

公元641年，文成公主启程前往吐蕃，不用说万里迢迢，自然不轻松。松赞干布亲自从拉萨到了遥远的柏海去迎接。

据说，当松赞干布见到中土的这位金枝玉叶时，立即被征服了。她华美的服装、美丽的外貌、端庄的神态、高贵的气度，与当时尚处于古老的奴隶社会的藏族女子大大不同。松赞干布立即对代表唐太宗前来的使者李道宗行了大礼，然后带着她浩浩荡荡地往拉萨去了。

到拉萨后，幸福无比的松赞干布立即为文成公主修筑了一座华丽至极的宫殿，这就是布达拉宫，到今天还是整个西藏最神圣高贵的建筑物。

据说，为了与文成公主有更多的共同语言，松赞干布还脱下他穿惯了的皮衣，换上了文成公主亲手为他缝制的丝质唐装，还向文成公主学说汉话，总之夫妻非常之恩爱。

文成公主的到来不仅仅改变了松赞干布，也改变了整个西藏。

文成公主从长安带来了很多嫁妆，有佛祖画像、各种金银珍宝、大批精美的绫罗绸缎。更重要的是，她还带来了大批书籍，装在金玉的书橱里，其中既有大量佛教经典，也有许多中国思想典籍以及医学、农业、制造等方面的专业书籍，这些都是比金银财宝更加宝贵的。她甚至带来了许多谷物和蔬菜种子，还有大批的专家，包括能够教授经典的老师、制造各种器具的工艺师、医术高明的大夫、精通作物栽培的农艺师，等等。

这些东西来自当时远远走在世界前面的大唐帝国，对当时落后许多的吐蕃自然是非常有用的。

到西藏后不久，随文成公主前来的各种专业人士们也开始工作了，帮助整理吐蕃的有关文献，还教授中国的各种典籍与技艺。看到这情景，松赞干布更加高兴了，下令大臣与贵族子弟们都要诚心诚意地拜汉人们为师，学习汉族文化，研读他们带来的典籍。为了更进一步学习汉族文化，他还派遣了一批又一批的贵族子弟，千里跋涉前往长安学习，把汉族文化大规模地引回吐蕃。

还有那些跟着文成公主来的农艺师们，他们把从中原带去的各种作物播种在西藏的大地上，然后精心地灌溉、施肥、除草，等到了收获的季节，那茂盛的庄稼、惊人的高产，让吐蕃人简直不敢相信自己的眼睛，自然虚心地学习起来，使吐蕃的粮食产量飞速增长。吐蕃人还学习了种桑养蚕和织布的技术，使吐蕃人也能够织出精美的丝绸，令吐蕃人更加羡慕中原的文化，文成公主更是被藏族人奉为神明，直到现在都是如此。

总之，文成公主带给吐蕃的远远不止是一个美丽的王后，还带来了一种先进的文化。由于这种先进的文化，使吐蕃社会得到了迅速的发展，也使唐朝与吐蕃的关系血肉相连。

文成公主在西藏生活了近四十年，公元680年时去世，吐蕃举国哀悼，至今拉萨的大昭寺内还保存着当时藏人为她造的金身塑像，受到藏族人民的崇拜。

屋大维给罗马带来了和平与繁荣

屋大维又称为奥古斯都，是罗马最伟大的君主，也可以说是罗马帝国的开国之君。因为在他之前，罗马是共和国，在他之后，罗马才可以称为帝国。正是他引领罗马成了我们久仰大名的罗马帝国。

更为重要的是，屋大维给罗马人带来的不只是帝国这个政治体制，还带来了罗马的和平与繁荣，这段历史一直是罗马的光荣时代！正因为如此，我们才在这里将他录入爱国者之列。

屋大维公元前63年生于罗马，原名盖乌斯·屋大维乌斯·图里努斯。父亲属于罗马的骑士阶层，母亲可不一样，是罗马伟大的统治者裘利斯·恺撒的亲侄女。所以，没有亲生儿子的恺撒后来领养了屋大维，并通过遗嘱指定他为继承人。于是，依照罗马的习惯，屋大维乌斯因此改名为裘利斯·恺撒·屋大维亚努斯，简称屋大维。这是公元前45年的事。

然而，不到一年，恺撒就被刺杀了。这时屋大维有两个选择：一是远离意大利，到恺撒的部将们那里去寻求他们的保护；二是回到意大利，接受恺撒的遗产，乘机为他复仇。有很多人劝他做第一种选择，但他拒绝了，回到了罗马，回到了危险之中。

屋大维到罗马后，代恺撒统治罗马的安东尼却不理睬他，也不积极为恺撒报仇。

于是，在当权者与贵族之中找不到同盟者的屋大维像他的父亲一样走向了罗马人民。他把从恺撒那里接受来的所有财产分给罗马人民和父亲的老兵，得到了他们的热烈支持，他们甚至转而反对苛待屋大维的安东尼。

不久，屋大维与安东尼之间发生了第一次战争，打败了安东尼，顺利地成了罗马的执政官。

成为执政官后，屋大维第一件事就是着手惩罚杀害父亲的凶手。为了报仇，他召集了许多恺撒的老部下，他们中的很多人原来支持恺撒的主要继任者安东尼和雷必达，现在转而支持屋大维了。

此后，拥有了强大兵力的屋大维杀向谋杀恺撒的狄西摩斯，打败并杀死了他。他还频频主动地向恺撒的两个主要继任者安东尼和雷必达示好，使他们终于与他走到了一起，成了罗马的三巨头，完全地统治了罗马。

为了报仇，他们进行了所谓的"公敌宣告"，也就是宣布某个人是全体罗马人民之敌，这个人就不受法律保护，任何人都可以抓住他、杀死他，并且夺取他的财产。那些人当然主要是恺撒的敌人，但也有许多的无辜者枉死。

他们又先后击败了小庞培的强大海军、杀死恺撒的主谋卡西约和勃鲁托斯，最后又击败了以前的主要同盟者、后来的主要对手安东尼。

屋大维之所以能够击败强大的安东尼，主要是因为40岁的安东尼似一个年轻人般疯狂地爱上了美丽的埃及女王、恺撒以前的情人克莉奥佩特拉，即著名的"埃及艳后"，安东尼甚至把大量罗马的东方领土送给了女王，她的孩子被宣布为他的继承人，如此等等当然遭到了罗马人的强烈反对，结果自取灭亡，被屋大维乘机干掉了。相对弱小得多的雷必达不久也被屋大维剥夺了兵权，成了一个无足轻重的人。

消灭安东尼后，屋大维就此成了罗马唯一的主宰，开始了罗马一个新的时期——帝国时期。

这年，屋大维仅28岁。从18岁开始，他就在刀剑丛中觅生活，现在对内战已经厌倦，要开始一个新的和平时期，后人称之为罗马和平。这是罗马历史上的黄金时代。

屋大维凯旋回到罗马后，受到的欢呼只有他的父亲恺撒当年可比。元老院给予他的荣誉只可用"无限"二字来形容，元老们和人民到城外很远的地方去迎接他，将他送到神庙祝祭，然后又一直送回家。屋大维也许看到了恺撒接受太多荣誉与权力带来的危害，所以他一开始拒绝了大部分，没有做执政官和大教长，只接受了一个"终身保民官"的职位，甚至没有举行盛大的凯旋式，只举行了一个小的。

当然这只是开始。当他击败安东尼、剥夺雷必达的军权，成为罗马唯一主宰之后，他逐步向老爸学习，成了罗马的又一个恺撒。

他称自己为"普林斯"，意译就是"第一公民"、"元首"。他还是"元帅"，这个词的意义与"皇帝"相似，他又是首席元老。最后，当他在公元前27年说要退隐江湖时，元老院知道他醉翁之意不在酒，干脆奉上了一个尊号："奥古斯都"，意思就是"至圣至尊"，够吓人了吧！他的最后一个尊号是"祖国之父"。应该说这样阔的尊号一般皇帝也得不来呢。

为什么他获得这样大的荣誉，又没有像恺撒一样遭受灭顶之灾呢？这是因为他当权后做了很多令罗马人民高兴的事。

当权后，他立即着手定国安邦：他整顿国家秩序，因为在一个秩序混乱的国家里一切无从谈起，又派军队大力清剿在罗马各地横行无忌的窃贼和强盗，维护社会安定。

他又整顿权力机构。把元老人数减少到600人，并且对能任元老的人提出了资格要求。对于平民，他深知"民能载舟，亦能覆舟"，尽量让平民们过上丰衣足食的生活，对那些成天在城市游荡、什么活也不干的无业游民也由国家好好地养起来。

他还加强了对外省的统治，笼络外省的阔佬们，给他们梦想的罗马公民权，使他们更好地为他和罗马服务。

经过如此整顿之后，罗马的秩序安定了，政权稳如泰山。这时，他就要"发展生产"了。怎么发展？对于罗马人，那是很简单的——征服。

他先将原来征服的地方——从西班牙到埃及巩固起来，大收贡物。然后着手进行新的征服。

他征服了阿尔卑斯山东部和多瑙河上游地区，大约相当于现在的瑞士、奥地利一带，又征服了多瑙河中下游地区，相当于现在的匈牙利、罗马尼亚和前南斯拉夫一带，在那里建立了几个新行省。

令人惊奇的是，屋大维几乎能够将他征服的每一个地方都治理得井井有条，让异族的人民服服帖帖。他的办法其实很简单，就是相当仁慈而宽厚地统治，并且致力于发展被征服地区原来比较落后的经济与文化，使人民能过上比较先进而且富有的生活。对于当地的人民来说，在屋大维统治之下的生活远比同族的国王统治下的生活还要幸福安定，他们何乐而不为呢？反正当皇帝的又不是他们自己！

在这样的治国与征服之中，在罗马的繁荣昌盛之中，屋大维度过了他的余生，死于14年8月18日，享年77岁。

他死后，罗马为他举行了隆重的葬礼，他死去的这一个月也以他的名字来命名，称为奥古斯都（Augustus），就是现在的八月（August）。

屋大维统治罗马44年之久。在他的治下，罗马由共和国成为了帝国，罗马人民享受了难得的和平，过上了比较安宁幸福的日子。这乃是伟大的罗马的黄金时代。

就在罗马大广场上，竖立着屋大维的黄金雕像，上面刻着一句话，我们就用它来结尾吧：

他恢复了很久以前就被破坏了的大地和海洋的和平。

中国巾帼英雄第一人

这一章里我要讲一个女人的故事。这个女人与文成公主不同，她没有文成公主的天生丽质，有的是比男子汉更要男子汉的豪杰精神，为我们国家所立下的汗马功劳也比得上任何一个男将军。她就是冼夫人。

冼夫人应该不是汉族人，大概是俚族人。据说她姓冼名英，生于公元522年左右。她的家族世代是岭南大族，领导着一个拥有几十万人口的大部族，主要领地在今天的广东西部，叫做高州的地方。

据说冼夫人幼年时叫冼百合。少数民族的女孩子可不会像汉族的千金小姐一样扭扭捏捏，她从小就跟着兄弟们打架，力气和智慧比兄弟们都要强。

据说由于她天赋异禀，得到了当时一个隐居在岭南的高人指点，通晓兵书战策。所以长大后的冼夫人不但武艺高强，可以挽强弓、执大刀与敌人决斗，而且熟悉行军布阵之法，比当时那些土头土脑的兄弟们不知强多少倍。少数民族也没有汉族人那样多的性别歧视，所以冼夫人从小就被当成未来的部族首领来培养。她的威名也传向了四方，周围一带的部落，包括海南岛上的儋耳诸部落，都归附到了她的麾下。

与此同时，在冼夫人所居的高州附近还有一支力量，就是当地的汉族政府。政府首脑姓冯，据说是从中国北方来的，定居广东新会一带，一直是世袭的地方长官，这一代叫冯融，被南梁的建立者梁武帝任命为罗州刺史。他有一个宝贝儿子叫冯宝，长大后当了高凉郡的太守。

这个冯融也听说了那个冼家女子的大名，觉得要是娶了这样一个厉害的儿媳妇，对于他和他的家族一定大有好处，于是主动向冼家提亲，希望他的儿子能够娶冼百合小姐为妻。

冼家一听，立即答应了。因为一则他们毕竟在当时是少数民族，少数民族女子能够嫁给汉族总是有面子的事，何况这个汉族还是个大官，更何况他们听说这个冯宝长的英俊潇洒，又是太守大人，更没犹豫的了!

于是,亲事就这么成了,冼百合小姐不久成了冯太守夫人。

冼夫人对自己的先生也十分满意,决心以后好好帮助夫家治理辖区。

此前,虽然冯家是当地的政府首脑,但由于是外地汉人,当地少数民族们并不怎么买他们的账。现在,冼夫人嫁来之后,亲自帮助丈夫处理政务。由于她能力出众,处理事务又公平合理,因此深得民心。在她的治理之下,高凉一带政治清平,百姓安居乐业,一派兴旺景象。

不止于此,冼夫人还十分尊重中央政府。她要求她的族人一定要尊重政府、服从国家法令,尽力使广东这块当时比较偏远的地方牢牢处于中央政府的统治之下,甚至努力将中央政府的统治推向更远方。例如她多次请当时的梁朝中央政府在海南设州置郡,使这里真正成为中国的一部分。后来中央政府听从她的建议,在海南设立了崖州,使几百年以来一直处于独立或者无政府状态的海南宝岛从此成了中国牢不可分的一部分,直至今天。

此前,海南岛处于部族割据状态,部族之间经常互相残杀,人民基本上过着茹毛饮血的原始生活。冼夫人便教导岛民们改变各种落后愚昧的习气,向他们传播中原先进的文化与农业技术,大大地促进了海南岛经济与文化的发展。

冼夫人的爱国精神最体现在她对于几代中央政府的忠诚上面,也就是说,无论中国内地的政府如何变迁,她总是忠于这个哪怕变化了的政府,从来没想要自己也建立一个新的、独立于中央政府的新政府。

冼夫人首先忠的是梁朝政权。

她先帮助镇压了岭南反叛中央的李迁仕,并认识了前来帮助镇压李迁仕的梁朝大将陈霸先。

后来,当陈霸先在公元557年废掉了梁敬帝,建立陈朝后,她又效忠于陈朝中央政府。

陈朝初年,岭南的一些少数民族部落趁陈朝刚刚建立,对岭南鞭长莫及,纷纷起兵叛乱,自立为王。这时候冼夫人的丈夫冯宝已经死了,冼夫人成了寡妇,但她没有沉浸在悲伤之中,而以国家为重,立即以当地部落首领和太守夫人的双重身份，几乎跑遍了整个岭南，劝那些人不要造反。由于她的崇高威望，这些地方基本上听从了她的劝告，不再造反闹独立了。安定岭南后，冼夫人又带着刚刚9岁的儿子冯仆和部落的许多其他首领，前往京城朝见新皇帝，即陈武帝陈霸先。

陈武帝见自己不费吹灰之力就安定了岭南，自然高兴万分，立即任命小冯仆为阳春太守。

到公元569年，当时的广州刺史欧阳纥又想造反了，把部下冯仆召到了广州，逼着他一同造反。冯仆把这事写信告诉了母亲。冼夫人虽然担心儿子的安危，但仍毫不犹豫地拒绝造反，她说："我忠心报国已经两代了，决不能为了儿子而辜负国家！"

不久欧阳纥起兵叛乱，冼夫人立即率兵征讨。在她的帮助之下，前来镇压叛乱的陈朝军队很快打败了欧阳纥，并且活捉了他。

事后，陈朝皇帝封冼夫人为中郎将。这样封一个女人为官，在当时几乎是不可想象的呢。

又到了公元581年，隋文帝派大军灭掉了陈朝，中国南北分立的南北朝时代在持续了几百年后结束了，中国又统一了起来。

由于陈朝刚刚灭亡，隋朝的势力还没有到达岭南，于是，处于权力真空的岭南几个州郡就公推冼夫人做了这里的盟主。如果她愿意，完全可以自立称王。但冼夫人没有。当隋朝派官员来接管岭南的时候，由于当时统兵灭陈的杨广让人带来了陈朝的亡国之君陈后主写给冼夫人的信，告诉她陈朝已经灭亡，要她归附隋朝，甚至还把以前冼夫人送给陈后主的一根手杖——扶南犀杖当信物，冼夫人看了信和手杖，知道陈朝确实亡了，就归顺了隋朝中央政府。

但她仍召集首领数千人大哭了好几天，表示对故主的哀悼。隋朝也感念她的忠心，册封她为"宋康郡夫人"。

此后，冼夫人又帮助隋朝平定了岭南的几次叛乱，到了七十多岁时，她还亲自骑着马，带着隋朝的官员巡视岭南各地，叫他们服从中央政府。

就这样，冼夫人凭借自己的崇高威望不但给岭南带来了和平，还将之牢牢地置于中央政府的统治之下。

公元602年，冼夫人逝世于前往海南巡视的路上。

由于冼夫人立下的赫赫功勋和她的崇高威望，隋文帝杨坚追封她丈夫为谯国公，并封冼夫人为谯国夫人。此后，史书上也常用"谯国夫人"这个称号来称呼她。

据说冼夫人生前把梁、陈、隋三个朝代赠给她的礼物分别放在三个仓库来保管，每逢过年过节，都会把这些礼物拿出来，陈列在大厅里，对子孙们说："我历经三朝，一心为国，这些东西就是证据，你们将来一定不能做对不起国家的事情，辜负我的一片忠心！"

冼夫人以她的高风亮节、对国家的耿耿忠心、以及她为开发岭南和海南等地所做的巨大贡献而为后人所铭记，甚至成为岭南地区广大人民膜拜的对象。现在广东、海南各地还有上百座冼夫人庙，甚至在香港、台湾、马来西亚、越南、新加坡等地也都建有不少冼夫人庙。广东、海南许多地方现在每年都会举行多次盛大的活动来纪念她。

由于冼夫人终生致力于维护国家统一，中国历代中央政府都给她以高度的赞誉，从梁陈以至于明清皇朝都先后给了她许多的封号。中华人民共和国成立后，周恩来总理也称她为"中国巾帼英雄第一人"。

祖逖北伐

祖逖生于公元266年，是范阳人，大致在今天的河北涞水一带。祖逖家族在西晋世代为官，父亲祖武曾经任上谷太守，但很早就去世了，留下祖逖弟兄六个。

据说祖逖小时候不喜欢读书，性子也自由散漫，好像不会有什么出息。但他为人很讲义气，又慷慨大方，所以很受邻居和朋友们的喜爱。后来，他担任了洛阳地方的主簿，就是地方大官下面掌握文书的小官，但地位比较重要，相当于现在省长、部长、市长们的机要秘书之类吧。

这时候的祖逖已经胸怀大志了，据说每天公鸡一打鸣就马上起床，在门外练起剑来，要知道那时候打仗可没有机枪、坦克、大炮，靠的是高超的武艺。这事儿流传开来，后来就变成了一个有名的成语叫"闻鸡起舞"，用来表示一个人特别勤奋努力。

他这样做是有原因的。那时候的西晋已经是山雨欲来风满楼了，官吏贪污横行，土豪劣绅霸道，八王之乱更是将国家推向了崩溃的边缘。

所谓八王之乱就是从公元291年开始，历时16年之久的8个当时都属于西晋王室的诸侯王之间的乱斗。其实就是狗咬狗、一嘴毛，但把天下搞得乌烟瘴气，受到伤害的是国家和百姓。

正由于统治者们这样胡搞内斗，把国家搞得衰弱不堪，于是，北方的各少数民族政权就来趁火打劫，其中以匈奴的刘渊和羯族出身的石勒为首，此外还有其他少数民族，被称为"五胡"。其实原来他们中的许多人早就生活在中原一带了，与汉族杂居在一起，汉化相当严重，例如刘渊，从他姓刘就看得出来至少是半个汉人了。他们纷纷杀向西晋，刘渊、氐人李雄、鲜卑人慕容廆等都建立了政权。

到公元311年，石勒和刘渊的大将王弥等一起攻破洛阳，后来石勒又统军攻下长安。到公元316年，刘曜围攻长安，晋愍帝出降，西晋就此灭亡。

在西晋灭亡之前，由于北方一片混乱，大批汉族人开始渡过长江南下，迁居到尚在汉人控制之下的南方，祖逖也是这些人中的一个。祖逖带领家族里的好几百口南下，当到了泗口，也就是今天的江苏徐州时，被当时的大将军司马睿任命为徐州刺史。不久又征召他担任了军谘祭酒，大概是皇帝的军事顾问。从此，祖逖就在京口，就是今天的江苏镇江定居下来。

虽然生活在锦绣江南，但祖逖无时无刻不想着要收复北方的大好河山，多次向司马睿提出要求，请求北伐。但司马睿此时只想在南方的温柔乡里做美梦，根本不想什么北伐了，何况要是真的光复了北方，哪个当皇帝还不知道呢，还不如待在南方舒服，但他又不想背着不愿意光复河山的骂名，这样的结果是，司马睿封祖逖为奋威将军、豫州刺史，要他出师北伐，但只拨给他1 000个人用的粮食和3 000匹布，连铠甲兵器都不给，更不用说一兵一卒了，他让祖逖自己去招兵买马。

但祖逖并没有灰心。他就带着跟自己南下的那些汉人，从镇江渡江北上了。当船到江心时，他望着眼前的滚滚长江，想到如今山河破碎、生灵涂炭，而自己壮志难酬，不由热血沸腾，敲打着船楫大声喊道："我祖逖要是不能平定中原、收复失地，决不重返江东！"可见其爱国之心何等坚定而深沉！

到公元316年，晋愍帝被匈奴的刘氏汉国俘虏，西晋灭亡。第二年，司马睿在建康——就是今天的南京称帝，建立东晋。这时候他的位子牢固了，才勉强开始北伐。

当时祖逖在淮阴一带招募到了两千多士兵，带着这些人向北方进军。当时统治这里的是汉族军阀，他们并不配合。后来祖逖或对其晓以大义，或对其武力攻伐，终于攻占了谯城，打开了北伐的通道。

这时候祖逖的主要对手是后赵的建立者石勒，他派自己的养子石虎率5万大军攻击祖逖。由于势力远远不如，祖逖战败了，退守淮南。

但祖逖可没有逃跑，他积聚力量，展开反击，打败了石勒的部队，并不断前进，屡战屡胜，占领了黄河以南大部分地区。石勒多次派精兵攻打祖逖，都被祖逖击败，北伐战争形势一片大好。

祖逖北伐之所以能够取得成功，主要就是因为他采取了正确的方针政策，例如他强调民族团结。当时在北方有许多地方豪强建立了"坞堡"，用以自保，事实上形成了一个个的小土皇帝。祖逖总是向他们晓以民族大义，并且尽力帮助他们，使这些豪强们大都归附了他，一起北伐，光复中原。还有，虽然身为统帅，但祖逖生活俭朴，对部属百姓关爱有加，因此深得他们的爱戴与拥护。

如此等等，这样的结果就是祖逖北伐大获成功，出兵几年之后就基本上收复了黄河以南的地区，他所统领的北伐军也由小到大、越战越强，成了一支相当强大的军队，使石勒再也不敢随便越过黄河了。

看到祖逖这么厉害，石勒干脆放弃了黄河以南，只求守住黄河以北就好了，甚至主动向祖逖示好，命令他占领之下的幽州官府修好了祖氏的祖坟，还给祖逖写信请求双方罢兵，还要求互通使节、让双方的人民互相做买卖。祖逖虽然没有明确答应，但实际上答应了，让双方的人民自由贸易，他在中间大收其税，这样无论是他的官家还是百姓都赚了很多钱，富了起来。祖逖又用这些财富去武装自己的军队，使之更加强大。

他准备一旦时机成熟，就要渡黄河北上，光复整个北方领土。

然而，所谓功高震主，祖逖的成功与强大让东晋皇帝不安起来，怕祖逖太强大对他的皇位产生威胁。于是，正当祖逖准备渡河北进、完成光复大业之时，晋元帝竟然在公元321年任命戴渊为都督，成了祖逖的上级，坐镇合肥，明显是用来牵制祖逖的。这个戴渊虽然也有一定才能，但他是南方人，并没有收复北方的志向。祖逖看见自己功劳这样大，却没有得到朝廷应有的重视，平白让戴渊这样远远不如自己的人来管他、当他的上司，心中自然十分不平。后来，他又听说东晋朝廷内部斗争激烈，很可能像从前的西晋一样大乱，要是如此，国家就惨了，不但收复不了北方，恐怕南方都保不住了。

想到这些，祖逖心中日夜难宁，后来竟然忧愤成疾，病倒了。但他不顾自己病重，依然天天筹划着北伐大业，终于在雍丘（就是今天的河南杞县）病倒，很快就去世了。

这是公元321年的事，祖逖终年只有56岁。

祖逖北伐是中国历史上第一次北伐，虽然并没有取得最后成功，但这可不是祖逖不行，而是统治者昏庸所致。祖逖的爱国之心与英雄事迹将永远活在中国人民心中。

一代名臣范仲淹

范仲淹这个名字我们听说过，他的《岳阳楼记》可谓鼎鼎有名，不过大家可能想不到，老范还是一位爱国名将呢。范仲淹是北宋人，公元989年出生于江苏吴县，即现在的江苏省苏州市。他是个不幸的孩子，一岁时父亲就病死了，母亲没法，嫁给了一个姓朱的富人，范仲淹是在朱家长大成人的。

范仲淹从小爱读书，学习很刻苦。为了读书，他住到了山上的寺庙里，每天只煮一锅粥，凉了以后划成四块，早晚各吃两块，唯一的菜就是腌菜和醋。

他本来以为自己姓朱，但后来偶尔得知自己的身世，就毅然离开了朱家，自己谋生求学去了。

到1011年，已经23岁的范仲淹来到了睢阳的应天府书院。这里是宋代著名的四大书院之一，里面有才能的学生很多，还是免费的。

范仲淹学习极为刻苦，每天一大早就起来舞剑，然后读书直到半夜才睡觉，连衣服都不脱，以便于早起。这时候他已经胸怀大志，要出人头地，为国为民做贡献。

真是功夫不负有心人，到了1015年，范仲淹就中了进士。

不久，范仲淹被任命为广德军的司理参军，这是一个掌管地方刑狱的芝麻官，不过很快就又当了集庆军节度推官，是幕僚一样的官职，八品。他这时候就把母亲从朱家接来赡养了。

几年后，范仲淹又当了泰州一个盐仓监官，就是管盐的，当时也算是个肥缺，不过范仲淹可不会借机发财。他发现这里的海堤失修，遇上大潮汐就是大灾，潮水能一直淹到泰州城下。于是他上书建议在通州、泰州、楚州、海州一带沿海重修一道坚固的海堤。

他的建议被采纳了，被朝廷调任兴化县令，就负责修海堤。

于是，他亲自带领几万个民工，即使大风大浪快要将他吞没也毫不畏惧。在他的不懈努力之下，不久就修筑了绵延数百里的海堤。海堤为这一带的老百姓造了大大的福，他们特意造了座范公祠来纪念他的功绩。

由于踏实肯干，范仲淹的官位也慢慢地升迁，后来在首都开封当过大理寺丞，这是国家很高级的办案机构。

到1028年，范仲淹又当了秘阁校理，相当于皇帝的文学侍从，经常可以同也喜欢文学的皇帝见面什么的，当然是个美差。

这时候的皇帝是宋仁宗，但由他的母亲刘太后实际执政。范仲淹看了很不是滋味，就胆大包天地一再递奏章，要求皇帝亲政，刘太后放权。这下得罪了当权派，于是老范被赶到河中府当通判去了。

太后三年后就死了，于是仁宗立即把范仲淹召回首都，当了右司谏，专职就是向皇帝打报告劝这劝那。但由于他劝的太过，得罪了皇帝，又被从首都赶走了，后来又因功回京。这样来来去去，也不消多说，反正都是直肠子惹的祸。

本来，范仲淹也许以为他的一辈子就会在这样的来来去去中消磨掉了，然而在他50岁左右时，发生了一件大事，改变了他的人生。

原来，那时候党项族人强大起来了。1038年时党项族的首领元昊另起炉灶，独立建国，就是西夏，还派10万大军来攻打宋朝的延州，就是今天陕西延安附近。

这时候的北宋政权已经相当腐败，尤其是军事上软得不行，敌人一打来顿时面如土色，惊慌失措。

当然还是要派兵去打的，皇帝就派了夏竦去做主帅，又派了自认为正确无比的老范去当边帅之一，总之要他到前线去打仗了。

这时范仲淹已经52岁了，他毫无惧色，立即奔赴前线。但到了前线一看，发现这时候的宋军由于多年不打仗，都不知道打仗是咋回事了。他认为当下最正确的策略就是先做好防守，训练士兵，等他们会打时再去打。但他的建议没有得到采纳。1041年初，边帅韩琦派大军迎击来犯的敌军，结果遭遇埋伏，惨败。这下印证范仲淹的策略是正确的了。

此后，在范仲淹的领导下，宋军进行了全面整编。他淘汰老弱残兵，精心挑选了18 000名身强体壮的士兵，把他们分成6部，让每个将领统率3 000人，加以充分训练，成为他的主力部队。他还从士兵和低级军官中提拔了一批猛将，如狄青等，并制订了灵活机动的用兵策略，又在边境地区修筑了许多坚固的工事，随时准备打击来犯之敌。

范仲淹还特别重视军纪，赏罚分明，对于勇猛杀敌的士兵予以重奖加提拔，对贪生怕死、克扣军饷等违反军纪的行为严惩不贷，甚至当众斩首。

如此种种，经过范仲淹的努力，他建立起了一支强大的军队，将领有勇有谋、士兵作战勇敢，直到北宋末年都是最精锐的部队之一。

当然，在做这一切之时，范仲淹并不是一味防守，只要有机会也会主动出击，例如在庆历二年，即1042年，派他的大儿子范纯佑领兵偷袭西夏军，取得胜利。随后他亲自领军出发，前进到了前线附近，突然在西夏人眼皮底下筑起了一座坚固的堡垒。它像一把匕首一样插入西夏，使他们再也不敢随意出兵攻宋了，因为一出去便被会宋军发现，来个前后夹攻。

这时候的西夏人一看见范仲淹就怕，就像当初匈奴人一看见卫青、霍去病就怕一样。

后来，西夏人撑不下去了，开始与宋朝和谈。到庆历四年，即1044年，宋夏正式达成和平和议，西夏继续对宋称臣，中国西北部的局势就此安定下来了。

这时候，范仲淹已经从边境调回了中央，当了枢密副使的大官，相当于现在的国防部副部长吧，不久更当上了参知政事，相当于副宰相，也就是今天的国务院副总理，并且掌握了实权。

为了不辜负皇上的信任，范仲淹立即提出了系统化的十条改革方案，叫《答手诏条陈十事》，如全面整顿吏治，该升的升，该降的降；大力发展农业、兴修水利，同时适当减轻老百姓负担；整治军备，加强士兵的军事训练，如此等等。

这些措施当然是好的，但没有想象中的成功，因为阻力太大了。那些当了大官的既得利益者把自己的利益看得比国家、民族利益还要重，哪肯容忍他这样。过不了一两年，宋仁宗就下令废除所有的改革措施，北宋的腐败孱弱又是外甥打灯笼——照舅（旧）了，这终将带来它的失败与灭亡。

范仲淹呢，他被大降几级，到邓州当了知州，这是1045年的事。

同他站在一边的朋友们也遭到了贬职，如欧阳修去了滁州，滕子京贬到了岳州，就是今天的湖南岳阳一带。

对了，正是这个滕子京给范仲淹去信，因为他重新修造了那时候还不怎么出名的岳阳楼，请老范写一点什么东西纪念一下，结果范仲淹写出了《岳阳楼记》。其中最有名的一句就是：

先天下之忧而忧，后天下之乐而乐！

范仲淹死于1052年，安葬在洛阳附近的伊川县。

文武全才的爱国词人辛弃疾

辛弃疾与范仲淹有些相似，两人都是著名的文学家，都是宋朝抗击外族入侵的名将，所不同的是范仲淹作为爱国将领的功劳大一点，而辛弃疾作为文学家的地位高一些。

辛弃疾生于1140年，山东历城人，即现在的山东省济南市历城区。也像范仲淹一样，辛弃疾早年丧父，从小跟着祖父辛赞过日子。

这时候，中国的北方已经被金国占领了，所以辛弃疾出生时实际上是金国国籍，他的爷爷也是金国的官。但在爷爷心里从来把自己当宋人，并且很早时就把这种心思告诉了孙子。加之辛弃疾稍长之后，又看到了在金人统治之下汉人所过的苦日子，所以从小立志为大宋光复中原。

绍兴三十一年，即1161年，金国皇帝完颜亮派兵大举南下攻宋。为了配合前方抗敌，北方的汉人纷纷举行起义，21岁的辛弃疾也召集了两千来人，加入了耿京领导的起义军队伍，并在里面担任了书记官。

第二年，他奉耿京之命南下与南宋朝廷联络。然而，就在他顺利完成使命，回去的途中，听到了义军统帅耿京被叛徒张安国杀害的消息，这也直接导致了起义的失败。悲愤填膺之下，辛弃疾冒死带着几十号人袭击叛军营地，把张安国抓住了，并将他押回了建康予以处决。

辛弃疾的这个英雄事迹也迅速传遍了大江南北，胆小的南宋人更是对他刮目相看。但宋高宗赵构不识才，只让辛弃疾当了江阴签判这样的小官。

虽然来到了江南锦绣之地和温柔之乡，但辛弃疾丝毫没感到快乐，他梦想的从来都是北渡长江，去收复祖国的大好河山。于是，他多次将自己的抗金策略写成奏章，递交给皇帝。这些奏章写得非常之好，有的简直本身就是文学名作，如著名的《美芹十论》《九议》等，被时人争相欣赏拜读，辛弃疾也有了大大的文名。

然而，辛弃疾要的不是这些，要的是朝廷采纳他的建议。但这个朝廷就不接受了，要知道当时的南宋群臣早就丧失斗志，偏安江南了，就像一首诗中所言：

山外青山楼外楼，西湖歌舞几时休；暖风熏得游人醉，直把杭州作汴州。

汴州就是北宋的首都开封，杭州就是南宋的首都杭州，对于南宋的当权者们，包括皇帝赵构，杭州就是汴州，甚至比汴州更好呢，所以哪用得着去收复什么汴州！

但他们对辛弃疾在文章中表达出来的文学才能还是颇为欣赏的，所以，尽管不采纳他的建议，还是升了他的官，派他到江西、湖北、湖南等地当了转运使、安抚使等，这可是相当重要的地方大员，可以掌握国家一路或几路的赋税，还可以考察地方官、维持地方治安、清点刑狱、举贤荐能等，总之是肥缺美差。辛弃疾虽然有才能当好这类官，确实也干得不错，但他总是不满意，甚至感到痛苦，因为这并不符合他北伐中原、收复河山的远大抱负。

他的这些不满当然也会时不时表现出来，加上他其实对于当官所需的溜须拍马之类毫不在行，也毫无兴趣，因此他知道自己迟早得离开官场。于是，他看到江西上饶这个地方不错，就在那里建了房子，准备一旦没官当了就来这里隐居。

果真，1181年，辛弃疾被人找借口弹劾，就是向皇帝递条子说他的坏话，立即被撤了职。但他一点也不失落，潇洒地来到了上饶，在田园风光里隐居起来，生活倒惬意了！

此后二十来年里，辛弃疾除了有两年外出当过一阵子官外，绝大部分时间都在这里闲居。

不过，他心里并没有真的遁世隐居，时时刻刻都挂念着北方的父老乡亲，希望朝廷能够让他统率大军，杀回北方，光复中原。

但他这样的想法在当时无异于痴心妄想，如果能够做什么的话，就是将那些痴心妄想用文字表达出来，用充满爱国热忱的诗词表达出来而已。

在这些诗词里，我们可以看到辛弃疾内心深处是何等的激情澎湃、何等的热爱祖国的大好河山、何等的渴望有朝一日能够光复中原！但他又不能不看到现实的可悲，他这样的理想在现实里是不可能实现的；他也知道，在一日日的等待之中，他的年华已渐渐消逝，了无指望了！

正是在这样矛盾与失望的情感里，辛弃疾写下了许多著名的词章，其中最有名的是如下两首：

一首是《鹧鸪天》：

壮岁旌旗拥万夫，锦襜突骑渡江初。燕兵夜娖银胡簶，汉箭朝飞金仆姑。

追往事，叹今吾，春风不染白髭须。却将万字平戎策，换得东家种树书。

另一首是《破阵子》：

醉里挑灯看剑，梦回吹角连营。八百里分麾下炙，五十弦翻塞外声，沙场秋点兵。

马作的卢飞快，弓如霹雳弦惊。了却君王天下事，赢得生前身后名。可怜白发生。

前一首是北伐无望，头已经花白，无奈只好将自己所写的打败金人、光复中原的策略与邻家交换来教如何种地的农书！后一首其实是说自己还没有机会一展抱负，可怜头发已白了！

到了宁宗嘉泰三年，即1203年，南宋出了个主张北伐的统帅韩侂胄，纷纷起用主战的老将。已经64岁的辛弃疾被任为绍兴知府兼浙东安抚使，他大为高兴，立即到了镇江前线，准备打仗了，他向韩侂胄提出的许多作战策略也被接纳。但他老了，并没有真的出战，而是当了镇江知府，这是1205年的事，这时辛弃疾已经65岁了。

由于南宋内部纷乱，主和与主战派互相倾轧，结果韩侂胄伐金以失败告终，他自己最后也被主和的投降派密谋害死了。

辛弃疾也看出来这次伐金前景不妙，不由失望极了，甚至感到绝望，因为年岁不饶人，属于他的光阴恐怕已经不多了！

就在这样的心境里，辛弃疾写下了最著名的一首词《永遇乐·京口北固亭怀古》：

千古江山，英雄无觅，孙仲谋处。

舞榭歌台，风流总被，雨打风吹去。

斜阳草树，寻常巷陌，人道寄奴曾住。

想当年，金戈铁马，气吞万里如虎。

元嘉草草，封狼居胥，赢得仓皇北顾。

四十三年，望中犹记，烽火扬州路。

可堪回首，佛狸祠下，一片神鸦社鼓。

凭谁问，廉颇老矣，尚能饭否？

读来令人伤感不已，这首词可以说是一个满怀报国激情、然而壮志难酬的爱国老英雄的末路哀歌。

两年后，1207年，辛弃疾去世了，终年67岁。

名将辈出的爱国家族

杨家将的大名我们都听说过，这可不是某一个大将军，而是整整一个家族。这个家族数代都出了不少英雄好汉，他们与入侵北宋的辽国进行了艰苦卓绝的战斗，最后几乎满门男儿都战死，剩下几个寡妇，依然走上战场，继续战斗。

当然，这些都是我们在小说与戏剧中看到的情形，并不完全反映史实，但绝不是空穴来风、凭空捏造，只是略有夸张而已。因为在北宋的确有这样一个英雄辈出的爱国家族——杨家将。

杨家将的第一代叫杨业，他的生年不详，据说本名杨重贵，后来改名叫杨业，又叫杨继业，是北宋麟州人，麟州在今天陕西神木一带。

杨业初从军时并不属于北宋。那时候北宋尚未统一天下，天下还处于唐之后的五代十国之中，杨业属于北汉。据说杨业武艺高强，而且精于箭术，有百步穿杨之能，所以很年轻时就成了北汉大将。后来赵匡胤建立了宋朝，想要结束国家当时的分裂状态，重归统一。这当然就要灭掉北汉。作为北汉的大将，杨业其实知道当时的天下大势已定，希望北汉皇帝能够自动投诚，百姓不要遭受无谓的伤害。但北汉皇帝没有答应，而是从辽国借兵来一起抵抗宋军。杨业并没有自己投降，而是依然舍命保卫北汉，直到北汉皇帝终于战败投降后，派使者也劝他投降，他才应允。这时赵匡胤已死，他的弟弟赵匡义继位，这就是宋太宗，知道杨业是难得的勇将，封他为左领军卫大将军，驻守代州，屯兵于辽宋之间的咽喉要地雁门关。

为了有效抵挡辽军的进攻，杨业在辽军可能进入的各个要道口连续修建了阳武寨、崞寨、西陉塞、茹越寨、胡谷寨、大石寨等6个兵寨，一旦有辽军攻来，便互相响应。

果真，到了公元980年，辽国人又开始侵宋，10万大军杀向雁门关。那时候杨业只有几千兵力，无力与辽军正面对抗。但他丝毫没有打算逃跑，而是想出了一个好计。他熟悉雁门关一带的地形，便一方面坚守关隘，另一方面亲自带了一队精兵，悄悄绕过雁门关，抄小路一直往北，到了敌人后方，然后突然发起进攻。辽军措手不及，四散奔逃，杨业大胜一场，这就是雁门关大捷。

自此之后，杨业威名远扬，辽兵只要一看到他的"杨"字帅旗就吓得两腿发软，不敢交战，于是杨业就有了一个响亮的名号——"杨无敌"。在他的拱卫之下，北宋边境得到了安宁。

又过了几年，辽国皇帝死了，新即位的辽圣宗才12岁，由萧太后执政。宋太宗认为有机可乘，于是主动攻辽，这是公元986年的事。

这一年，宋太宗派出了分别由曹彬、田重进、潘美统领的三路大军伐辽，杨业则是潘美的副将。

对了，在我们看过的《杨家将演义》等小说里，那个奸臣潘仁美的原型就是潘美，小说中对他极尽丑化之能事，但这是不对的，是小说家们为了衬托杨家将的伟大把他拿来当垫背的。实际上潘美乃是一员勇将，为北宋王朝立下了汗马功劳，也在与辽人的战争中努力作战。他确实犯了错误，导致了杨业的牺牲，但那绝不是他故意要这样做的，这在我们后面马上就会说到。

却说北宋三路大军杀向辽国，潘美、杨业的西路军从雁门关杀出，旗开得胜，很快占领了辽国的四州，当然那里原来是汉人的地盘，属于著名的"幽云十六州"。

但其他两路却没有这么厉害，都被辽军打败，宋太宗只好命令三路全都撤退。这时候杨业看到附近有个叫陈家峪的山谷，适合打伏击，就想出了一个好计策，预先做好埋伏，然后派兵去佯攻敌军，假装打不过，往埋伏圈逃去，然后宋军伏兵齐出，来个包围歼灭。

这本是好计，但监军王侁，这个家伙不会打仗，但权力却很大，不同意杨业的主张，要求与辽军硬拼。

杨业告诉他，现在敌强我弱，蛮干一定会打败仗。

想不到王侁竟然讥笑杨业，说他不是号称无敌吗？怎么怕起辽人来了？

这句话可把杨业伤着了，所谓士可杀而不可辱。他说他这样只是想打败敌人，哪是怕死，如果一定要打，他不反对，他还愿意当先锋打头阵。

他清楚当前的局势，知道这样一打，几乎是必败无疑，但为了证明他不是贪生怕死之辈，就是死也要去。

但他临走前告诉潘美，请他在陈家峪两边埋伏军队，当他打不过退到这里时，只要伏兵冲出来两面夹击，就有可能转败为胜。潘美答应了。

果真，杨业带领的小队人马第二天就遇到了大队辽兵。他英勇作战，杀死了许多敌兵，但辽兵像潮水一样涌来，哪杀得完。杨业只好边打边退，有意将辽军引向陈家峪。

但到了陈家峪，却发现根本没有援兵出来。杨业知道大事休矣，不再后退，而是回过身去与辽军死战，最后力竭被俘。他的人马没有一个逃跑的，也尽都战死，其中包括他的一个儿子。

杨业被俘以后，辽人用高官厚禄劝他投降，他哪会答应，不吃不喝，饥渴加上受伤，三天后就死了。这是公元986年的事。

那天潘美是怎么回事呢？他为什么没按照约定埋伏在陈家峪？原来潘美的确曾经这样做过，但等了一阵子，杨业并没有回来，那个王侁以为杨业把辽兵打败了，便叫潘美撤掉了伏兵，去追击辽军，但伏兵刚撤，便得到了杨业败退的消息，他竟然吓得回头就逃跑了，让杨业白白送死。

当然，潘美作为领军大将，在这过程里面是有重大责任的，要不是他不讲信用、又盲目跟着王侁逃跑，杨业哪会死得这么惨！也难怪小说家们会把他写得坏到了家！

宋太宗有感于杨业的忠勇，就善待他的后人。令人惊奇的是，杨业的儿子个个都是英雄好汉，纷纷拜将封侯，更有甚者，往后，杨家一代代都勇将辈出。如果从杨业的爷爷算起——他也是一员勇将，那么杨家的战将足足传了七代，我们下面从七代之中每代选取一个：

第一代：金台侯金刀杨会。

第二代：金刀王杨会之子火山王杨衮。

第三代：火山王杨衮之子杨业。

第四代：杨业之子忠孝侯杨延平。

第五代：忠孝侯杨延平之子杨宗显。

第六代：平南王杨宗保之子太平王御前太尉少令公杨文广。

第七代：太平王少令公杨文广之子杨怀仁。

如此等等，其实每一代都有多个，都是爱国的英雄好汉。如果这样的记载是真，那么杨家的确是中国历史上独一无二的名将家族了！

"精忠报国"

岳飞的大名是不需要多说的，如果说中国历史上有一个最有名的抗金将领的话，那就是岳飞了。不过，岳飞像前面的杨家将、屈原与后面要讲的文天祥等一样，如果就现在"爱国"的意义严格地讲，算不得爱国英雄，因为他们所抵抗的其实都并非外国人，而同样是中国人，只是中国的汉族之外的少数民族而已。例如楚国人与秦国人都是汉族人；辽国的契丹人也是中国人，如此等等。我们这里的爱国名人并不是指现代意义上的爱国名人，而是传统意义上的爱国名人，这是我们要着重指出的。

岳飞生于1103年，字鹏举，他的出生地是河北相州的汤阴县，今天属于河南省安阳市的汤阴县，更精确的地点是现在汤阴县菜园镇的程岗村。

岳飞家庭出身贫寒，父亲只是个佃农，也就是自己没有地，要从地主家租地种的那种。据说他母亲也是一个强烈的爱国者，少年时就在他的背上刺了四个字"精忠报国"，因为这个时候北宋被金国所迫，已经危在旦夕了。

岳飞的师傅叫周侗，武艺高强，教了岳飞不少本事。岳飞并非一味练武，他也喜欢读书，对于中国的那些经典著作，像四书五经之类，都读得很熟。更为重要的是，他还特别喜欢读兵书，对什么《孙子兵法》《孙膑兵法》之类，那是熟悉得不得了，这为他以后成为领军大帅打下了坚实的基础。

当时金国人正不断向北宋进攻，孱弱的宋军不是对手，步步退却，眼看大好河山要沦于敌手。看到这样的情形，岳飞很早就投入到了抗金战场。

到1126年冬天，岳飞在相州加入了刘浩军中。有一次刘浩叫岳飞去招安另一支抗金部队，岳飞成功了，将那支几百人的抗金游击队招进了刘浩军中。因为立了这件功劳，他被封了个承信郎的小官。

第二年底，金国围住了宋都东京，就是今天的开封，北宋危急。这时候，康王赵构受宋钦宗之命，在相州开河建了兵马大元帅府，赵构就是河北兵马大元帅，元帅府下面有前、后、中、左、右五军，其中前军统制为刘浩，岳飞就属于刘浩的这个前军。

为了解除金兵对东京的包围，赵构命大军向东京进发，并派岳飞带领一队精兵作为前哨侦察兵先行。岳飞在侦察途中与金兵相遇发生战斗，岳飞英勇作战，大败金兵。

但所谓大厦将倾，独木难支，何况现在的岳飞还只是棵小树。这一年，金国还是灭了北宋，把宋徽宗赵佶、宋钦宗赵桓和几乎整个的宋朝皇室都抓住，押往北方去了。但康王赵构跑了，不久他在南京继位，史称南宋，赵构就是宋高宗。

一开始，宋高宗还是主张收复失地，起用了大批主战派将领，其中就有岳飞。岳飞是主战派中的主战派，甚至上书要求立即开战，杀向金军。但以他这样的小官，哪有直接向皇帝上书的资格。于是，皇帝以越权为由把岳飞撤了职。

没了官也没了兵的岳飞便自己北上了，加入河北招讨使张所的军中，成了个"正八品修武郎"，也算是军官。张所慧眼识英雄，很快把岳飞升为七品统制。

还是这一年，张所命令岳飞加入到王彦的部队，北上抗金。这下岳飞可高兴了，狠狠打了几仗，都打赢了。这在当时可是难得的，因为一般而言，宋兵遇到金兵就像老鼠遇到猫或者鸡蛋碰到石头一样，是很少能够不败的。

岳飞虽然打了几个胜仗，但那个王彦却不行，一看到金兵真像老鼠见到猫一样，想的只是跑而非打，经常使岳飞孤军奋战，甚至在岳飞的军队没了粮吃时还不肯给点儿，所谓巧妇难为无米之炊。岳飞这仗哪打得下去，他知道这王彦不行，就找勇敢抗金的宗泽去了，当了他的留守司统制。

后来宗泽死了，杜充替代了他。这个杜充也不敢打金国，要带着军队回建康去。岳飞劝他不要这么干，对他说：中原都是宝地呀，怎么能够就这么退回南方去呢？你今天一走，金人马上就来了，你等于是白白将这么好的地盘送给了金国，以后你要想抢回来，恐怕要几十万大军才成啊！

但杜充哪肯听小军官的话，头也不回地走了，岳飞当然只能跟着回到了长江之南。

赵构叫杜充把守建康。这时候金军已经准备渡长江攻击了。杜充本来可以防止金军渡江的，但他却闭城门不出，等于是放手让金军渡过长江天险。岳飞看到这情景，流着泪请求杜充出兵抵挡金兵过江，但杜充理都不理。结果金军就此渡过了长江。

金兵过江之后，杜充才叫岳飞等部将出兵迎战，结果其他将领都打不过金兵，许多一触即溃，只有岳飞一支军拼命抵抗。后来杜充甚至投降了金兵。

过江之后，金兵直赴南宋的首都杭州，想要一举灭掉南宋。岳飞可不答应，他率领自己的军队一路杀向金兵，竟然屡战屡胜，还抓了不少俘虏。而且，与其他像金兵一样烧杀抢劫百姓的宋军大不一样，岳飞的军队对老百姓可是秋毫无犯，就像八路军一样，不拿群众一针一线，即便军中没粮了，他的士兵们宁愿饿着肚子打仗也不管老百姓要。这样的结果是，老百姓一看到岳飞的军队，就像见到了亲人一样，争相迎接，还纷纷加入，岳飞的力量迅速壮大，被称为"岳家军"。

1139年，南宋在秦桧的主谋下，与金国达成了和议，等于南宋以屈辱与贿赂使金人暂时不再入侵。

这时候岳飞正布兵鄂州，就是今天湖北的武昌一带。他听说了这事，愤怒之极，立即上书高宗强烈反对，说金人是不值得信任的，甚至直指当时的宰相秦桧居心不良。反对议和也罢，但攻击秦桧可种下了祸根。

议和之后，高宗却是高兴非常，大赦天下，还大加升赏。给岳飞的也不可谓不厚，是一品的开府仪同三司和3 500户封地。面对这样的高官厚赏，岳飞一开始根本不要，只是一再表示反对与金人议和，后来在高宗的软语劝说之下，才给了皇帝面子，但仍坚持要收复北方的大好河山。

果真如岳飞所料，第二年金人就背弃和约，又打过来了。宋军纷纷败退，只有岳飞、韩世忠等立即奋起还击，节节胜利，步步推进，一直从长江流域杀入中原。

岳家军在中原受到了热烈欢迎。1140年7月，岳飞在河南的郾城与金兀术展开大战，取得了郾城大捷。此后岳飞乘胜向朱仙镇进军，这里距金军大本营汴京只有四十多里地。金兀术集结重兵迎击，结果又被岳家军打得落花流水。岳飞一口气收复了颍昌、蔡州、陈州、郑州、郾城、朱仙镇等地，消灭了大批金军有生力量。金军此时已经如惊弓之鸟，金兀术甚至准备立即放弃汴京逃走。

岳飞准备继续攻击，一举收回整个中原。他兴奋地对大将们说："直抵黄龙府，与诸君痛饮尔！"黄龙府是辽金时期著名的军事重镇，位于今天的吉林省长春市农安县一带。而金军则发出了"撼山易，撼岳家军难"的哀鸣。

然而，这时候怪事出现了，南宋朝廷竟然连下十二道金牌，这是一种红漆金字的木牌，只有皇帝到了最危急的时刻才能够用的，有如皇帝亲临，金牌强令岳飞立即班师回朝。

就这样，岳飞在万般无奈之下，只得撤兵了。因为他要么立即退兵，要么就得违旨抗命。对于他而言，"君要臣死，臣不得不死"，何况退兵呢。

岳飞伤心至极，几乎是绝望地对部下感叹说："十年之功，废于一旦！所得诸郡，一朝全休！社稷江山，难以中兴！乾坤世界，无由再复！"

而金兵又回到了开封，竟然不费吹灰之力就再次占领了中原。

等待岳飞的可不是朝廷的论功行赏，他不久就落入了秦桧、张俊等坏蛋布置的陷阱。

1141年，岳飞被诬蔑要谋反，关进了临安大理寺。当时的监察御史万候卨（读"末期屑"）对岳飞进行最残酷的严刑拷打，例如在他背上贴了最粘的热胶，冷后把这层胶一撕，背上的皮就被一块块撕了下来。

然而岳飞谋了什么反呢？当时的世上可以说没有比他更加忠心为国、更加光明正大的人了。用尽了酷刑后，秦桧一伙也找不到岳飞一点反叛朝廷的证据。另一个大将韩世忠当面质问秦桧，秦桧支吾其词，说"其事莫须有"，意思是说岳飞或者也有可能谋反的。这就是他的证据！没有任何证据的诬蔑而已，甚至连自己都不敢肯定。

然而，就是用这样的所谓证据，使高宗下令赐死岳飞于临安大理寺内，时年仅39岁，这是1142年的事。

据说岳飞临死前在强逼他写的供状上写下了"天日昭昭，天日昭昭"八个大字。

而岳飞的大将张宪、儿子岳云则同时被杀,据说是被腰斩的,就是从腰间被砍成两段,那样的痛苦是比杀头要大 10 倍的,因为腰断后人不会马上死掉,头脑甚至还会清醒的,要慢慢地痛死或者血流尽而死。

这就中国最著名的爱国将领的悲惨结局,我们能够给予他什么?也许只有那虚无缥缈的所谓名声吧!但愿他在天国之上能够看到听到后人对他的无比尊崇。

爱国圣女贞德

贞德是法国历史上最著名的英雄人物之一,称得上是最有名的法兰西爱国英雄。1412 年,贞德,这位传奇之女生于法国东北部一个叫德雷米的小村庄。她的父亲是一个农民,母亲是一个虔诚的基督徒,从小教她熟读《圣经》,叫她背诵圣人的箴言,因此贞德很早就成了一个虔诚无比的基督徒。令人惊奇的是,她还在十三四岁时就经常说她能听到圣人的声音,甚至看到他们的光辉形象。这时正值法国的多事之秋,英国人向法国人发动了攻击,占领了法国大部分国土,其中包括她的家乡,也包括距她家乡不太远的法国军事重镇奥尔良。

不知何时起,贞德听到圣人叫她去解救奥尔良,并且将这时已经被剥夺了王位的继承权、正躲在一个山谷里的法国王子查理带出来,让他正式加冕称王。

贞德立即按照神的旨意行事。

她到了邻近一个城市,一见面就对城防司令说:"上帝派我来拯救法兰西,为查理加冕!"

也许真是天意或者是病急乱投医,城防司令竟然相信了这个 16 岁的小姑娘,为她提供了一支卫队。她带着这支卫队千里迢迢赶到了查理王子躲藏的罗亚河谷地,向王子说明了她的目的——也就是神意。王子起初不相信她,觉得这太离奇了,便让几个博学的教士和神学家去考验她，发现她的心理完全正常，真像接受了神意。大喜过望的查理立即给了她一支不大不小的军队去奔袭奥尔良的英军。

1429 年 5 月，贞德到达了奥尔良，向英军发动了猛攻。原来在法国人面前常胜不败的英军这时却被贞德打得溃不成军，狼狈而逃。接着，在奥尔良西北面的巴泰城，贞德统军再次大败英军，还逮住了英军统帅。

奥尔良得救了！这消息和贞德的名字像狂风一样席卷法国，人们称她为"奥尔良姑娘"，激起了长久以来萎靡不振的法国人的斗志，使他们燃起了战胜英国人、解救祖国的信心与决心。

解放奥尔良后，贞德立即着手她的第二项工作——让查理登基称王。她依着神意，向兰斯进军，因为她听到神要她在那里让查理成为王。

她的军队所向披靡，不久攻占了一直在英国占领之下的兰斯。1429 年 7 月，查理正式即位称王，是为查理七世。加冕之时，贞德就站在这位新王的旁边，做他的保护人。

自从查理六世死后一直无王、处于群龙无首状态的法国终于有了自己的王，大大鼓舞了法国人的士气，许多原来投到了英国一边的法国城市纷纷站到了祖国一边。面对大好形势，贞德力主马上进军巴黎，解放首都。但当了王的查理在这个时候却把他的怯懦暴露无遗：他想和谈，不想再打了。

在贞德和军队统帅们的坚决要求下，他只得勉勉强强往巴黎进发，活像个被父亲逼着上学堂的 7 岁孩童。由于初战稍稍失利，他立即逃回原来的罗亚尔河谷去了，甚至解散了业已聚集起来的庞大勤王军队。

但贞德不愿就此放弃神要她完成的伟大事业，当她听说康边城被围的消息后，就带着仍追随她的一小支军队驰援。然而康边的指挥官不喜欢她，也许是恨这个小姑娘竟然享有这么大的名声，他这个大男人却还是个小人物。当贞德快要进城时，他关上了城门。贞德因此被追上来的敌人抓住了。抓她的人不是英国人，而是与英国人联合起来打同胞的法国勃艮第党人。可怜的法国，在它的整个历史中都受到各式各样的卖国贼的伤害，其程度与我们中国不相上下。

贞德被俘后，勃艮第人将她卖给了英国人，价格是16 000法郎。

贞德受审和被迫害的详情我们就不说了，有的说她饱受严刑拷打，坚贞不屈，临死还高呼"法兰西万岁！"；有人却说她贪生怕死，为了活命承认自己有"罪与错"，甚至于说自己怀了孩子，以保住性命。前面的话当然是法国人说的，后面的话则是英国人和英国人的子孙美国人说的。包括莎士比亚，他在《亨利六世》中把贞德描写成了一个邪恶的、贪生怕死的、连亲生父亲都不认的女巫。

到底谁说的是事实呢？我不能肯定，但至少我不相信莎士比亚。因为莎士比亚这个人虽然是一个伟大不过的戏剧家，但又是一个满脑子装着种族和民族偏见的人，对法国人是如此，对犹太人、黑人等更是如此，在他的剧本里常极尽污蔑之能事。

也许我们永远无从知道全部真相，但有两点是肯定的：

一是贞德于1431年5月30日被当众活活烧死在法国卢昂的广场上，是年19岁。

二是死后25年，她被恢复名誉，不再是女巫和异端。又过了500来年，1920年，她被正式尊为圣徒。

伊丽莎白女王引领英国走向强盛

伊丽莎白一世是领导英国走上强盛之路的君主，正是在她漫长而英明的统治之下，英国才终于成了西方世界最强大的国家之一。更重要的是，成了西方世界的海上霸王。正是靠着在海上的巨大优势，英国才在此后的数百年间一直居于世界的顶峰，并建立起了对现代世界政治格局都有巨大影响的庞大殖民帝国。

有部美国好莱坞大片《伊丽莎白女王》，获得过奥斯卡奖，讲的就是这位伊丽莎白一世的故事，大家有空可以看看。

伊丽莎白1533年出生在英国的格林威治。她父亲是领导英国宗教改革的亨利八世，她的母亲安娜·布琳则是亨利八世的第二个妻子。安娜是一个不幸的女人，1536年被砍了头，这时候她的女儿才刚刚3岁。几个月以后英国国会便宣布3岁的伊丽莎白是私生子。这种观点并非没有道理，因为天主教徒是不准离婚的，所以他们认为亨利和原配妻子的离婚是非法的，这样一来，由亨利八世的第二位妻子生的伊丽莎白当然是私生子了。

尽管被公开地称为私生子，伊丽莎白依然生活在英国王室，并且从小受到了一个公主应该享有的良好教育，因为毕竟她的亲生父亲乃是英国之王。

1547年，当伊丽莎白13岁的时候，她的父亲亨利八世死了，爱德华六世继位。这时候他未满10岁，他是亨利八世的独子，母亲是亨利八世的第三个妻子简·西摩。

1553年，爱德华六世只活了16岁就死了，接位的是他的姐姐玛丽女王。

玛丽是一个虔诚的天主教徒，所以热衷于迫害新教徒，约有300人被处以死刑，所以历史上称她为"血腥玛丽"。她还逮捕了自己的妹妹伊丽莎白，将她关进伦敦塔。不过后来放了她，但仍然随时可能再关她，甚至将她处死。

不过，死神这次帮了伊丽莎白的忙。1558年，她姐姐玛丽女王死了，于是，是时25岁的伊丽莎白就成了王位的继承人。由于她是新教徒，英国上下一片欢腾，因为在英国绝大多数人民都是新教徒。

她继位时面对的是玛丽女王留下的烂摊子。她默默地肩负起了为国服务的重任。在国内任贤用能，使工商业蓬勃发展。在国外做得更加出色。这时西班牙的殖民帝国正如日中天，法国的国力也强于英国。但伊丽莎白一世却一半凭英明一半凭运气把西班牙打得大败，使英国一举成为了西方一流强国。

具体经过大致如此：那时英国的主要贸易伙伴之一是尼德兰，后者后来成为强大的荷兰殖民帝国，它的羊毛纺织业十分发达，需要大量羊毛，这些羊毛差不多全来自英国。尼德兰像英国一样，大部分国民是新教徒。统治它的却是崇信天主教的西班牙暴君。被压迫得实在受不了的尼德兰人起来反抗，英国为了自己的国家利益站在尼德兰一边。战争的结果，小小尼德兰经过英勇奋战竟然打败了当时欧洲第一强的西班牙，赢得了独立。

这场战争使英国和西班牙成了冤家对头。西班牙人自恃强大，必欲灭英国而后快。为了达到这个目的建立了一支庞大无比的舰队，号称"无敌舰队"，准备毁灭英国。

只要西班牙的陆军能在英国登陆，它完全有能力做到这点。英国人的陆军向来是以弱著称的。英国不亡的唯一出路是御敌于国门之外，在海上消灭敌人。于是它以攻为守，首先向西班牙人发动了进攻。

1588年，深夜，无敌舰队停泊在加莱港外，舰只数量只有无敌舰队一半的英国舰队，兵分两路扑来。像赤壁之战中的周郎一样，英国人派出了一些小艇，上面装满硫磺、干柴、火油之类，点上大火往无敌舰队冲去，把西班牙人打了个措手不及，加上它的军舰体积庞大，移动不便，立时大乱，仓皇逃命。英国舰队紧追不放，双方打成一团，由于英国军舰吨位虽小，但灵活机动，火力也强，所以在战斗中占尽优势。结果击沉俘获西班牙军舰63艘，自己竟无一损失。

这场战争既是西班牙的也是英国的历史转折点，虽然西班牙此后一段时期仍是西方最强大的国家，但已日衰一日，而英国虽然没有立即成为海上霸王，却日强一日，前途无量。

伊丽莎白一世执政45年之后，于1603年仙逝。

据说伊丽莎白一世长得十分美丽：身材修长、金发碧眼、肤白如玉，而且才智过人、博学多识，通6种语言：拉丁语、法语、德语、意大利语、希腊语，外加英语，但她终生未婚。

死前，伊丽莎白一世还为英国做了最后一件好事，她遗嘱将王位传给苏格兰国王詹姆士。也许她深知在不列颠这小小岛屿上容不下两个国家，苏格兰与英国唇齿相依，却长期以来战争频繁，两败俱伤，最好的解决办法是统一起来，共同缔造一个强大的不列颠王国。

继位的詹姆士一世是亨利七世的曾外孙，他母亲是历史上颇有名气的苏格兰女王玛丽·斯图亚特。她之所以有名在于她的死：她被伊丽莎白一世砍了头。不过这位詹姆士一世可没想到要为母亲报仇，相反，为了得到英国王位，他早就与伊丽莎白一世商量好，对母亲的死不闻不问。

伊丽莎白一世是英国历史上最杰出的君主之一。在她当政的45年间，英国经济繁荣昌盛，文学可谓群星璀璨，军事上也成为世界首屈一指的海军强国。

更由于那时候的英国君主远不是现在的虚位君主，即只是个摆设，而是有着真正王权的君主，所以在她统治英国期间，英国所取得的成就当然是她的成就，或者说，主要是她的成就。正是她的英明领导，才使英国走上了繁荣富强的光明大道。

迦莱义民

这一章比较特别，因为我要介绍的不是一个人，而是一群人，甚至不是他们的爱国故事，而是一件与他们息息相关的伟大艺术品，这就是《加莱义民》。

《加莱义民》创作于1884年至1886年间，是法国历史上、也是现代西方艺术史上最伟大的雕塑家罗丹的代表作之一。当他接到《加莱义民》的制作合同时，正是他最忙的时候，因为他正在创作毕业的代表作——《地狱之门》。然而，为了创作这尊作品，罗丹宁愿暂时从一生的代表作中脱身出来。

伟大的罗丹为什么要这么做呢？是因为这部作品的爱国题材和它背后的爱国故事。

这个题材和这个故事就是法国历史上著名的加莱义民。

说起加莱义民，还得回到罗丹在世时的500年前。14世纪时，英法正在大打百年战争，加莱城位于法国北部，与英国相邻，距英国南部的多佛尔港只有三十多公里，是最容易遭到英国人攻击的法国城市。1347年，英国人越过英吉利海峡，杀向加莱，法国军队被打败，加莱城眼看要被英国人攻占，英国人甚至扬言要血洗城市。在这种情况下，加莱城被迫求降。骄横的英王爱德华三世提出了一个条件，就是加莱城必须交出六个最有名望的市民，这6个人必须像罪犯那样剃着光头，赤着脚，身穿犯人的麻衣，脖子上还要套着绳索，去英国军营献上城门钥匙，然后他们必须任由英军屠杀。倘若不答应这个残酷的要求，英军将更加残酷地对待加莱，洗劫全城。

接到这个残酷的最后通牒后，加莱人悲愤又无奈，因为军队已经逃跑，他们根本抵挡不了强大的英军。但有哪个人肯去做这样可怕的牺牲呢？

这时候，一个老人站出来了，他就是欧斯塔什，加莱颇有声望的老市民。他的大义之举很快吸引了其他五位义士也来报名，自愿赴死。

于是就出现了以下的镜头：6个加莱人，老中青都有，光头赤足，身披麻衣，脖子套着绳索，走向城外的英国军营。这6个人就是加莱六义民。

加莱义民的事迹在法国早就深入人心，就像圣女贞德一样。罗丹也是感于加莱义民的伟大，自愿为他们造像。据说加莱当局原来认为只有一个义民欧斯塔什，因此雕像也只要一尊。后来，罗丹经自己的研究，发现共有六位义民，便要求创作六座雕像。加莱当局同意了，但只答应提供一座的报酬。罗丹同意了，他为加莱义民造像本来就不是为了赚钱。

商定之后，罗丹立即投入创作，经过两年努力，到1886年完成。按照罗丹的计划，是要将六座雕像一座接一座地排成一行的，用他自己的话说，"好像一连串苦难和牺牲的活念珠"。但加莱当局不同意这样做，一定要给六座雕塑加一个基座，然后将他们挤在一起置于基座之上，罗丹认为这样的排列并不好看，但也只好同意。据说由于加莱当局认为罗丹将雕像搞得太悲伤，缺乏英雄气概，一直拖延到1895年才举行揭幕式，正式展出。展出之后，由于雕像与从前惯常风格的英雄雕像很不一样——这些英雄既缺乏鲜明的美感，甚至有的还显出恐惧与犹豫，与人们心目中完美的英雄形象大相径庭——遭到了许多人的攻击，但罗丹像以前一样坚信自己作品的力量。果然，越往后，这座雕像得到的评价就越高，因为它们刻画了一群真实的、有血有肉的英雄，缘其真实，才更感人。

英国人虽然是义民们的迫害者，但对于自己祖先所犯的罪可是满不在乎的。他们觉得这雕像很好，就原样翻制了，郑重地安置在伦敦，使罗丹在英国也名声大振。后来，当他去伦敦时，受到了英国人的热烈欢迎。

讲述了《加莱义民》的历史后，我们现在该欣赏其庐山真面目了。

《加莱义民》乍看上去不美，与其说像英雄，倒不如说像一群破衣烂衫的叫花子。不过，再仔细一看就会不这么想了，因为在他们似乎平凡的面貌和破旧的衣衫里，一种英雄的、悲壮的气息从他们的每个表情、动作里冒出来，犹如竹笋从泥土里冒出来一样。

我们看到，这一群六个人大致排成三行，每行两人，向前走去。我们从前往后看，前面两个人中，左边一位是中年人，瘦高个，左手垂着，右手举起，手掌朝自己，同时头转向右边，好像在对右边的人说着什么，大概是叫他不要转身，向前走。他右边则是一位矮他一个头还不止的年轻人。年轻人双手摊开，已经向后面转过身去，当然不是为了逃跑，是为了安慰后面的那位小伙子。那小伙子似乎感到害怕了，害怕即将面临的死亡，朝后面转过身去，一只手蒙住眼睛，头像靠在旁边老者的身上。这个老者垂着头，蓄着大胡子，他就是首先站起来慷慨赴死的欧斯塔什了。他低着头在沉思，满脸平静，没有一丝惧色，仿佛他不是去送死，而是在散步呢！最后面的两个人中，左边一个看上去最像英雄。他是个中年人，站姿很像我们中国电影里正准备走向刑场的共产党员。只见他双手抓着的城门钥匙就像一副手铐，脖子里套着的绳索就像是革命先烈脖子上的围巾。他笔直地站着，双唇紧闭，眼睛直视前方，显得意志坚定，毫不畏惧，总之是一幅标准的革命烈士从容就义的光辉形象。在他右边，六人中最后一个，则形成了鲜明的对比，只见他也已经向后转过身去，双手抱着额头，腰弯下去，非常痛苦。

罗丹在这里要表达的并非传统意义上完美的英雄，而是生活中的英雄。他的表达是真实的，因而也是有力的，虽然短时间内或许不为市民们所喜爱，但时间一久，其震撼人心的艺术魅力就出来了。直到今天，它仍然是最优秀的纪念雕像之一。

反过来，我们又试着想想吧，这六位义民只是加莱城里六个普通市民，他们原来只不过是皮鞋匠、商店老板之流而已，与那些在战争中咤叱咤风云的将军、元帅自然大不一样，怎么能够个个都是身材高大、面相威严、天生的英雄相呢！要是用这样的想法来雕刻这六个加莱城里的普通市民，一时也许会激起大家的欢呼，但久而久之，就会因为不真实而失去吸引力了。

这就是罗丹艺术的基本原则——永远忠实于生活，永远用自己的眼光看待艺术，永远创造自己的艺术。

对于法国，甚至对于我们来说，更加重要的不是罗丹和他的伟大作品，而是这部作品背后的主题——为国为民，就是死也光荣！

彼得大帝

彼得大帝是俄罗斯历史上伟大的君主。正是从他开始，俄罗斯由一个偏居在欧洲最遥远的地方，转而成了西方世界最重要的国家之一，直到今天都是如此。

所以，俄国人对于彼得大帝一直非常尊敬，称他为俄罗斯的"祖国之父"。

彼得大帝乃是一个尊称，他的正常身份叫彼得一世。

彼得一世1672年6月9日出生在俄罗斯的首都莫斯科。他是俄国沙皇阿列克谢·米哈伊洛维奇和他的第二个妻子维塔利娅·纳利什基娜的独子。

不到4岁时，他的父亲就去世了。因为沙皇阿列克谢·米哈伊洛维奇的第一个妻子还为他生了足足13个孩子，所以由谁来继承王位就成了大问题，于是，就此发生了一场漫长而痛苦的斗争。由于彼得这时候还是一个小孩子，自然在王位的争斗中处于不利地位，多次甚至有被杀头的危险。但他毕竟是刚刚过世的沙皇的儿子，所以最终还是当上了沙皇，称彼得一世，这是1682年的事，新沙皇刚满10岁。

但就在彼得即位不久，他的同父异母的姐姐索菲娅就借助当时的所谓射击兵团发动政变，自己上台执政。当然彼得仍是沙皇，只是成了一个傀儡，和母亲住到了莫斯科郊外。

这个小沙皇从小就喜欢玩军事游戏，他把自己的小伙伴们编成了两个游戏兵团，成天在郊外辽阔的森林里和草地上建筑小城堡，玩各种各样的军事游戏，其实就是分别扮演两支军队作战。由于他的伙伴多得很，这样的游戏颇有深意，大大地强壮了他的身体，也锻炼了他的意志品质，甚至培养了他的军事与领导才能。

7年之后，彼得已经成年，而他的游戏兵中的娃娃们如今也长大了，成了小伙子和优秀的士兵，实际上成了彼得训练有素的青年近卫军。

索菲娅意识到如果不下手除掉弟弟，自己恐怕马上得下台了。于是，1689年8月，她发动了兵变，企图废除彼得的皇位。但她的阴谋失败了，索菲娅被送进修道院。17岁的彼得一世亲政了。

这时候的彼得已经称得上是一位巨人，他身高达到2米以上，应该是世界历史上最高的君主了，至少是最高的之一。而且他精力异常充沛，似乎永远不知疲倦。

彼得亲政之时的俄罗斯还是一个十分落后的国家，彼得大帝迫切地想改变这样的情形。1697年至1698年间，他去西欧和北欧做了一次长途旅行，而且他不是以皇帝的身份，而是用假名字、假身份，这是一个由二百五十多人组成的使团。在旅行期间，他没有游山玩水，而是广泛而刻苦地学习，例如他在英国造船厂学习造船，在普鲁士学习武器制造和射击，他到各个工厂、学校、博物馆甚至还有武器库等地去观摩访问，总之尽力学习一切先进的科学技术和治理国家的方法。

1698年归来后，彼得大帝立即开始全面改造落后的俄罗斯。他大量引进西方的先进技术，建设了大批先进工厂，制造新式武器和其他工业品，引进的东西大都是他在访问期间就看好了的，所以效率非常高。

他还极力促进民间工商业的发展。为了给工厂提供劳动力，他允许企业主买进整村的农奴到工厂做工，又大力引进外资，让外国人在俄国开办工厂，还给外国人许多特权，并且派了许多俄国年轻人到欧洲先进国家去学习。

他还解散了原来权力很大的国家杜马，另成立了只听命于沙皇的国务院。他又把全国分成八个省，派亲信大臣去做省长。他还改革了教会，原来东正教会很有势力，甚至当沙皇继位时还要替大牧首牵坐骑——驴子。大牧首乃是俄罗斯东正教对最高领袖的称呼，就像天主教之称教皇一样。在彼得大帝改革之下，这个叫他感到丢脸的差事被取消了，教会成了他驯服的工具。

在此基础上，彼得大帝建立了一支强大的军队，特别是海军。

通过彼得大帝的这些努力，俄罗斯的势力日益壮大，彼得大帝也开始了他的大规模扩张。

与改革同步的是彼得大帝的征服，他的目标主要是一个：为俄罗斯寻找出海口，在彼得大帝的眼中，这是俄罗斯得以呼吸新鲜空气的窗口。

具体地说，他要在南面和西面为俄罗斯打开通向黑海和波罗的海的门户。

这时候的俄罗斯南面是土耳其，西面则是强大的瑞典。

早在1695年，他刚亲政时，就向土耳其发动了进攻。然而这时候的俄罗斯还不是那么强大，土耳其也不是那么弱小，他没有把土耳其人从黑海赶走，只占领了一些靠近黑海的地盘。

与黑海的出海口相比，彼得大帝更重视的是波罗的海的出海口，因为从这里可以直接到达他所向往的欧洲所有重要国家：英国、法国、丹麦、荷兰等。因此他用了吃奶的力气来与瑞典人作战。这场战争就是漫长的北方大战。

北方大战持续了21年之久，体现了彼得大帝和俄罗斯人惊人的韧性。

这场战争的经过是这样的：先是，彼得大帝乘瑞典新王继位，且不过是个十五岁的乳臭未干的小子，向瑞典发动了进攻，又把丹麦、波兰和一些德意志国家拉作同盟，一起来打。他以为胜券在握。然而他没想到这个十五岁的小子年纪虽不及他一半，军事才能却不下于他。1700年纳尔瓦一战，那位年轻的国王——查理十二以八千之众力敌俄军三万余人，并且勇敢进攻，取得了辉煌胜利。

此后彼得大帝不敢再惹瑞典人，直到他听说查理十二去打波兰人之后，才又卷土重来，在波罗的海沿岸夺得了一系列堡垒，打通了出海口。瑞典毕竟国小民寡，分不出兵来抵挡。但查理十二打败波兰人后，立即向俄国人杀来，势不可挡。彼得大帝求和不成，便立即退回了俄罗斯的大地。我们听说过拿破仑打俄罗斯时，遭遇到的那无垠的俄罗斯大地，还有那可怕的寒冷！其实不是拿破仑，而是瑞典人第一次遭遇了大自然这可怕的打击。查理十二的瑞典大军本想与彼得大帝的俄军一决雌雄，可以相信他们一定能胜利——倘若他们有这个机会的话。

然而他们没这机会。瑞典人越深入，大地和寒冷就越成了他们的敌人。他们距自己的祖国越来越远，后勤补给越来越困难，天气却是越来越寒冷。成天成月地，大军跋涉在茫茫雪野，仿佛亘古未有人到过的地方，连敌人的影子都看不到。

到1709年春，查理十二的瑞典人已经在俄罗斯大地漫无目的地奔波了差不多两年，未经一战就损兵过半，只剩下约两万人，且众多带伤，主要是冻伤，后勤补给已完全断绝。这时，他决定夺取波尔塔瓦，俄军一个补给基地，有了吃喝之后再与俄国人决战。

彼得大帝得知这个消息，立即统领大军8万余人飞驰而来，他知道决战时机已到。

这时，瑞典军前有波尔塔瓦守军，后有彼得大帝的8万生力军，而他的军队不但人数只及敌军的1/5，而且早已是伤残之旅、疲惫之师，查理十二纵有天大的才能，又如何打得过！一战之下，即时崩溃，查理十二只带着少数随从逃往土耳其去了。

此后彼得大帝继续对瑞典用兵，经波尔塔瓦大败后，瑞典陆军几乎被消灭得一干二净了。瑞典海军虽然拼命顽抗，但如何还打得过彼得大帝的俄罗斯大军！

1721年，已经打得没了元气的瑞典与俄国签订了合约。根据和约，俄国获得了几乎整个波罗的海东岸和芬兰的一部分，彼得大帝终于打通了梦想中通向海洋的窗口。

从此，俄罗斯正式成了欧洲列强之一，并且将以不可阻扼之势继续扩张。

唯一被尊为"大帝"的女王

叶卡捷琳娜女皇的名字对于我们也许不是那么熟悉，但她是俄罗斯历史上地位仅次于彼得大帝的人物，由于功绩卓著，被俄罗斯人尊称为"叶卡捷琳娜大帝"，可以说是唯一一个被称为"大帝"的女王。

叶卡捷琳娜1729年5月2日生在今天属于波兰的奥得河畔的什切青，她的父亲是德意志人，一位职业军官，母亲是德意志公主。

14岁的叶卡捷琳娜随母亲来到了俄国，两年后与俄国皇位继承人彼得大公，即后来的彼得三世结婚，改名为叶卡捷琳娜·阿列克谢耶夫娜，并皈依俄国东正教，这可以说是她成为沙皇的基础。

但接下来的18年，叶卡捷琳娜的日子相当难受，一是叶丽萨维塔女皇对她时冷时热、捉摸不定，二是丈夫身体很差、意志薄弱却又有些怪僻，而且，更使她痛苦的是这样一个丈夫还不爱她，只爱情妇，为此甚至经常羞辱妻子。

不用说，这使得叶卡捷琳娜非常痛苦，但在人生地不熟的俄罗斯她只能默默忍受。她唯一的办法是通过阅读来排遣心中的痛苦，按她自己后来的说法，这时的她"无时没有书本，无时没有痛苦，但从来没有快乐"。

后来，她决心反抗了。凭着女人的本钱，她有了不少出色的情夫，依靠他们偷偷组织了一个小团体，核心是以她的情夫格里哥利·奥尔洛夫五兄弟为首的俄罗斯近卫军青年军官。

到1762年，女皇叶丽萨维塔去世，叶卡捷琳娜的丈夫兼死敌彼得登上了皇位，成为沙皇彼得三世。

彼得三世上台之后，立即做出了许多对俄罗斯不利的决策，主要是因为他认为自己是德意志人而非俄罗斯人。例如他下令在"七年战争"中形势大好、胜利在望的俄罗斯军队停止战斗，退出所占领的普鲁士土地，与普鲁士国王腓特烈二世签订了对俄罗斯不利的和约。在国内也想要俄罗斯人改信基督教，甚至没收东正教会的财产。要知道东正教可一直是俄罗斯的国教。

这样的结果自然是打着灯笼进厕所——找死（屎）。于是，在她的小团体和俄罗斯的哥萨克首领拉祖莫夫斯基的帮助下，叶卡捷琳娜发动政变，成功夺取了皇位，成为世界上幅员最大的俄罗斯帝国的新主人。这是1762年的事。

叶卡捷琳娜女皇共做了34年王，她在自己可谓漫长的统治生涯中做了两件与彼得大帝相似的事：使俄罗斯进一步欧化，大搞扩张。

叶卡捷琳娜女皇从小受到欧洲的西方式教育，认为自己是百分之百的欧洲人，她也要求她的国家成为一个百分之百的欧洲国家。具体来说，她想把俄罗斯变成第二个法兰西，把俄罗斯宫廷变成第二个凡尔赛，因为她觉得所有欧洲国家中法兰西是最好的，而所有的宫廷中凡尔赛是最华贵的。

她取得了部分成功。

这里只举个语言的例子，因为语言是一个民族民族性的主要体现。在叶卡捷琳娜女皇统治下，在俄罗斯贵族家里，子女生下来后听到的第一个词汇不是俄语而是法语。从小，孩子们就被法国的保姆带着；开始学习读书写字时，学的不是俄语而是法语；成天听到的也不是俄语而是法语，因为他们的父母也同他们说法语。只有当他们的法语已经说得很流利了，才让孩子们学点儿简单的俄语，简单到什么程度呢？只要能够向仆人们发号施令就行。因为仆人们是俄罗斯人，不懂法语。

大家可以读读托尔斯泰的《童年·少年·青年》，从那里面可以知道那些俄罗斯贵族们是怎么说话的。

至于服饰、礼仪等，当然全是径直从凡尔赛宫搬过来的。

女皇还积极赞助文学艺术，使文学家与艺术家们成为她宫廷沙龙中的宠儿。她又与法国的启蒙思想家们，如伏尔泰等经常通信，赞美他们的思想与智慧。

可以说，叶卡捷琳娜女皇比当时西欧任何一位君主都更慷慨地资助哲学家与艺术家。伟大的启蒙思想家伏尔泰形容她是欧洲上空最耀眼的明星。当另一位重要的启蒙运动思想家狄德罗穷到不得不变卖自己的大量藏书来换取生活费时，女皇资助了他几十万卢布的巨款，并且只提出了一个要求，就是在狄德罗去世之前不要让他和他的书分开，因为她说与书分开"是一件最痛苦不过的事"。

在日常为人方面，女皇也相当不错，几乎所有伺候过她的人都对她的人品赞不绝口。据说她有一位外国厨师，所做的饭菜并不合她的口味，但女皇不忍心辞退他，因此一直忍受着直到他正常退休。还有某个晚上，她到事务大厅找人帮她送封信，结果发现侍从们正在那里打牌，于是她吩咐其中一个去送信，然后自己坐下来跟他们打，免得他们三缺一玩不下去。

叶卡捷琳娜女皇在宫廷沙龙里或者与哲学家们通信时，是温柔有礼、富有教养的高贵女王，然而当她步入战场后，便成了个不知餮足的老饕，她的胃口甚至比彼得大帝还要大。

我们来看看她从邻邦侵占了多少地盘吧：

1768年开始，她两次进攻土耳其，都取得胜利，终于夺取了几乎整个黑海北岸。她又三次伙同普鲁士和奥地利瓜分波兰，把波兰大部分领土归并到自己的帝国，使波兰这个一度强盛而辽阔的国家从地图上消失了。

三次瓜分波兰，她共从波兰获得了近五十万平方公里的土地。

波兰的不幸固然是因为她的敌人太过强大而贪婪，但另一个主要的原因也是因为自己不争气：波兰人都十分热爱自己的国家，然而他们之热爱窝里斗与热爱祖国一样强烈。这才是他们失败的根本原因。

经过叶卡捷琳娜女皇的改革与扩张，俄罗斯不但成了欧洲面积最广大的国家，也成了最为强大的国家之一，已经再没有力量能阻止它的进一步扩张了。

1814年俄罗斯人打败了拿破仑之后，通过在维也纳的谈判取得了芬兰和罗马尼亚的一部分，这是俄罗斯人在欧洲的扩张。我们再来看他们在亚洲是怎么扩张的。

1689年《尼布楚条约》后，俄罗斯在亚洲的扩张暂时被遏制了，他们将注意力转向了欧洲。但到了十八、十九世纪，他们又开始向亚洲扩张了，而且东南北齐头并进。

我们知道，这时候的亚洲诸国，包括中国在内，已经衰落了，没有什么力量再能阻止俄罗斯人。

　　往东，俄罗斯不停地推进，直到亚洲的最东端——太平洋西岸，后来又越过了白令海峡，进入美洲，占领了阿拉斯加。

　　往北，它一直推进到了北冰洋，占领了北冰洋中的许多岛屿。

　　往南，俄罗斯总算遇到了一点抵抗，但也就一点点。

　　首先是中国，这是中国一段悲惨的历史，大家想必已经知道了。我这里不再多说，总之，通过《中俄北京条约》《中俄瑷珲条约》以及《中俄勘分西北界约记》等不平等条约，中国被割去了外兴安岭以东以南和乌苏里江、黑龙江以东以北以及贝加尔湖、巴尔喀什湖一带大片国土。

　　在俄罗斯之南的中亚地区是一些穆斯林部族，像塔吉克人、哈萨克人、吉尔吉斯人，等等。这些既落后又小的部族国家哪是俄罗斯的对手，所以俄罗斯人几乎不费吹灰之力推进着，一直推进到阿富汗和伊朗边境。这些地方这时已经是英国的势力范围了，俄罗斯人至此才止步。

　　到1914年第一次世界大战前夕为止，俄罗斯的版图已经东起太平洋、西到波罗的海对岸的芬兰、北抵北冰洋、南达阿富汗和伊朗，是一个总面积超过2 200万平方公里的巨大帝国。在古往今来的所有大帝国中，讲面积而言仅次于成吉思汗的蒙古帝国。然而蒙古帝国转瞬即逝，俄罗斯帝国却长存。

　　实际上它一直长存到几年前前苏联的大分裂。但即便是在大分裂之后，它仍是世界上面积最广大的国家。

　　1796年11月初的一天，女皇中风了，不久便在身体的痛苦中结束了辉煌的一生。

　　虽然她并不是俄罗斯人，但她对俄罗斯所做的贡献要超过绝大多数俄罗斯人，称得上是俄罗斯最伟大的爱国者之一。

　　但爱国就是这样，我们是从这个爱国者本人所属的国家为出发点去分析的。

　　对中国如此，对外国也应如此。

彝族女英雄奢香夫人

　　与冼夫人一样，奢香是中国历史上又一位爱国的少数民族女英雄。奢香是彝族人，生于1358年，这时候还是元朝，她的父亲是元朝贵州地方的宣抚使、彝族君长。

　　1375年，年方17的奢香嫁给了贵州彝族默部水西的君长、贵州宣慰使霭翠。这时已经是明洪武八年了。

　　由于奢香自幼聪明能干，还读了不少书，颇有学识，所以婚后成了丈夫的重要助手，经常帮助丈夫处理宣慰司的各种事务。贵州一带的少数民族是没有汉族那样的大男子主义的，能干贤明的奢香的名声与地位也就不断加强，后来被族人尊称为苴慕，也是君长的意思。

　　更早，1368年，明太祖朱元璋在金陵——就是今天的南京——建立了明朝，奢香的丈夫霭翠等少数民族首领都先后归顺了明王朝。明洪武四年，即1371年，太祖撤销了原来元朝在贵州的治理机构，重新设立了贵州宣抚司，归顺的霭翠当上了新的贵州宣抚使。

　　到1373年，朱元璋鉴于霭翠管辖的土地相当辽阔，人口众多，又是控制川滇黔边境的战略要地，对整个明朝的西南地区都有重要影响，于是下诏封贵州宣抚司为宣慰司，以霭翠为宣慰使，这样霭翠的地位就高居于原来的各位宣抚使之上，宣慰司的首府设在今天的贵阳。

　　到了1381年，霭翠病死了，根据制度他的职位是世袭的，但这时他的孩子还很小，不能承袭父职。在这种情形之下，奢香只好忍着丈夫去世的痛苦，自己代理了贵州宣慰使的要职，等到儿子成年之后再来接续。

　　这时候，贵州更往南的中国云南还没有统一，处在元朝的旧主梁王的统治之下，当地的土酋段氏也支持他。梁王在明朝建立之后没有归顺，仍然称自己是元朝臣子，用元朝的年号，服从已经被赶到蒙古大沙漠的元朝皇帝。土酋段氏则控制着云南大理一带，一直以来处于半独立状态。

1381年，明太祖朱元璋下令颍川侯傅友德为征南将军、永昌侯蓝玉为左副将军、西平侯沐英为右副将军，统30万大军从四川、湖南兵分两路并经贵州南征云南。

为了阻止明朝军队进入云南，梁王希望能够控制贵州，特别是云、贵、川三省交界处的黔西北地方，这样明军就没法攻打云南了，这里也还有些少数民族地方政府支持他，他准备与明军为敌。

在这种情形之下，奢香审时度势，觉得元朝气数已尽，支持梁王只会导致国家的分裂，也将使她的人民不得安宁。于是她坚决反对其他部族支持元军，她凭借自己的地位以及与彝族各部的姻亲关系，亲自出访贵州许多地方，向各地的少数民族首领陈说利害、晓以大义，劝说他们不要跟着梁王，而要支持明军的统一大业。由于奢香人既聪明，又能说会道，所说的话也很有道理，因此绝大部分少数民族首领很快就听她的话，不再支持元军的割据势力了。

这时候明朝的大军已到，奢香不但为明军指路，而且还在她的辖区内为明军选取水草丰满之地安营扎寨，并献出了许多马匹、粮草等。在她的支持下，明军顺利经贵州进入云南。经过激烈战斗，不久打败并消灭了元军，梁王也上了吊。明军接着又攻克了大理，把当地土酋段氏抓了起来。从此云南的割据势力被消灭，明朝政权得到统一。

无疑，在这个统一过程之中，奢香做出了相当大的贡献。

1383年，明朝又派了一个大官来常驻贵州，他就是都指挥使马晔。他是一个大汉族主义者，歧视彝族等少数民族，认为他们是野蛮人民，他也将奢香视为"鬼方蛮女"。所以，他来到之后，便想办法对付奢香，以为只要治住了她，其他少数民族首领自然就会服服帖帖了。甚至准备在消灭这些少数民族首领之后重新任命汉族官吏，将原来的部族首领统治的方式改为由中央政府直接统治，并在这些地方设立郡县，打破少数民族历来的自治传统，而他自己也好向朝廷邀功请赏。

于是，这个马晔想出了个鬼主意，他先叫人污蔑奢香，告她有种种罪行，然后又以这个为借口将奢香抓到贵阳，用上了彝族人最忌讳的侮辱人格的手段来惩罚她，就是脱了她的衣服，以鞭子抽她的脊背。他以为这样一来奢香肯定会大怒而反，他就有机会出兵消灭她的势力了。

奢香如此无辜受辱，的确也愤怒至极，但她没有冲动地造反，也许她看出了马晔的意图，于是她采取了马晔怎么也想不到的一招——直接进京告御状。的确，马晔怎么也想不到这个"鬼方蛮女"会来这一招，她可从来没有去过那么远的地方呢，而且那时候交通不便，要到遥远的京城可难了！

但奢香就是去了，她顺利抵达京城，见到了朱元璋，向他下拜，并且将自己的冤情一一诉说。

朱元璋一听，那还得了！立即召回了马晔，然后给他定罪"开边衅，擅辱命妇"，也就是说他故意在边疆之地挑起纷争，并且侮辱朝廷贵妇，将他关进了大牢。然后赏赐了奢香不少金银珠宝和绫罗绸缎等，甚至马皇后还亲自在皇宫后花园宴请了奢香。之后，朱元璋才隆重地送她回贵州，并且吩咐沿途的地方官员要派兵隆重地护送她。

对于朝廷这样的待遇，奢香自然十分感激，从此之后效忠朝廷之心更加坚定。

奢香回到贵州后，立即采取了种种措施来报效朝廷。她一方面大力宣扬朝廷的恩德威势，使少数民族其他部族也对朝廷更加感恩服从，使边疆地区人心更加安定；另一方面，她开始在贵州一带大力修路架桥，开凿驿道。

我们知道，贵州地处云贵高原，到处是崇山峻岭，交通十分不便，所以朝廷的势力历来不容易到达，使这里长期处于半独立的状态，经济与社会发展也很落后。要改变这样的状态，首先要做的就是改善交通。奢香正是这样做的。她亲率少数民族各部，投入巨大的人力物力，披荆斩棘、逢山开路、遇水架桥，开辟出了两条驿道：一条向西经过今天的贵阳一带到达云南；另一条向北经草塘等9个驿站到达北方，其中以龙场驿为首，所以又被称为"龙场九驿"，并通过这条驿道每年向朝廷贡献各种物品。这里有个地方至今还被命名为"奢香"。

奢香主持开辟的驿道成为纵横贵州并直达云南、四川、湖南等省的交通要道，大大改变了贵州一带关山难越的交通状况，沟通了边疆与中国其他地区在政治、经济和文化上的联系，增进了汉民族与西南各兄弟民族的交流，促进了贵州的经济开发和社会进步。而"龙场九驿"等也成为了奢香建立的一座爱国丰碑。

驿道建通之后，奢香更深感贵州不但地处僻远，文化更是落后，下决心改变这里贫穷落后的面貌。首先是改变这里的文化面貌，使之与中原接轨。她请了许多的儒生到贵州兴办学校，教授儒家经典，传播先进文化，又招徕各种能工巧匠，传授先进的农耕技术，并倡导彝汉一家亲，使这里的各族人民和谐相处、安居乐业。

1390年，奢香还将她已经长大成人的独子阿期陇派到金陵，进太学读书，两年后阿期陇毕业了，朱元璋还赐给他三品朝服和许多其他赏赐，使奢香的下一代也成了朝廷的忠臣，继续为中国西南边陲的社会安定和谐贡献力量。

可惜的是，天不假年，1396年，奢香不幸患病，不久就去世了，年仅35岁。明太祖特意派了使者到贵州参加奢香的葬礼，加她的封号为"大明顺德夫人"。

蒙古族爱国女杰三娘子

三娘子是蒙古族人，也是蒙古历史上最杰出的女首领。她在明王朝时期统治蒙古三十余年，致力于蒙古与明朝友好相处，并且始终奉明朝为宗主，支持中国的民族统一大业，这就是我们将她列在此书的原因。

三娘子生于1550年，原名乌讷楚，或称乌审，后来又称自己为钟金，所以史称"钟金哈屯"，有时候也称为"也儿克兔哈屯"、"克兔哈屯"等，指的都是她，我们在这里一般称她为三娘子。

与三娘子的名字联系在一起的是俺答汗。

俺答汗是明朝蒙古人的重要领袖，是蒙古土默特部的首领，成吉思汗家族的后裔。他在明朝嘉靖年间崛起，成为蒙古族人的主要首领之一，控制着中国北面的庞大地区，统治中心是今天内蒙古的呼和浩特一带，1550年时曾经兵临北京城下，史称庚戌之变。他统治的土默特部也成为当时整个蒙古的中心和最发达的地区。

三娘子就是俺答汗的妻子。

却说三娘子成为俺答汗的妻子还有一段曲折的、在今天看来不那么光彩的故事。

俺答汗有好几个儿子，其中第三个儿子是他的大老婆一克哈屯生的，不幸早逝，死时他已经有了一个儿子，名叫把汉那吉，也就是说，把汉那吉乃是俺答汗的亲孙子，由于父亲早逝，他实际上是奶奶一克哈屯养大的。把汉那吉长大后娶了妻子比吉，但后来又爱上了姑母的女儿三娘子，又娶了她。

却说三娘子的父亲乃是蒙古一个部族的王公，所以她是蒙古公主，蒙古名字叫钟金哈屯，她的母亲乃是俺答汗的大女儿，所以，就血缘来说，她乃是俺答的亲外孙女，把汉那吉的表妹。所以，把汉那吉跟三娘子的亲戚关系相当于《红楼梦》里的贾宝玉和林黛玉，表哥娶表妹，虽然算是近亲结婚，但这样的事在古代可是司空见惯的。

但是，当外公的俺答汗看到了美貌无比的孙媳妇，立即被迷住了，不顾一切地将她弄进了自己的帐篷。

把汉那吉一看妻子竟然被爷爷占了，自然是愤怒的不行，但他也知道，爷爷可是蒙古大汗，打是打不过的。怎么办呢？他想到了一个简单的计策：投降明朝，想联合明朝的力量再从爷爷手里将老婆抢回来。

于是，在1570年，把汉那吉带着妻子比吉等十几个人到达了山西的大同，向明朝请降。

这时候的大同巡抚叫方逢时，总督是王崇古，看到这样身份的人前来投降，一方面热情接待，另一方面立刻写信给当时的宰相张居正，请求他决策处理。

这事在明朝廷内部引起了争论，有的主张收留，好将来有一张对付蒙古人的王牌；有的主张不收留，免得引来蒙古大军的入侵，使生灵涂炭。

后来主张收留的人占了上风，因为王崇古说，这可是奇货可居啊，为什么不收留呢？如果俺答汗来索还孙子，我们不是有几个叛将在俺答汗那里吗？用他去交换就是了，又不是一定要将他留在明朝，所以怎么说明朝都是赚的。还有，俺答汗已经老了，等到他去世时，可以将把汉那吉送过去，说不定还可以争一争蒙古的大汗呢！到时候还怕他不效忠明朝！

张居正认为王崇古的话很有道理，就命令好好招待安置把汉那吉，朝廷又封把汉那吉为指挥使，奖了他一件漂亮的大红丝袍，还派人通告俺答汗说，根据我们中国的法令，抓住了敌人的大头目，可以奖赏万金，封侯爵大官的，但我不会杀了你儿子去向朝廷请功，因为他是主动来投靠的，又是你的孙子，我们看在你的面子上也不能杀他。

后来事件果真按张居正的预见发展，俺答汗先派大军来夺孙子，但被明军击退，又怕孙子被明朝杀掉，老人家毕竟心痛孙子的，这也是人之常情。最后，俺答汗只好求和，双方达成了协议，明朝很郑重地将把汉那吉送回蒙古，俺答汗则把几个明朝叛臣用绳子绑着送进了明军大营。

当把汉那吉穿着明朝皇帝赐给的大红丝袍回到蒙古时，俺答汗见到了十分感动，说以后再也不进攻明朝了，甚至决定接受明朝的册封，另外要求两国开设互市做生意。

于是，大明隆庆五年，即1571年，明朝册封俺答汗为顺义王，并在与蒙古接壤的三个地方开设互市，同蒙古人进行贸易，这就是历史上著名的"隆庆和议"。

这次和议可以说是明朝没有费吹灰之力就达到了以前用大兵都达不到的目的，不但使蒙古人不再入侵，还让他们称了臣，等于是使蒙古回到了祖国的怀抱，真是天大的喜事。

而这个喜事的最初起因就是三娘子。

据说就是她当初力劝俺答汗不要用武力攻打明朝，而是要答应明朝的和谈条件，这才导致了前面的"隆庆和议"。所以，隆庆和议之所以达成，里面三娘子有很大的功劳。这也是我们之所以会在这里将她当做爱国名人、为她作传的原因。这个原因就在于她自始至终致力于蒙古与明朝的友好相处，并且始终奉大明为宗主。

俺答汗这时候已经很老了，他看见三娘子这么有才，就干脆叫她主持互市。而她也竭尽全力把互市搞好，使互市一带成为了蒙明友好的象征。据说互市后，蒙汉两族人民经常在这里交易商品，而且互相往来，有如一家。

三娘子呢，她经常来到互市。这时，只见她身着明朝皇帝赐给的大红五彩丝衣，腰佩刀剑，既英武又端庄秀丽，真如女战神下凡呢。据说当时有一首诗赞她道：

"少小胡姬学汉妆，满身貂锦压明当；金鞭娇踏桃花马，共逐单于入市场。"

她甚至经常来到明朝边境地方的军营中来，与明朝守臣的关系十分友好，两边经常互送礼物。

1582年，俺答汗去世了，三娘子带着他的大儿子黄台吉等向朝廷告丧，并再三表示将继续臣服于大明。这时候她已经是土默特部实际上的统治者了，部落所有的重要文件都由她签署才算有效。明朝廷也知道她的身份，神宗封她为"忠顺夫人"，又赐给她许多礼物。这样，三娘子与明朝廷的关系更加密切了。

但这时候出现了一点小麻烦。因为根据蒙古人的风俗，三娘子必须嫁给新上任的大汗，就是俺答汗的大儿子黄台吉。但三娘子嫌她这个继子又笨又丑，不愿意嫁他，就率领自己的部众逃走了。黄台吉早就对这个美貌如花的继母朝思暮想了，哪肯罢休，就一直追来，眼看双方可能有战争。这时候，同她相熟识的明朝山西总督郑洛派人说服三娘子，告诉她，你要是嫁给了新汗，就成了忠顺夫人，如果你不嫁，你就只是一个普通妇女罢了！三娘子一听有理，就认命了，嫁给了继子黄台吉。

这个新继位的黄台吉一开始并不想臣服明朝，但三娘子劝他说，天朝对我们这么好，我们每年通过互市可以赚这么多钱，远高于冒着死亡的危险与他们打仗所得到的，还有什么不满意的呢？新丈夫一听有理，就再也不想打仗了，继续臣服明朝，继续通过互市大发其财。

但三年后，即1585年，黄台吉就病死了，他的大儿子扯力克继位，根据风俗，她又得嫁这位继孙子了。她也完全可以不嫁，因为她这时候威名赫赫，手里也有精兵强将，但如果不嫁，又会导致国家大乱，甚至引发新汗又去攻打明朝。又是在郑洛的劝说之下，她顾全大局，嫁给了孙子。明朝为此又封她为忠顺夫人，还有大量的其他赏赐。

三娘子大表感激，对明朝使臣说："我子子孙孙各部族，永世为天子守边，不敢背德。"

这时候，由于扯力克是个无能之君，身体也不好，蒙古实际上的统治者乃是三娘子。

就这样，在三娘子的统治之下，蒙古与明朝之间数十年不动刀兵，这不但使边境百姓得享了安宁，也使汉蒙一家，为长久以后蒙古与中国的真正统一奠定了基础。

三娘子大约逝世于1612年，终年62岁。

人生自古谁无死？留取丹心照汗青

文天祥的大名我们都听说过，他是吉州人，就是现在的江西吉安，生于1236年。这时正值南宋末年，这个偏安江南之地的小朝廷也如秋后的蚂蚱——蹦跶不了几天了。

文天祥自幼聪慧，善于读书学习，成绩很好。19岁时就在乡试中考了第一名，第二年进了吉州的白鹭洲书院读书。

白鹭洲书院是江西四大书院之一，创建于宋代，一直延续到清代末年，有不少名人出自这里，其中最有名的当然是文天祥了。

进白鹭洲书院不久，他就考中了贡士，有资格参加最高等级的殿试了。

殿试可是由皇帝亲自出马主持和出题的，同样由皇帝钦定前十名的次序，录取名单称为"甲榜"，就是著名的"金榜"，分为三甲：一甲只有三人，第一名状元、第二名榜眼、第三名探花。

文天祥就在当年参加了这样的殿试，随即父亲带着他到首都临安应试。所谓殿试考题只有一道，就是现场根据皇帝的命题作一篇文章，这时候的皇帝是宋理宗。文天祥的文章写得十分好，不但文字流畅有力，而且对当时国家与政府所面临的问题分析得井井有条，切中要害，并且提出了相应的改革方案。

宋理宗对文天祥的文章极为满意，钦点他为第一名，也就是状元，根据惯例他成了当时的宰相贾似道的门生。

然而，就在文天祥准备走进官场，大展鸿图时，他的父亲也许是由于高兴得过了头，在儿子中状元后几天就突然患病去世了。于是，根据惯例，他必须回家守丧，不能为官了。

就这样，文天祥回到了吉安老家守丧，这一守就是三年。

到1259年，蒙古大军开始了志在灭亡南宋的大规模战争。蒙古军攻向军事重镇鄂州，就是今天的湖北武昌，当时掌权的宦官董宋臣不去奋力抵抗，只请理宗迁都以逃避敌人。文天祥听说后大怒，向皇帝上书，要求斩董宋臣以鼓励大家抗敌，同时向皇帝献上了许多抵抗蒙古人的妙计，但昏庸的宋帝都不予采纳。

不过这时候文天祥守丧已经满了3年，开始步入官场了。他担任了刑部郎官、江西提刑、尚书左司郎官、湖南提刑、赣州知州等。1270年，文天祥因得罪了当时掌权的奸相贾似道而遭罢斥，虽然他算得上是文天祥的老师，但这个坏老师可一点也不讲情面。

1275年初，元军发动了更加猛烈的进攻，孱弱的宋军再也抵挡不住，朝廷只得下诏让各地官员组织兵马勤王。文天祥立即捐献巨额家资充当军费，招募了三万多兵马，起兵勤王，并且提出了"正义在我，谋无不立；人多势众，自能成功"的口号，带领人马开赴临安。

南宋朝廷先委任文天祥为平江知府，他率军在独松关一带与元军展开激烈战斗。然而，当时的元军可是天下第一，他临时凑集起来的军队如何是对手，结果，文天祥的3万义军最后只剩下了几个人，其余全都英勇战死。

1276年初，元军前锋已经到达了临安城下，大小文武官员一阵乱逃，只有文天祥等少数有勇气的官员还跟在皇帝身边。当时执政的谢太后任命文天祥为左丞相兼枢密使，派他出城与伯颜谈判，希望能够与元军讲和，以保存南宋血脉。

对了，这个谢太后也是历史上有名的人物，她全名谢道清，是理宗的皇后，17岁入宫，19岁册立为皇后，57岁尊为太后，65岁又尊为太皇太后。1274年，宋度宗病逝，继位的宋恭帝只有5岁，身为太皇太后的她经大臣们多次请求，垂帘听政。但她从来不专权，也是个明白人，但当时天下大势已定，她再明白也没用，后来随恭帝被元军俘虏了，押往北方，死在大都。

却说文天祥奉太后之命，到了元军大营。他来有两个目的，一是希望真能和谈成功，保存宋朝的一点血脉，另一方面也是希望借谈判的机会去元人那里探探虚实。

但蒙古人哪会跟快要灭亡的宋朝谈判，只要他们无条件投降，文天祥当然不干，大骂了蒙古的丞相伯颜。这时候，昏庸的南宋朝廷竟然派人到了文天祥的军营，解散了他的军队。一听有这事，伯颜立即逮捕了文天祥。

伯颜不是要杀文天祥，而是企图用高官厚禄诱降文天祥，好利用他的声望来拉拢其他的南宋大臣。但文天祥岂肯这样做呢？没办法，伯颜只好将他押往大都，当文天祥被押送到镇江的时候，靠当地义士的相救逃走了。但这时候临安已经被攻占，南宋恭帝和谢太后都已经向蒙古人投降，恭帝被押往元大都，陆秀夫等拒绝投降的大臣拥立7岁的宋端宗在福州即位。

于是，文天祥也转往福州，担任了枢密使，相当于宰相，南宋各路军马都归他统领，他派人到各个没有被占领的地方招兵筹饷，继续抗元。但到这年秋天，元军就攻入了福州，端宗逃往海上，在广东一带乘船漂泊，文天祥则在各地继续转战抗元。

到1277年，元兵继续杀上来。这年夏天，文天祥由广东梅州出兵，进攻江西，各地豪杰群起响应，文天祥在江西一带获得多场大胜，收复了许多州县。但后来元军大举反攻，文天祥兵力单薄，再战败，但他收拾残部，坚持抵抗。

这时到了1278年，文天祥率军步步后退，到了广东的潮阳一带。冬天，元军再度大举进攻，文天祥实在无力抵挡，只好率部再撤退，在海丰五坡岭造饭时遭到元军突然袭击。文天祥自知已经无望，就吞下随身携带的毒药想自杀，但没有死，只是昏迷过去了，因此被元军俘虏。

蒙古人又想利用文天祥的威望写信招降还在抵抗的张世杰，文天祥便将自己最近所写的《过零丁洋》抄录给元将，其中就有"人生自古谁无死，留取丹心照汗青"。的名句。

再后来，文天祥被押往大都，元世祖忽必烈亲自劝他归降，表示可以封他当一人之下、万人之上的宰相。但文天祥坚决不降，只求痛快地给他一刀。

到后来，忽必烈甚至派了已经投降的宋恭帝前来劝降，但文天祥只是远远地叩头，请他回去，不必多说废话。

为什么呢？因为文天祥所忠于的从来不是某个帝皇，而是国家，以那时候的说法，是社稷。

到了1282年，文天祥已经在大都被关了3年，忽必烈用尽了一切办法想要文天祥投降。但文天祥宁死不屈。

有一天，忽必烈终于忍耐不住了，下令将文天祥押往北京菜市口斩首。

这是1283年的事。

文天祥不但是伟大的爱国者，还是伟大的诗人，一生为我们留下了许多爱国诗篇，至今读来都令人感动不已，这里录两首以爱国为主题的名作：

第一首是《扬子江》：

> 几日随风北海游，回从扬子大江头。
> 臣心一片磁针石，不指南方不肯休。

第二首是《过零丁洋》：

> 辛苦遭逢起一经，干戈寥落四周星。
> 山河破碎风飘絮，身世浮沉雨打萍。
> 惶恐滩头说惶恐，零丁洋里叹零丁。
> 人生自古谁无死？留取丹心照汗青。

抗倭英雄戚继光

公元13世纪至16世纪间，中国沿海倭寇流窜，到处烧杀抢掠，对中国百姓的生活与国家安全造成了巨大威胁。就在这样的背景之中，诞生了一位伟大的抗倭爱国将领，他就是戚继光。

戚继光生于明嘉靖七年，即1528年，出生地是山东的登州。戚家是个军人之家，他的父亲就是一位能干的将军，曾经担任登州的防卫司令。所以，戚继光从小接受了严格的军事教育，很早起就懂得了如何领兵打仗。

到了1538年，才10岁的戚继光承袭了父亲的爵位，官居四品，这在重文轻武的明朝已经是大官了。

16岁时，他又承袭父职当登州的防卫司令。这时候，来自日本的倭寇，主要是一些在日本的内战中失败的流浪武士与残兵败将。他们大规模地骚扰中国的福建沿海一带，在沿海占州夺县，大肆烧杀抢掠，给中国造成了巨大的损害。

1555年，江浙一带的倭患极为严重。戚继光得到了当朝宰相张居正的赏识，于是升他为参将，从山东调往浙江，镇守在沿海的宁波、绍兴、台州一带，专门抵挡倭寇的入侵。

到了任所后，戚继光发现朝廷派给自己的兵马完全不管用，用这样的军队打仗除了失败没有别的。他当即决定放弃这样的军队，而由自己亲自招募、训练一支能战之军。

他在沿海一带的朴实的农民、矿工中招兵。由于这里百年以来都受到倭寇的欺侮，老百姓愤怒至极，恨不得人人都立即去杀倭寇，现在朝廷为这个目标招兵，他们哪有不响应的道理！不久戚继光就招募到了一支3 000人的队伍，个个都是身强体壮又勇敢的好汉子。

有了这支人马后，戚继光立即用上了他早就准备好的练兵之法，对这支军队进行了非常严格的训练。同时，戚继光还非常重视武器的现代化，为他的士兵们配备了当时最好的武器，包括战舰与火器等现代化武器。

此外，戚继光还根据江南地区的地形特点，例如有很多湖泊水田之类，道路小且弯弯曲曲，不好进行大规模野战的特点，创造了有名的"鸳鸯阵"。一个鸳鸯阵由十一名士兵组成，在这十一个人中，有一个人是队长，他站在队伍的前列中央，其余十个人各分五个列在他的背后，这十个人持有四种不同的武器，包括盾牌兵、狼牙棒兵、短刀手等，他们用不同的武器互相防卫攻击、彼此密切配合，堪称当时最先进的作战阵式。

1561年5月，一万多倭寇大举入侵浙江东部沿海的宁海一带。戚继光得到这个消息后，立即率领戚家军主力前往迎敌。他的士兵们早就对倭寇恨之入骨，现在看到杀敌的机会来了，个个如同猛虎下山般赴向敌人。那些以前自以为战无不胜的倭寇在戚家军的猛烈打击下简直是一触即溃。这时另一支倭寇却趁戚继光在外，偷偷杀向台州，以为这是围魏救赵的妙计，但戚继光回防得非常快，他身先士卒，杀入敌阵，士兵们于是更加奋不顾身。倭寇眼看要招架不住，便使出了诡计，把抢到的大量金银财宝扔到地上，引诱戚家军士兵去捡。但戚家军竟然没有一个去捡的，依然奋勇杀敌，很快就把这批倭寇杀得片甲不留。与此相对，戚家军只有三名官兵阵亡。据说当戚家军开始出击时，火头军刚开始埋锅造饭，当他们凯旋归来时，饭才刚刚煮熟。可见戚家军的行动有多么迅速，可以说是快如闪电。

就这样，戚家军在浙江沿海一带连着打了九场大仗，战无不胜，很快将浙江境内的倭寇势力基本上清除了。

当戚家军凯旋归来时，台州城万人空巷，据说迎接英雄的人群组成了一条二十多里长的人龙，真是比过年还要热闹。

1562年7月，戚继光升官了，被朝廷封为上将军，率领6 000戚家军从浙江到福建来平定倭患。

当时，倭患在福建比浙江还要厉害，他们在沿海附近的岛屿上建筑了大量的堡垒，以这些堡垒为基地四处出击、烧杀掳掠，各倭堡又互相呼应，共同对付官军的围剿。

戚继光到达这里后，通过观察地形，决定先集中兵力打下其中的横屿。这个横屿位于漳湾之东的浅海中，离岸只有约十里地，与大陆隔着一片浅滩，涨潮时一片汪洋，退潮时全是泥滩，易守难攻。但一天早晨，戚继光利用退潮的时刻，让士兵们带了大量稻草，边铺路边前进，很快就上了倭堡，并且来个三面包抄、前后夹攻，几个小时后倭寇就完蛋了。

戚继光毫不停留地攻向其他倭堡，行动有如鬼魅，很快将全部倭堡肃清。例如某天深夜，戚家军乘着月色前进，在黎明之前就开始攻击，倭寇发现有如从天而降的戚家军时，只能仓促应战，不久就被击溃了。就这样，福建的倭寇也被肃清了。

到1563年10月，戚继光被升为总兵，总领福建、浙江、广东三省的军务，准备全面肃清倭患。与此同时，倭寇也决心进行最后一战，他们集结了最后的重兵，乘战船近七十艘，向福建沿海杀来。

戚继光立即统兵迎击，结果与前面一样，他战无不胜，水战六战六捷、陆战六战六捷。倭寇惨败，他再接再厉，向倭寇展开了最后的扫荡，先扫清了福建的倭寇，接着又挥师广东，又扫平了那里的倭寇。

至此，为害中国百年之久的倭寇基本上被肃清了。

中国唯一全凭战功封侯的女将军

我们前面讲了好几位女英雄，现在还要讲另一位。与前面几位略有不同的是，这乃是一位真正的军事统帅，她统领大军作战就如同男性的大将军们，如霍去病、岳飞等一样，只是霍去病抗击的是匈奴，岳飞抗击的是金兵，她抗击的是清兵。

她就是秦良玉，明朝末年堪称伟大的军事统帅与民族英雄。是中国历史上唯一单独载入正史之将相列传（并非烈女传）的巾帼英雄，也是唯一全凭战功封侯的女将军。

秦良玉1574年生于四川忠州，虽然可称为书香门第，然而她自幼不像只会绣花的大小姐，而是跟着父亲练武，还喜读兵书战策。更令人赞叹的是，她在这些方面显示了过人的天赋，几个兄弟远远不如，可以说天生是个领军打仗的料。

对了，她还有一个特点，就是个子很高，重庆博物馆现在有一件她遗留下来的蓝缎平金绣蟒袍，长达171厘米，袖长近1米，由此测定，秦良玉的身高应该有将近1米9，很吓人吧！

1595年，21岁的秦良玉嫁给了石柱宣抚使马千乘。这位马千乘的祖上乃是我们前面写过的东汉伏波将军马援。两人情投意合，很是恩爱。很快，丈夫就看出了妻子的军事才华，对她更是礼敬有加，唯命是从。正是在妻子的建议与帮助下，他建立了一支"白杆兵"，秦良玉是这支部队的统帅。

这支部队的主要武器是一种白杆的长矛，这种白杆长矛是秦良玉根据四川当地的地势特点自创的。它用结实的白木做成长杆，上有带刃的钩，下面还有很坚硬的铁环，作战时，钩可以砍可以拉，环还可以用来当铁锤用，遇到高墙山岭，数十杆长矛的钩环相接，就可以作为翻山越墙的工具，非常适合于山地作战。

成军不久，秦良玉就统领白杆兵成功地平定了几次叛乱，战功卓著、威震一方。明朝四川总督李化龙命人打造了一面银牌送给当时还只有26岁的秦良玉，上面刻了"女中丈夫"四字。

然而到了1613年，由于万历皇帝派来的监税太监丘乘云根据惯例向马千乘索贿，马千乘没有答应。这可惹恼了丘太监，便指使手下捏造罪名，把马千乘关进大牢，最后活活整死了他。

这时秦良玉才39岁，中年丧夫，只留下孤儿寡母，那痛苦可以想象。但秦良玉含冤隐忍，没有生出半点反叛之心。其实这时候，以她的实力、所受的冤屈如果起兵对抗当时已经日薄西山的明朝，完全有机会自立为王、称霸一方。

大明万历44年，即1616年，在中国的北部，一个强大的少数民族政府建立了，它就是努尔哈赤建立的"大金"，史称后金，后来改名为清，就是满清。

建立政权后，努尔哈赤开始发动对明朝的猛攻，1618年萨尔浒一役，明军惨败，损失了大批精兵良将。朝廷赶紧在全国征发精兵支援辽东，秦良玉立即派她的哥哥秦邦屏和弟弟秦民屏率精兵出发，自己筹集粮草，保障后勤供应。结果，在随后的沈阳之战中，秦氏兄弟率"白杆兵"在浑河一带血战清兵，大杀辫子兵数千人，清兵终于见识到了什么是大明的精兵。只是由于白杆兵数量太少，众寡悬殊，秦邦屏战死。但秦良玉和她的"白杆兵"从此名震天下。明廷因功升秦良玉为二品大员。

不久，重庆一带发生叛乱，秦良玉率军平叛，她的弟弟秦民屏也战死沙场。

1627年，明熹宗驾崩，明崇宗继位，清兵趁机大举来攻。

到崇祯三年，皇太极率10万大军绕道长城喜峰口入侵，攻陷遵化后，进抵北京城外，连克永平等四城，明廷大震。

北京眼看难保，朝廷赶紧号令天下诸军都来勤王，秦良玉闻讯立即带领她的全部白杆兵，日夜兼程赶往京师，她甚至献出了自己的全部家产作为军饷，因为这时候国库已经因为连年征战而空空荡荡了。

这时候全国根据勤王诏而至的各路兵马多达二十余万，但都害怕清兵，竟然没人敢带头出战。秦良玉见状，立即率领"白杆兵"向清兵杀去，这时候已经五十多岁的秦良玉亲自挥舞白杆长矛杀入敌阵，有如一个巨人在敌阵里横冲直撞，所到之处清兵纷纷人头落地。其他白杆兵将士也无不奋勇当先，双眼喷血斩杀清兵。清兵入关以来没见过这样的阵势，不久就落荒而逃了。秦良玉率军追击，成功地解了北京之围。

北京之围得解，崇祯帝特意召见了秦良玉，对她大加赞赏，甚至送了她四首诗：

一：学就西川八阵图，鸳鸯袖里握兵符。由来巾帼甘心受，何必将军是丈夫。

二：蜀锦征袍自裁成，桃花马上请长缨。世间多少奇男子，谁肯沙场万里行！

三：露宿风餐誓不辞，饮将鲜血代胭脂。凯歌马上清平曲，不是昭君出塞时。

四：凭将箕帚扫胡虏。一派欢声动地呼。试看他年麟阁
上，丹青先画美人图。

应该说，这四首诗写得都是有水平的，诗中皇帝不但称颂了秦良玉
的劳苦功高，而且赞美了她的美貌多姿。这也符合事实，因为秦良玉所
有的并不仅仅是内在的才华，据史书记载，她脸蛋也漂亮，而且举止优
雅，言谈从容，有大家闺秀之风。总之不但是中国历史上，也是世界历
史上难得一见的奇女子。

此后秦良玉回到了四川家乡。这时候又有敌人在等待她了，就是张
献忠、罗汝才等农民义军，他们大举攻入四川。于是朝廷命令秦良玉此
后不用再出兵援剿，专门负责保卫四川。

在四川，秦良玉多次率兵打败张、罗二人，消灭了大批敌人，以致
他们只要听到秦良玉和"白杆兵"来了，往往就不战而退，因此秦良玉
所守卫的川东安如泰山。

后来，将占领四川看成自己生命线的张献忠与罗汝才便联合起来攻
打秦良玉。

这时候，倘若秦良玉率领全军与之决战，未必不可获胜。然而，秦
良玉的上司、当时的明朝湖广襄阳督帅杨嗣昌却出了个馊主意，他以统
帅的名义将大批川兵调出来，只留2万老弱残兵给四川巡抚邵捷春守重
庆。这个邵捷春没法，只好把秦良玉的白杆兵调来，分兵守卫，而且守
卫之法也不得当，把白杆兵的兵力分散了。这样瞎指挥的结果是在土地
岭一役中，不但大批明军被消灭，秦良玉的3万多白杆兵也全军覆没，
最后只有秦良玉单骑逃走。

虽然几乎只剩下孤家寡人，但秦良玉仍不灰心，要求邵巡抚尽发四
川的少数民族兵，她自己可以出粮饷供应，应该还可以一战。但邵巡抚
已经绝望，拒绝了秦良玉的计策。

秦良玉只好叹息而归，四川就这样完了。不久，张献忠几乎占领了
整个四川，最后把四川老百姓几乎杀了个精光。

1644年，李自成也攻入北京，崇祯帝在煤山上吊自杀。消息传来，
秦良玉服孝痛哭，几次昏厥于地。

然而，即使这时，张献忠也不敢进攻秦良玉所守的石柱地区。他这时候建立了"大西"政权，想叫秦良玉接受他的封官许愿，也就是投降，但秦良玉毫不犹豫地拒绝了。

　　不久，秦良玉的独子马祥麟也战死襄阳，据说他死前给母亲写信："儿誓与襄阳共存亡，愿大人勿以儿安危为念！"见儿子绝笔血书，秦良玉泪如雨下，提笔在信纸上写道："好！好！真吾儿！"

　　此时满清已经从李自成手里夺取了北京城，明朝政权南逃，眼看就要被满清灭亡，但秦良玉始终忠于明朝。

　　到1648年，已经颠沛流离到了云南的南明永历帝派人加封秦良玉太子太保，这可是宰相一样的大官。这时候秦良玉已经因病不能起床很久了，接到诏书，仍起床拜伏受诏，表示要用她的老骨头为明朝再上疆场。

　　这当然是不现实的了，因为她已经整整70岁了！

　　几天之后，秦良玉就病死了，她的墓碑上刻下了她因为战功卓著而接受的部分官号：

　　　　明上柱国光禄大夫镇守四川等处地方提督汉土官兵总兵官
　　持镇东将军印中军都督府左都督太子太保忠贞侯贞素秦太君墓

　　拥有这样封号的女将军不但在中国历史上是独一无二的，在世界历史上恐怕也是独一无二的呢。

抗金女英雄梁红玉

　　这章我们要记述另一位爱国的女英雄梁红玉，她像岳飞一样是抗金英雄。如果说岳飞是最有名的男性抗金英雄的话，那么梁红玉就是最有名的女性抗金英雄了。

　　梁红玉大约生于1102年，原籍安徽池州，生在江苏淮安。她的祖父和父亲都是武将，所以梁红玉也从小跟着练武，有了一身好功夫。

后来，北方爆发了方腊起义，官军屡次征讨失败，梁红玉的祖父和父亲都因在平定方腊之乱中镇压失败而被杀。梁家由此衰落了，最后梁红玉不幸沦落为妓，这是一种比较特殊的妓女，即由政府管理的官妓。由于她既饱读诗书，又天生神力，能挽强弓，百发百中，哪个男人敢来泡她！

后来方腊起义被镇压，最后捉住他的是一个小军官，名叫韩世忠。

韩世忠是陕西延安人，天生的将才，长得虎背熊腰，又胆略过人，而且为人忠直，是一个真正的英雄好汉。

据说平定方腊后，韩世忠随军班师回朝，统帅在京口召官妓陪酒，梁红玉和官妓们来倒酒，就在席上认识了韩世忠。韩世忠在众多将领大吹大擂的欢呼畅饮中，独自显得闷闷不乐，引起了梁红玉的注意。而梁红玉英姿飒爽的风姿也引起了韩世忠的注意。两人几乎是一见钟情。不久梁红玉就自己花钱为自己赎了身，再把自己送给韩世忠为妾。又后来，韩世忠的原配死了，就把梁红玉扶为正妻。

北宋被金兵灭亡后，南宋建立。由于高宗只求苟且偷安，不愿意收复中原，甚至随时准备再逃跑。终于引得御营统制苗傅与威州刺史刘正彦拥众作乱，强迫高宗让出帝位，禅位于皇太子。这时候梁红玉母子都在临安，被扣压起来了。

后来，梁红玉设法偷偷出城，见到了拥重兵在外的韩世忠。韩世忠即刻率兵前往临安，不久打败了叛军。高宗喜出望外，封韩世忠为武胜军节度使兼江浙制置使，镇守江浙一带。

1129年，金军又在完颜宗弼的统领下来攻，他就是我们在《岳飞传》中看到的金兀术。金兵一直攻入江浙，宋高宗唯一的办法是逃跑。后来金兵怕深入敌后太远，主动撤兵北返。

韩世忠听说金军要北撤，立即率领他的水师8 000人急赴镇江一带阻击，而金军号称10万。

然而，韩世忠的水军竟然成功地阻止了金兵渡江。据说当两军在江面上激战时，梁红玉冒着生命危险亲自擂起战鼓。在战鼓声的激励下，宋兵个个奋勇争先，连续打退了金军十几次的猛攻，才使得金军始终不能渡江，最后反而被韩世忠军逼入了黄天荡。这是一个死港，就像死胡同一样，根本没有出路。也就是说，如果金兵不能打败外面围着的韩世忠军，他们就只有等死了，而韩世忠哪是那么容易打败的！

这时，倘若韩世忠有支几万人的军队，完全可以乘机杀入，消灭金兵，但他只有几千人，根本杀不进去，只好把守住黄天荡的入口，想来个瓮中捉鳖。然而后来，金兵凿通了阻塞已久的老河故道30里，才逃了出去。

不久两军再战，这次学乖了的金兵用火箭射击韩世忠水军的船帆。由于当天没风，海船无法开动，结果都成了金军火箭的靶子，不久全部战船都被烧毁，韩世忠逃回镇江，金军也突围往北而去了。

虽然丢掉了战船，但从整体来说，韩世忠以绝对弱势兵力成功阻击金兵几十天，也算是赢了。但梁红玉不但不居功请赏，反而因丈夫防卫疏失，导致战船被毁而上疏弹劾他，请朝廷加罪。这种大义灭亲的举动令人感动，朝廷知道这次韩世忠毕竟功大于过，没有降罪，而且加封梁红玉为"杨国夫人"。

到1136年，韩世忠被任命为武宁安化军节度使，驻扎在楚州一带，与金兵相持。这时战乱已久，遍地废墟，既没房子住，也没东西吃，军民眼看都要挨饿受冻。聪明的梁红玉看到这里遍地都是芦苇，就想出了一个办法，用芦苇来编织房子，又发现马能够吃一种蒲草的茎干，便自己尝了一下，发现味道不错，人也可以吃，于是教大家都弄蒲茎来吃。从而解决了军民的住房和吃饭问题，这种蒲茎，又叫蒲儿菜，现在都被称为"抗金菜"。

经过梁红玉两口子的苦心经营，楚州一带又恢复了生机，这里的军民对韩世忠夫妇感恩戴德，即使为了他们也肯拼命疆场，使得韩世忠驻守楚州十多年，虽然只有两三万兵力，但金兵从来不敢侵犯。

到了绍兴五年，即1135年，梁红玉又随夫出征，在山阳与金兵陷入苦战。10月6日这天，突然遇到大队金兵包围猛攻，梁红玉奋勇迎战，后来腹部被刺穿，连肠子都流出来了，她就以汗巾扎一下继续作战，最后流血过多而死，年仅33岁。

她的尸体被金兵发现，他们割下了她的头颅去示众，但后来因为钦佩她是个英雄，便将她完整的遗体送回宋朝。

当然也有别的说法，例如说她后来被奸细在食物中下毒而死，甚至有人说她后来与丈夫一起归隐山林很久才死。

确定的事实是，1151年，大将韩世忠也病逝了，他们夫妇的遗体被合葬于苏堤灵岩山下。

后来，她的家乡淮安人民建祠堂纪念她，里面有一副长达54字的泥金对联：

> 青眼识英雄，寒素何嫌？忆当年北虏鸱张，桴鼓亲操，半壁山河延宋祚；
>
> 红颜摧大敌，须眉有愧！看此日东风浩荡，崇祠重整，千秋令誉仰淮。

这副对联鲜明地记录了她这个女子为保卫祖国的大好河山所做的贡献，并且这个贡献不亚于任何男人。

冤屈的爱国英雄

这一章我要记述一位中国历史上最大的悲剧爱国英雄袁崇焕。之所以说他是最大的悲剧爱国英雄，是因为他死得最冤、最惨。

袁崇焕祖籍广东东莞，1584年生于广西梧州，他的父亲此时正在这里为官。袁崇焕从小体格强健，好读兵书，虽然像其他读书人一样念四书五经，但境界大不一样，胸中有百万甲兵。

到1619年，已经35岁的袁崇焕成了进士，第二年被授予福建的邵武县知县。

这时候，北面的满族人已建后金国，开始对中原虎视眈眈。袁崇焕凭他高远的战略眼光早就关注这个问题了，在邵武知县任上，他经常阅读有关文件，了解北地边情，这对他日后的出镇边关打下了基础。

1622年，他按规定到北京去朝见皇帝，遇到了御史侯恂。侯恂深感袁崇焕是个军事人才，便破格将他录用为兵部主事。

这时候，明朝辽东一带的局势已经越来越恶化，先后丢了抚顺、清河、铁岭、辽阳、沈阳等要地，现在又丢了广宁，等于丢了整个辽宁。虽然明朝的官兵们也努力奋战，只是确实打不过厉害无比的努尔哈赤和他的清兵，十多员将领纷纷战死。吓得明熹宗惊慌失措，京师的文武官员简直一听清兵的名字脸色都变了。

在这种情势之下，袁崇焕决定亲自去了解关外形势。他一个人偷偷骑着马跑了。兵部不知道这位袁主事到哪儿去了，家人同样不知道，因为他为了保密，没有告诉任何人，就这样到关外去勘查了。

勘查完毕之后，袁崇焕回到了北京。他在上朝时将关外的形势一一奏知皇帝，最后充满自信地说：请陛下给我一些人马钱粮，我一个人就可以守好这山海关！

皇帝一听大喜，立即升了他的官，要他去山海关当监军，还拨给20万两银子，让他去招募军队。

袁崇焕到任后，采取了种种措施固守山海关，还主持修筑了宁远城，不久这里就成了关外重镇。

1626年初，后金兵再次来攻，大军渡过辽河，右屯、松山等处的守将都望风而逃，努尔哈赤率军直抵宁远，他自称有兵马30万，要袁崇焕投降。

袁崇焕与同僚分析道，他哪有30万，那是吹牛的，顶多13万，我们修宁远城就是为了誓死抵抗的，哪能投降！

后金兵于是猛攻过来，袁崇焕率军拼命守卫，多人战死，但终于挡住了敌军，不可一世的后金兵被消灭了近二万，而宁远城安如泰山。这就是著名的宁远大捷。

更为重要的是，这次就连努尔哈赤也被明军的葡萄牙制造的红夷大炮打伤，几个月后就死在了回沈阳的路上。

这年，袁崇焕因功升为辽东巡抚，并加封为兵部右侍郎。

努尔哈赤死后，他的儿子皇太极即位，改国号"大清"。皇太极一开始时希望与明朝议和，但同时又进兵朝鲜，想先征服朝鲜然后再来打明朝。由于朝鲜是明朝的属国，所以明朝不能不救。于是朝廷叫袁崇焕领兵直捣敌人的后方，但袁崇焕告诉朝廷，因为自己兵力太少，而敌人还有大军守城，很难攻下，要是久攻不下，等到满人攻朝的大军回来时，前后夹攻明军，那就完了。在当时袁崇焕的这个判断无疑是正确的。

果真，不久之后，征服了朝鲜的清兵又来了，皇太极亲率数万大军进攻宁远和锦州。

清兵先将锦州团团围住，然后攻城。但明军凭险固守，清兵打了十多天，除了留下几千具尸体，毫无所获。

于是，皇太极先不管锦州，而是亲率数万军马，来攻打宁远。

宁远由袁崇焕亲自守卫，他将主力大军列在城墙之下，背靠城墙，迎击敌人。清兵猛扑过来，由于有皇太极亲自督战，个个不要命地往前冲。

明军的战术是，骑兵在城墙下迎敌，而炮兵则在城墙上轰击。所以清兵冲来时，先被大炮轰死了许多，队形也被打散，明军再用步兵、骑兵同他们激战。袁崇焕亲自站在城墙上指挥，他高呼口号，激励将士殊死搏斗，战斗惨烈异常。

明军终于坚持住了。坚持不住的清兵，只好退向锦州。

这是有明朝以来最残酷的一次战斗，也是清军经历过的最惨烈的战斗。要是过去，对于明军，这样的战斗是不可想象的，他们早就失败了。但这次，他们坚持住了，全因为有了一个高明的指挥者——袁崇焕。

皇太极攻不下宁远，又转攻锦州。

锦州同样殊死抵挡，皇太极一看攻不下，后面宁远的明军又时刻准备前后夹攻，只得撤军。

这就是中国历史上著名的宁锦大捷，袁崇焕不久给皇帝上了奏章，其中有这样的话：

"……诸臣人人敢死，大小数十战，解围而去，诚数十年未有之武功也！"

1627年，明熹宗死了，崇祯继位，任命袁崇焕为兵部尚书兼右副都御史，总督蓟、辽、天津等地的军务。以现在的话说，袁崇焕是国防部长了，还兼着东北和北京等军区的司令员。

袁崇焕亲自到北京朝见了崇祯帝。他慷慨陈词，将自己收复整个辽东的计划一一奏知。皇帝大喜。后来，袁崇焕又告诉了自己的一个担忧，他说，他出关之后，与京城相隔万里，怕的就是别人在他后面说坏话，或者不听他指挥，以至误事。崇祯便赐袁崇焕一把尚方宝剑，要他遇事可先斩后奏。皇帝还赐给他许多的金银财宝，但袁崇焕坚决不要。

不久，袁崇焕又设计斩杀了在关外拥兵自重的毛文龙。这个毛文龙虽然有一定的本领，但骄傲自大，已有反相，甚至准备与皇太极合伙攻明，不杀早晚会成明朝的大患。

皇太极眼看打不赢袁崇焕的军队，就想出了一个妙招。这时候，袁崇焕主要负责防卫山海关以外的地区，在他后面是长城，所以，只要绕过长城，就等于是绕过了袁崇焕的防线。而长城是可以绕过的，因为长城这么长，中间有许多关隘，不可能所有地方都把守严密，总有容易打破的地方。

袁崇焕也看到了这样的可能性，因此早就向崇祯帝奏请加强北京一带的防务，甚至将自己的部分兵马派回来协防。但崇祯帝没有听他的，他派去的兵马也被遣回了。

袁崇焕的判断是正确的。1629年，清兵分东、西两路分别进攻长城的龙井关、大安口等，几乎毫不费力就突破了长城，不久兵临遵化城下。遵化在北京东北部，离京师只有约三百里。

这下朝廷大惊，赶紧下诏天下勤王，而袁崇焕也知道北京决不可失，失掉北京等于亡国。于是立即统领大军往关内驰来，想尽量将清兵阻挡在距北京较远的地方。然而清兵实在太快，难以阻挡。袁崇焕还是率领9 000铁骑，日行120里，终于抢在皇太极之前抵达了北京外城的广渠门。

几乎是同一天，皇太极的大军也到了。于是，袁崇焕到达后的第二天，保卫北京的战斗就打响了。

战斗在北京各个城门展开，我们只说袁崇焕。他率领的9 000铁骑在广渠门外与清兵和他们的盟军蒙古骑兵大战，这一场血战持续了几乎整个白天。袁崇焕身中多箭，像刺猬一样，幸好他穿了厚甲才不至受伤。正由于袁崇焕这样拼死力战，身先士卒，他的铁骑们也更加奋勇砍杀，终于打跑了强悍异常的清兵。

几天后，袁崇焕又用500火炮手潜往皇太极的大营附近，四面放炮攻打，皇太极军大乱，只好迁营。

然而，就在这个时候，袁崇焕被捕了，这是1629年底的事。

在被囚禁审讯半年后，1630年8月，崇祯帝公布了袁崇焕的好几条罪状，例如把米卖给敌人、纵放清兵入关，如此等等，并且处以碟刑，也就是所谓的"凌迟处死"，以比较通俗的话来说，是"千刀万剐"。

据说，行刑那天，袁崇焕虽被五花大绑却毫无惧色，押上刑场，临死前念出了自己的遗言：

> 一生事业总成空，
> 半世功名在梦中。
> 死后不愁无勇将，
> 忠魂依旧守辽东。

可悲的是，直到这时候，他还在为朝廷担心，并且相信还会有像他一样的勇将去为国家守卫辽东！

可怕的是，由于朝廷公开宣布了袁崇焕的所谓"通敌"罪状，老百姓信以为真，所以都恨他入骨。他们等在刽子手旁边，刽子手每割一块肉，老百姓马上付钱买下来，就这么生生地吃进肚子里。不久，他外面的肉就被吃完了，又被开膛剖肚取出五脏六腑，把肠子截成一寸寸卖，老百姓买了后，就和着烧酒一口吞下，两边脸颊和牙齿缝里全是人血。

清朝灭了明朝之后，后来他们自己公布了所谓袁崇焕通敌的真相，原来一切都是他们的阴谋。皇太极先捉了两个明宫太监，然后故意让两人以为听见了清军将军之间的耳语，说袁崇焕与满人有密约，皇太极再放其中一名太监回北京。崇祯帝果然中计，以为袁崇焕谋反，才将他抓住处死。

这里我最后要说说袁崇焕祠的守墓人，他是值得在这里纪念的平凡人。

却说袁崇焕被杀后，他的尸体虽然没了，但头还挂在刑场。他的一个佘姓部下趁夜盗取了头颅，掩埋起来，并且在那里垒起了一座坟，他从此就守护这座坟墓。他还交代子孙，以后要世世代代就在这里守下去。

就这么从1630年一直守到今天！现在，七十来岁的佘幼芝老人家还在为袁崇焕守墓。

航海英雄郑和

郑和的名字大家是熟悉的，他是明代、也是整个中国历史上最伟大的航海家，从某种意义上来说，他是中国的第一个"国际名人"。

郑和出生于明洪武四年，即1371年，原名叫马三宝，云南人。1381年，明军攻入云南。这时候马三保还是10岁的儿童，他被明军抓了起来，也许因为生得清秀，当了小太监。此后，他运气好，进了朱棣的燕王府。在靖难之变中，马三保为朱棣立下战功。

靖难之变是明朝历史上的大事。当初明太祖把儿孙分封到各地做藩王，后来藩王的势力越来越大。他死后，孙子建文帝即位。建文帝采取了许多措施来削藩。于是，最强大的藩王、北平的燕王朱棣起兵反抗，史称"靖难之役"。1402年，朱棣攻破明朝的第一个首都南京，同年朱棣即位，就是明成祖。第二年，改北平为北京，这就是现在北京城名的来源。

到1404年，朱棣赐马三保郑姓，改名为和，任为内官监太监，官至四品，地位仅次于司礼太监。

第二年的七月，郑和开始第一次下西洋。

他从南京的龙江港起航，经今天的江苏太仓出海，大约两年后回国。这第一次下西洋人数据载有近三万人。

这第一次大概是试验性的下西洋，所以回国仅几天之后，他就第二次下西洋了。这次到达了今天的文莱、泰国、柬埔寨、印度等地，还在锡兰山迎请佛牙，随宝船带回。

我们以下的几次就不一一述说了。

其中最远的一次从1413年11月出发，绕过了阿拉伯半岛，第一次远航到了遥远的东部非洲的麻林迪，到1415年8月回国。这年11月，麻林迪还派了特使来中国向皇帝进献"麒麟"，也就是长颈鹿。

郑和第七次下西洋也是最后一次，于1431年1月从今天的南京下关出发。返航时，郑和因积劳成疾于1433年4月初在印度西海岸的古里去世，船队由另一个太监王景弘率领返航。

由上可见，从1405年到1433年，28年间郑和七次远航，最远到达了遥远的非洲。

现在我们要探讨这样一个问题：郑和的远航有什么意义？

郑和远航到达过东南亚、南亚及非洲的广大地区30多个国家，甚至有可能到过澳大利亚。这是世界上第一次大规模的远洋航行，不但比西方最早的探险家如达·伽马、哥伦布等早近百年，规模更是比他们要大上百倍以上，例如哥伦布、达·伽马的船队规模人数都在100人左右，船只有三四艘，吨位最大的只有100多吨，而郑和的"宝船"——这是对他远航船只的特称，最大可能有5 000吨位，至少也有1 000吨位，远远超过当时世界其他国家包括西方国家最大的船只。

更为重要的是，郑和远洋的目的不是为了掠夺，而是传播中华的文明与国威，在物质上甚至是倒贴的，即给予各国的要超过从各国获取的，这鲜明地体现了中国与后来的西方各国的根本不同之处。对于西方的航海者而言，远航是为了掠夺别国的财富，对于中国而言，远航是为了传播文明！直到今天这个目的也是高尚无比的。可以这样说，郑和时代的中国真正承担了一个文明大国的责任：强大却不称霸，播仁爱于友邦，宣昭颁赏，厚往薄来。

还有，由于郑和下西洋所到的国家大都比中国落后，中国带给了他们各种先进的产品与技术，如丝绸、瓷器、各种工艺品与农产品等，还有中国先进的农业耕作技术、各种制造技术、建筑与雕刻技术、古老的医术，当然还有当时无可比拟的航海与造船技术，等等。这些产品与技术对于开阔当地人的眼界、发展他们的经济、提升他们的生活质量无疑都是大有帮助的。

正由于郑和对当地文化所做的这些贡献，现在在他远洋经过的许多地方都还有以他的名字命名的地方，如马来西亚有三宝山、三宝井，印尼有三宝垄、三宝庙等，这些众多的郑和遗迹至今犹存，表达了当地人民对郑和的怀念，也记载着中华文明古老的辉煌。

在中国历代众多的爱国英雄人物中，郑和是最为独特，也是最伟大的之一，至今不但在中国被纪念，也受到世界的关注。我想，他对于世界的意义之最大者在于一个强大的民族如何对待一个相对弱小的民族，是像西方一样征服与掠夺呢，还是像中国一样地和平与施予？哪一种态度才对现代的国际关系有着积极的指导意义？答案不言而喻。

就在这不言而喻的答案中显示了中华文明的伟大与光荣。

于谦临危不惧，挽救了明朝

于谦生于1398年，祖籍是今天河南的民权县，但曾祖辈就迁居到了浙江钱塘，所以于谦也是钱塘人。据说于谦从小就有远大的志向，7岁时有个高僧看到他，大惊，说这个孩子可不得了，将来要当宰相，还会挽救这个国家于危难之中！当然这不足信，只是传说而已。但于谦从小志向远大是不能被怀疑的，因为12岁时他便写下了名作《石灰吟》：

千锤万击出深山，烈火焚烧若等闲。

粉身碎骨全不怕，要留清白在人间。

到1421年，23岁的于谦中了进士。1426年，明朝的汉王起兵谋反，于谦随明宣宗征讨叛乱，因功被授御史。

据说在朝堂上向皇帝奏事时，于谦的声音特别洪亮，语言流畅，听得清清楚楚，而且于谦说起话来条理分明，很有逻辑性，所以也很有说服力。皇帝对他自然也很器重，特意派他去巡察江西。

于谦在巡察过程中昭雪了几百桩冤案，更显示了出众的才能。于是皇帝将他越级提升为兵部右侍郎，负责河南、山西一带的事务。于谦到任后，立即骑马便装走遍了辖区，访贫问苦，尽力为老百姓多做实事，并且从来不贪一分一毫。在他的治理之下，山西一带出现了太平盛世的景象。

这时候，宦官王振把持朝政，几乎是公开卖官，所以大臣们都争着送钱给他，哪怕要请他吃顿饭，至少得给上千两的银子。但于谦从来不干这种事，还即兴写了一首诗："手帕蘑菇与线香，本资民用反为殃；清风两袖朝天去，免得闾阎话短长。"这里的手帕、蘑菇与线香就是土特产的意思，于谦不但不给银子，连土特产都不肯给，因为这也是人民的财富。我们的成语"两袖清风"就是从这首诗里来的，这足可说明于谦后来成了为官清廉的典范。

由于政绩卓著，1448年，于谦被召回北京，当了兵部左侍郎。

让于谦成为一个伟大爱国者的事出现在第二年。

这年秋天，也先率国大举进攻明朝。这个也先是蒙古瓦剌部的首领，瓦剌是明朝人对西蒙古的称呼，又译作卫拉特。也先自称太师淮王，一开始也算是明朝的藩属，势力强大后便开始进攻明朝。

对于这次蒙古人的大举进攻，明朝并没有充分的准备，当政的太监王振竟然把战争当儿戏，坚持要英宗皇帝亲征。于谦知道不可，和许多大臣极力劝阻。但皇帝偏信王振，以为只要自己亲征就可以胜利，把于谦留在北京指挥军队，自己亲征去了。他带着足足50万大军进入大同。到了大同后，边将介绍也先的势力，王振大惊，赶忙班师回朝。这么多军队一路怎么走得快，也先率骑兵在后面紧追，不久在土木堡将英宗的大队人马团团围住，水道也被也先军队切断了。明军人马没有水喝怎么抵挡得住，不久乱成一团，结果英宗被俘，王振等也死于乱军之中，明朝精兵几乎全部丧失。

突然国家就这么没有皇帝了，可是从来没有过的事，朝野一片惊慌，甚至想要往长江之南逃跑。这时候于谦管理着兵部，一听大怒，说京师是天下的根本，要是放弃不等于不要国家了吗！一定要坚守。监国的郕王听从了于谦的建议，各种保卫北京的办法也都听从于谦的安排，还立即将于谦升为兵部尚书。

国家不可一日无君，在于谦的力主之下，郕王即皇帝位，称为景帝，这既是为了人心的安定，也是为了让瓦剌人知道捉了皇帝也没用，免得他们利用手中的这张皇牌来要钱要地。

不久，也先挟持着英宗一直杀向北京。于谦调集了二十余万大军在北京的九门之外摆开阵势，将身后所有城门全部关闭，宣示不胜利决不进京，那些逃跑的也无路可逃。于谦还亲自在前线督战，下令将先退斩将，兵先退斩兵。这样，将士们知道唯一的生路就是与敌军决一死战，将他们打败。

其实，也先这次冒险深入，是仗着有皇帝当人质，以为明朝不敢抵挡。现在看到他们不但有了新皇帝，这个人质也就没用了，而且明军的兵力越来越多，各地的勤王大军纷纷来到，心里不由胆怯了三分。

但他还是大着胆子开始进攻北京城。于谦指挥得当，明军兵来将挡，水来土掩，把攻击北京各个城门的瓦剌兵一一击退。

这样瓦剌军与明军打了5天，没有占到一丝便宜。也先想和谈，把皇帝送回讨些便宜也没人理他。明军越聚越多，瓦剌军的后路都可能被断掉，只好往北撤退。于谦指挥明军在后追击，一直追到居庸关才回来。

明朝面临的一场几乎要灭国的大难就这样被搞定了。

事后，新皇帝大赏诸将，于谦当然功劳是第一，被封为少保、总督军务。但于谦说国家多难，这算什么功劳呢，坚决推辞，同时派军队镇守山西一带，防止瓦剌人再次南侵。

这时候，英宗已经被扣一年，也先每天要好吃好喝地供着，想要用他要挟也没人理他，要打又打不过，杀掉又不敢，手中的皇帝反而成了烫手的山芋。想来想去，只好主动告诉明朝当局，这个皇帝我不要了，你们来接回去吧！

他这一着还真管用，倒把难题扔给明朝了。新皇帝大不高兴地说，我本来不想当什么皇帝的，是你们一定要我当，现在怎么办？

于谦冷静地告诉他：您已经是皇帝了，这是不会改变的，但现在既然瓦剌人要将老皇帝白送回来，我们于情于理也要接回来，那就接回来吧。但帝位是不能还给他的，要是他回来后想怎么样，我到时候自有办法。

这样一说，新皇帝觉得可以了，就去把英宗接了回来，当了太上皇。

但英宗岂想就这么丢了帝位呢。他想的不是哪个将他从瓦剌人那里救回来的，只想着自己的皇帝位子被人夺走了，时刻思谋复辟。

1457年，新皇帝得了病。大将石亨和太监曹吉祥等以为景帝可能要死了，就想乘这个机会让英宗重登帝位，要成功的话自然是他们的功劳。这时候英宗被软禁在南宫，于是，他们带着人马打败了南宫守卫，将英宗拉了出来，登上大殿，恢复了帝位，把景帝废为原来的郕王。

复辟成功之后，英宗自然对帮他复辟的石亨等加官进爵，对于过去拥护景帝登基的，就要大加报复了。

这样的结果就是，于谦被英宗找了个借口抓起来，砍了头。接着又去抄于谦的家，但发现这个曾经贵为宰相、一人之下万人之上的大官家里除了最简单朴素的生活用品，没有任何多余的钱财，清廉到了这种程度。

将国家挽救于危亡之中、又如此清廉正直的于谦就这么冤死了。所幸他运气比较好，没有袁崇焕死得惨。

不过想起这两个明朝爱国者的遭遇，我们不由想，这样的明朝值得爱吗？维护明朝真的是爱我中华吗？确实也难说呢！

郑成功收复台湾

郑成功的名字与台湾紧紧联系在一起，因为正是他打败了盘踞台湾多年的西方殖民者，使台湾宝岛回到了中国的怀抱。

郑成功生于1624年，福建省南安市石井镇人。据说他从小就聪明勇敢，11岁时就写过一篇很好的作文，上面有"汤武之征诛，一洒扫也；尧舜之揖让，一进退应对也"这样出色的句子，堪称神童。

对了，郑成功其实并不是纯种的中国人，他的父亲郑芝龙原来是海盗，后来归顺明朝，成了明朝将军，母亲则是日本人，叫田川氏。

清兵入关后，郑芝龙一开始还支持明朝，拥立明绍宗当上了皇帝。但郑芝龙并不一心忠于明朝，当清兵攻入福建后，他就投降了。郑成功哭着劝他不要这样，他不听，郑成功只好离开父亲，自己起兵抗清。

1646年2月，郑成功在福建延平向明绍宗即隆武帝提出了许多建议，例如凭险固守，利用近海与外国通商，以获取作战资金，等等，被绍宗赞为奇谋，因此封郑成功为忠孝伯，赐尚方剑，还赐他姓郑，这就是郑成功"国姓爷"称呼的由来。

但就在这年，清军攻克福建，抓住了绍宗，清军还抢劫了郑家。郑成功的母亲田川氏为了免受清兵侮辱，像日本武士一样剖腹自杀，使得郑成功更与满人有了不共戴天之仇。

由于明绍宗已死，他改奉南明永历年号，永历帝封他为延平郡王。他率军与进入福建的清军血战，取得三场大胜，消灭了清军在福建的主力，以后又多次打败清军。又由于他拥有强大的海军，所以十多年间清军一直拿他没办法。他还利用控制了海洋的有利地位与外国人大做生意，赚钱来筹备军饷。清朝皇帝曾经多次叫他父亲带信，希望他投降，但郑成功断然拒绝。

到1659年，清军攻陷昆明，南明眼看要覆没。为了牵制敌人，郑成功统率水陆军17万北伐，攻入长江一带，收复了南京附近及安徽许多地方，但在攻南京时中计，部队伤亡惨重，只好退回了位于今天厦门的根据地。

1661年，清朝的康熙帝登位了，这时候郑成功的部队已经成了最后的抗清主力。为了打败郑成功，清政府可以说是无所不用其极，例如实行了长达20年的迁界令，就是从山东到广东沿海，从海边往内20里，不准住人，甚至不准人进入，违者杀头，基本上断绝了郑成功的经商途径。又毁掉沿海所有船只，一寸木板都不许下水，使郑成功海军的船只坏了很难得到充足的补充。还杀掉了已经投降的父亲郑芝龙，甚至挖掉了郑氏祖坟。如此等等，够恶毒吧！

在这样的残酷打击之下，郑成功面临了很大困难，因为维持军队是需要大量给养的。他既不能同内陆做生意，所占领的地盘又小，物产不多。于是，他自然而然地将目光投向了与厦门隔海相望的台湾宝岛。

这时候的台湾又怎样了呢？

早在16世纪，西班牙、荷兰等已经开始殖民。到17世纪初，荷兰殖民者乘明末农民大起义和东北满人势力日益强大，明政府处境艰难之际，侵入了台湾。到1642年，整个台湾沦为荷兰殖民地。

所以，郑成功决定收复台湾，将它作为自己的大后方基地，继续抗清。

1661年4月，郑成功以南明王朝招讨大将军的名义，率军2.5万、战舰数百艘进军台湾。

郑军从金门的料罗湾出发，经过澎湖，出其不意地顺利登陆南台湾，随即以此作为基地进攻荷兰殖民者。

他先以优势兵力夺取了防守比较薄弱的赤崁城，然后向有坚固防卫工事的台湾城进攻。他没有强攻，因为这样可能导致大量伤亡，而是采取了长期围困的策略。每天用大炮轰击，还想法截断了他们的水道。

这时候台湾城内的荷兰兵并不多，只有几百，但他们装备比较先进，坚持抵抗了9个月之久。最后，终究打不过郑成功的大军，1662年2月1日投降了，荷兰总督揆一在投降书上签了字。

根据投降协议，荷兰人交出了所有的武器与物资，但城内还活着的近千名荷兰人都可以平安撤离台湾。

他在接受荷兰人的投降时，义正辞严地指出，台湾一向属于中国，台湾和澎湖的人民都是中国人，他们自古以来就在这里生活和耕种土地，荷兰人理应把它归还给中国。这些话到现在都是适用的，更说明了郑成功是一个伟大的爱国者，而不是只为自己抢地皮的武装头目。

收复台湾结束了荷兰人在台湾数十年的殖民统治，宝岛台湾又回到了祖国的怀抱，当然也使郑成功成为了中国人民心目中永远的民族英雄。

收复台湾后，郑成功决心在这里好好经营，他颁布屯垦令，开垦荒地，改台南为"东都"，也就是说准备让南明永历帝来这里建都，他自己当然仍是明朝遗臣。但不久就传来了桂王朱由榔死于缅甸的消息，明朝最后一丝正统血脉没了。于是，郑成功便自立为台湾之主，在台湾建立了第一个汉人政权。

但不久郑成功就病了，很快去世，这是1662年6月的事，他年仅38岁。

郑成功去世后，儿子郑经继位，仍奉南明永历帝的年号，与清王朝的顺治、康熙抗衡，把台湾经营得有声有色，使这里由蛮荒之地变成了物产丰饶的宝岛。但清朝是不会让这个宝岛一直独立下去的，他们像郑成功当初对付荷兰人一样发动了进攻，这时候已经是郑经的儿子郑克塽在位了，他抵挡不住，于1683年降清。

1684年4月，台湾被正式纳入大清帝国版图，属福建省管辖。

我们不妨想想，倘若不是郑成功收复了台湾，而是继续由荷兰人统治，清朝会去攻打台湾吗？恐怕未必！因为清朝政府一向不喜欢也不善于打海战，而且他们统治这么辽阔的中国内陆就觉得很难了，哪会注意孤悬海外的台湾岛！从这个意义上说，郑成功对于我们这个民族所做的贡献真的很大很大。

威震四方的康熙大帝

康熙帝的名字大家可以说是非常熟悉，许多电视台天天都播着关于他的电视剧，我们随口就可以举出一大堆，如《康熙秘史》《康熙王朝》《雍正王朝》（讲康熙晚年）《康熙微服私访》《鹿鼎记》《康熙大帝》《小宝与康熙》《少年康熙》《康熙帝国》《康熙微服私访民间》，如此等等，还有其他的。所以，康熙帝应该是中国历史上入戏最多的皇帝，也是咱老百姓最熟悉的皇帝。

康熙帝为什么这么好入戏呢？主要有两个原因，一是他在位的时间长达61年，是中国历史上在位时间最长的皇帝；二是他总的来说是一位好皇帝，他的统治时期是中国古代史上最后一个黄金时代，名为"康乾盛世"；三是他还可以称为是一位爱国的或者说为中国统一做出过巨大贡献的皇帝，他成功镇压了许多企图分裂中国的叛乱，打败了沙俄入侵者，还使台湾回到了祖国的怀抱，使中国的领土之辽阔达到了唐之后的最高峰。总之，康熙帝可以说是继汉武帝与唐太宗之后中国又一个伟大的帝皇，值得我们好好歌颂与赞美。

康熙帝是满族人，他的满族名字叫爱新觉罗·玄烨，1654年出生在紫禁城里，是清朝的第四位皇帝。帝号清圣祖。由于年号康熙，所以他被称为康熙帝。

康熙帝8岁就登基当了皇帝，母亲是孝康章皇后。对了，康熙帝还应该是中国历史上子女最多的皇帝之一，他共生了35个儿子，20个女儿，总共55个孩子。

由于康熙登基时只有8岁，当然不能处理国家大事，所以大权就落在了4位辅政大臣手里，即索尼、苏克萨哈、遏必隆和鳌拜。这个鳌拜的名字大家应该是熟悉的，在关于康熙帝的电视剧和小说里他都是一个主要人物。到后来，大权落到了鳌拜一个人手里，他专横跋扈，甚至根本不把小皇帝康熙放在眼里。

康熙心里气得不行，但嘴里什么也不说，悄悄地想办法准备除掉他。这个方法我们在电视剧和金庸的武侠小说里都看过，就是他选择了一群身强力壮的少年儿童练习摔跤打架的功夫。由于是一群小孩子，鳌拜并没有放在眼里。但就是这样一群小孩，在1669年5月把他除掉了。从此康熙帝就收回大权，开始亲自治理国家了。

刚亲政，康熙帝就加强了皇权，限制了满洲贵族的权力，废除了原来诸王拥有的统兵征讨的传统权力，还设立了所谓的密奏制度，就是臣下可以用秘密报告的形式直接向他打报告。

康熙帝还主持编纂了《大清会典》，使政府的运作、官吏的升迁都有章可循，这样，就避免了跑官要官、靠裙带关系拉帮结派等问题，就是现在也值得我们参考。

康熙帝还特别重视老百姓的生活，大力促进经济发展。他主张政府要轻徭薄赋、与民生息，就是说政府的税收要少，要让老百姓有饭吃有钱赚，生活得好点。

上面这些措施可以说是他的治国方针，也是他之所以成为一个伟大帝王的基础。现在我们再来讲讲那些与爱国有关的内容。

康熙帝对国家统一所做的第一件大事就是平定三藩。

所谓"三藩"，就是指镇守云南的平西王吴三桂、镇守福建的靖南王耿精忠和镇守广东的平南王尚之信。他们原来都是明朝大将，后来投降清朝。为了拉拢他们，清朝不但封他们为王，还把大片土地分给他们统治，犹如一个独立王国。

到1673年，康熙帝看到藩王权力太大，开始不听号令，有独立甚至造反的倾向，于是决心撤掉他们。这就是撤藩。

看到要被撤，吴三桂首先就不干了，这年11月在云南发动叛乱，并派军攻占了湖南许多地方，这又使得清朝的广西将军孙延龄、四川巡抚罗森等都纷纷跟着反叛。不久福建耿精忠和广东尚之信等也反了，最后几乎整个江南都反了，北方的陕西和甘肃等省也投入了叛军的阵营，清朝的统治岌岌可危，中国也面临着分崩离析的可怕局面。

但年轻的康熙帝毫不慌乱，调集军队与叛军大战，又大力整肃军纪，特别是约束八旗子弟兵，不准他们再烧杀抢掠，使清朝的军队得到了广大老百姓的支持，战争形势也慢慢对他有利了。

到1676年，福建的耿精忠被清军打败投降，不久广东的尚之信也投降了。到1678年，吴三桂死了，他的实力也受到很大打击，退回云南、贵州一带。到1681年，清军攻破昆明，吴三桂势力被彻底消灭。中国分崩离析的危机过去了。

平定三藩不久，康熙帝又将目光放到了海峡对岸的台湾。

我们前面说过，这时候的台湾在郑家的控制之下，由郑经的二儿子郑克塽继承了延平王位，但实际上的统治者是大将冯锡范。

1681年7月，康熙任命施琅为福建水师提督，统军攻取澎湖、台湾。

1683年，施琅率领战舰300艘、水师2万，经过激战占领了澎湖。此后不久，郑克塽就投降了，清军成功收复了宝岛台湾。

第二年，清政府在台湾设立了一府三县，隶属福建省，并设巡道一位，总兵官一位，副将两位，常驻兵力8 000。从此，台湾处在中央政府的牢牢控制之下。

康熙帝的第三个爱国行动是打败沙皇俄国的侵略。

明末清初，沙俄开始不断向东扩张，占领了西伯利亚大片地区，17世纪中期开始侵入了我国的黑龙江一带，并不断向前推进。所到之处，对中国居民烧杀抢掠，康熙帝决心反击。

他在1671年和1682年两次巡视东北边防，积极与当地将领商讨反击对策。这时候，沙俄在黑龙江一带的主要军事基地是雅克萨，它也是沙俄进一步侵略中国的根据地。康熙帝决心首先拔掉这根钉子。

到1685年，他已经削平了三藩，统一了台湾，随即开始放手打沙俄了。这年5月，清军主力进抵雅克萨城，经过猛烈的大炮轰击与残酷的短兵肉搏，打败了沙俄侵略者，侵略军首领托尔布津被迫投降，雅克萨重归祖国。

不久，清军从雅克萨撤退后，俄军又乘机占领了它，而且这次带来了比以前强大得多的军队，建筑了比以前更加坚固的城堡，以为这下可以打败清军了。

1686年3月，康熙帝下令再次讨伐，经过周密准备，6月清军开始攻城。城北用红衣炮往城内猛轰，城南用步、骑兵攻击。由于城池坚固，没有攻下。于是清军改为围困，每天用大炮向城内轰击，把他们的统帅托尔布津也炸死了。清军还控制了江面，切断了敌人求援的通道，截断了城内的水道。

在清军这样的打击之下，雅克萨城内的俄军死伤累累，后来几乎全军覆没。康熙帝再次用强大实力粉碎了骄横的侵略者。

看到中国如此强大，沙皇被迫同意和谈，和谈的结果就是1689年中俄签订的《尼布楚条约》。此后，俄军不但撤出了雅克萨，也停止了对整个黑龙江流域的侵略。根据协议，西至额尔古纳河，北至外兴安岭，东至大海，包括整个库页岛，都是中国领土。大家可以在地图上看看，那片土地有多大！还有，那里可不是沙漠，而是有广阔的森林与水量丰富的大河，还有巨量的矿产资源。

康熙帝的第四个爱国行动是平定准噶尔叛乱。

清朝初年，蒙古人分为漠南蒙古、漠北喀尔喀蒙古和漠西厄鲁特蒙古三大部。清军入关之前，漠南蒙古就已归附清朝，喀尔喀蒙古和厄鲁特蒙古各部也与清政府有一定的藩属关系。

厄鲁特蒙古的准噶尔部后来逐渐强大起来，到了噶尔丹为汗的时期，不仅统治了厄鲁特蒙古，还占领了天山南路各城，势力一直达到青海、西藏。为了称霸，他还与沙俄勾结了起来。

1688年，噶尔丹率兵进攻喀尔喀蒙古，占领了整个喀尔喀地区。喀尔喀首领请求康熙帝保护。在劝说无效之下，康熙决定亲自征讨噶尔丹。

1690年，康熙亲临前线指挥，与噶尔丹军展开大战。清军首先集中火铳火炮猛烈轰击敌军，然后骑兵、步兵发起猛攻，噶尔丹大败，仓皇逃窜，数万大军只剩下几千人。

但噶尔丹并没有就此罢休，又重整旗鼓，还从沙俄借得了大队兵马助战，再次发动攻击。康熙决定再次亲征，调集9万大军，分东、中、西三路进击，并亲自率领中路进攻。经过激战，再次大败噶尔丹军，最后噶尔丹只带着几十个人逃走了。

但噶尔丹还是不投降。于是，1697年，康熙帝再次下诏亲征。这下噶尔丹扛不住了，不久服毒自杀。

至此康熙彻底平定了准噶尔叛乱，喀尔喀蒙古也归于中国。

不过，对待边疆少数民族，康熙帝并不喜欢像对付噶尔丹一样用武力镇压，主要以抚慰为主，例如在西藏，康熙除了像前朝一样继续册封达赖，还在1718年至1720年两次派兵入藏，帮助达赖击败了想占据西藏的噶尔丹叛军。此后，清政府开始在西藏驻军，并任命康济鼐和颇罗鼐二人分别管理前藏与后藏的事务。

总之，在康熙帝相当英明的统治之下，中国成为当时世界上面积最大、人口最多、最富有的帝国，同时也是最强大的帝国。

"美国之父"华盛顿

华盛顿是美国的第一任总统，正是他领导美国人民获得了独立，因此被尊为美国的"国父"。这样的称呼就足以让他在这本书里占个位置了，但他对美国所做出的贡献远不止这些。

华盛顿1732年生于弗吉尼亚的威斯特摩兰县。那时候还没有美国，弗吉尼亚只是英国在北美的十三块殖民地之一。

华盛顿的父亲是个种植园主，在他还很小时就去世了。17岁他就被迫独立谋生，当过政府的土地测量员。他没机会上大学，但酷爱读书，通过自学掌握了丰富的知识。

后来，华盛顿参加了1756年开始的7年战争，代表英国与法国作战，帮助英国占领了加拿大。在战斗中，华盛顿立下不少战功，获得了上校军衔，更重要的是他积累了丰富的军事指挥经验，为以后领导独立战争打下了基础。

1758年，华盛顿当选为弗吉尼亚殖民地议员，第二年与一个带着两个孩子的非常富有的寡妇结了婚，获得了大笔财富，包括很多奴隶和约六十平方公里的土地，一跃成为弗吉尼亚最大的种植园主之一。不过他也有损失，这个寡妇再也没有生过孩子，所以华盛顿一辈子没有自己的亲生孩子。

这时美国还是英国的殖民地。英国政府对殖民地的残酷压榨与掠夺，激起了美国人民的强烈反抗。

反抗的中心是波士顿。这里是英军驻防的中心，也是殖民地人民反抗的中心。1770年3月，这里发生了波士顿惨案，使殖民地的反英斗争进一步扩大。到1773年，这里又发生了波士顿倾茶事件，成为独立战争爆发的导火线。第二年4月，在波士顿附近，英军与殖民地民兵爆发战斗，独立战争正式开始了。

1774年9月，北美13块殖民地中的12块在费城召开大会，宣布建立联合政府，共同抵制英货，并建立武装，用武力反抗英国统治，但并没有宣布独立，甚至表示仍然效忠英王。华盛顿也参加了这届会议。

1775年5月，召开了第二次大陆会议，华盛顿当选为大陆军总司令。

可以说，任命华盛顿为大陆军总司令是独立战争获胜的基础之一。在当时，再也没有比华盛顿更合适担当这个重任的人了。同样，这也是华盛顿人生一个重大的转折点，从此，他不再是一个大庄园主，而是一支军队的统帅、是领导美国人民走向独立的伟大英雄人物。

但这个英雄是不好当的。他率领的是一群缺乏军事训练的业余战士，人数少，武器不足，有时候甚至粮食都不够，而他所面对的却是当时世界上最强大的军队。

为了保证战争的胜利，大陆会议授予他很大的几乎是无限的指挥权，因为代表们对华盛顿的高尚人格与领导能力极度信任。他们在决议中写道：

"把无限的权力交给我们国家军队的统帅是万无一失的，决不会因此而危及人民个人的安全、自由和财产，这实在是人民的一大幸事。"

为了感激大陆会议对自己的信任，华盛顿在答谢中说了这样的话：

"承蒙大陆会议把军事职责最高的和几乎无限的权力授予我，为此我深感荣幸。我绝不认为，由于大陆会议信任我，我就可以不履行一切公民义务。相反，我要时刻牢记：由于刀剑只是维护我们自由权利不得已的手段，一旦自由权利牢牢确立，首先丢在一边的就是刀剑。"

这句话的意思就是说，我虽然是领袖，但也是一个公民。我现在是被迫领导军队来实现独立，只要独立一旦实现，我就会放弃这些权力。

由于敌人的强大，华盛顿深知赢得胜利是不容易的，因此在战争中处处谨慎，小心为上，但决不怯战。几乎在每次战斗中，他都骑着自己的白马冲锋在前，士兵们在他的鼓舞下也奋勇当先。他还用高度的智慧与毅力多次挫败了独立阵营内部的反叛与分裂，迫使英国人步步后退，而美国向独立战争的胜利步步前进。

1777年10月17日，华盛顿率军取得了萨拉托加大捷，英将柏高英弹尽援绝，走投无路，被迫投降。萨拉托加大捷扭转了整个独立战争的局面，从此美军从战略防御转入战略进攻。

此后，美军节节胜利，到1781年10月19日，英将康华利向华盛顿投降，英国最后一支主力部队被消灭了。

这标志着华盛顿领导美国人民取得了独立战争的最后胜利。

战争胜利结束后，华盛顿毅然辞去了总司令之职，离开了部队。据说为了不使自己过于激动，他在交接仪式上一句话也没说，泪流满面地径直离去。

在费城，他又与财政部的审计人员一起核查了他在整个战争过程中的开支，账目清楚、数字准确，他不但没有拿国家的一分钱，甚至将自己的许多钱补贴了进去。

辞职后的华盛顿过着平静的半退隐生活。但美国人民对他的崇拜并没有因此消失，甚至与日俱增，有许多人还想拥护他当国王。但华盛顿断然拒绝了。

那么，美国将要建设成为一个什么样的国家呢？这个问题后来由制宪会议解决了。

1787年，制宪会议在费城召开，华盛顿参加了会议并成为理所当然的主席。

华盛顿竭尽全力使会议顺利进行。他在代表们之间积极沟通，听取他们的意见，平衡各派力量，以理性的方式思考并决定美国的未来。

这次会议的结果决定了美国直到现在的基本国体——共和制与总统制，即同意将行政权力赋予未来的美利坚合众国总统，同时实行三权分立与民主自由等。

在人们的强烈要求与请求下，华盛顿同意参选总统，并在1789年的选举团投票中毫无异议地获得了全部的选举人票，当选总统。

华盛顿在1789年举行了总统就职典礼，他也是迄今为止美国历史上唯一一个没有任何选举人投反对票的总统。

国会同时还通过投票决定付给华盛顿25 000美元年薪，这在当时是一笔罕见的巨款，但他坚决拒绝了。

华盛顿当总统后所做的事我们这里就不说了，总之他做得很好，因此在1792年再次无异议地当选总统，虽然他自己非常不愿意这样。

1796年第二届总统任期到后，虽然有很多人要求华盛顿继续干下去，但他坚决拒绝了，由此也树立了美国总统不能连任三届的惯例。这个惯例直到1940年才被罗斯福所打破，但在罗斯福死后，这个惯例正式地被写进美国宪法第22号修正案里面。

1797年3月，华盛顿正式退休了，愉快地回到了他的庄园，过着平静的隐居生活。

1799年，华盛顿染上了感冒，引起严重的发烧，最终导致肺炎，于这年的12月14日去世。

我们就以当初华盛顿辞去他的总司令职务时，国会议长所说的一番话作为结尾：

> 您在这块土地上捍卫了自由的理念，为受伤害和被压迫的人们树立了典范。您将带着全体同胞的祝福退出这个伟大的舞台，但是您的道德力量并没随您的军职一起消失，它将永远激励我们的子孙后代。

林肯与南北战争

林肯是美国最伟大的总统之一，在美国所有的总统之中，他的地位与受尊敬的程度仅次于华盛顿。他为美国做出了两大贡献：一是废除了万恶的奴隶制；二是领导国家粉碎了企图分裂祖国的阴谋，维护了祖国的统一与领土完整。

林肯1809年2月出生在美国肯塔基州哈丁县一个贫穷的鞋匠家庭，从小就要干各种粗活。9岁时母亲去世了，所幸的是父亲第二年娶回来的后妻是个非常贤惠善良的女人，对丈夫前妻的孩子视如己出。

由于家里太穷，林肯只受了一点儿的教育。为了维持生计，他很早就开始干活了，做过各种各样的工作，例如摆渡工、种植园工、店员和木工等等。所幸的是他长得很高大，有差不多1米90，所以找工作还不困难。

25岁以前，林肯没有固定的职业，不过后来找到了一个好工作，就是土地测绘员。他很精通这项工作，收入也不错。林肯一直很喜欢读书，只要有机会就找书来读。通过广泛的阅读，他拥有了相当丰富的知识，加之他有出众的大脑，口才也很好，又有着极为诚实善良的品格，因此，在一个民主的社会里，他几乎是天生的政治家，即使他不找政治，政治也会来找他。

所以，他后来慢慢参加了一些政治集会，自然而然引起了人们的注意。到1834年，他被选为州议员，算是从政了。

搞政治当然要熟悉法律，所以林肯又开始钻研法律，几年后就成了律师，在政界的地位也慢慢提升。1846年他当选为国会众议员，来到了首都华盛顿。

这时，美国政治生活中的主题是是否废除奴隶制。围绕这个主题，美国分成壁垒分明的两派，而林肯一开始就坚决主张废除奴隶制，不久，他成为了反奴隶制的代表人物。这一派主要是共和党人。

据说，早在1831年6月的一天，在美国南方大城新奥尔良的奴隶拍卖市场上，一排排黑人奴隶戴着脚镣手铐站在那里，并且被一根根粗壮的绳子串在一起。奴隶主们一个跟着一个走了过来。像买骡子买马一样仔细打量他们，有时还走上前摸摸他们的胳膊，拍拍他们的大腿，看他们是不是长得结实，肌肉发不发达，甚至用皮鞭抽打他们、用烧红的铁条烙他们。这时几位北方的水手走了过来，他们都被眼前的悲惨景象惊呆了，其中一个年轻人愤怒地说："太可耻了！等一天我有了机会，一定要把这奴隶制度彻底打垮。"这个年轻人就是林肯。

1860年，林肯成为共和党的总统候选人，并顺利当选，成为美国第16任总统。他得到的选举人票全部来自北方反对奴隶制的各州，在支持奴隶制的南部十个州，他没有得到一张选举人票。

林肯的当选意味着美国必然会废除奴隶制。南部那些企图维护奴隶制的种植园主们大为恐慌，为了继续维护罪恶的奴隶制，他们决心分裂美国。于是，林肯当选后不久，1860年12月，南方的南卡罗来纳州首先宣布脱离联邦独立，接着密西西比、佛罗里达等十一个蓄奴州也相继脱离联邦。1861年2月，他们宣布成立一个"美利坚邦联"，推举大种植园主杰弗逊·戴维斯为总统，还制定了"宪法"，宣布黑人奴隶制是南方联盟的立国基础。

不久，在美国南北方之间爆发了战争，这就是美国内战。

林肯坚决反对国家的分裂，号召人民为维护联邦的统一而战。

内战爆发初期，由于南方种植园主蓄谋叛乱已久，做了充分的战争准备，而且原来美国军队的职业军官大部分来自南方，国家一分裂，他们就跑回南方，为南方作战去了。因此战争开始后，联邦政府在战争中节节失利，首都华盛顿一度都受到严重威胁。

为了扭转危局，1862年5月，林肯颁布了著名的《宅地法》，规定美国公民只要交付10美元就可以在西部得到160英亩的土地，连续耕种5年土地就归其所有。到9月，林肯又颁布了《解放黑奴宣言》，正式从法律上废除了黑奴制，规定叛乱各州的黑奴即日起都是自由人。黑人还可以加入军队作战。

这两个决定都得到北方人民的热烈拥护，特别是黑人们，他们纷纷加入美国军队，为战争做贡献。占了南方人口相当一部分的黑人也想办法投入到了北方阵营，与南方的奴隶主们作战。据统计，内战期间，直接加入北方军队的黑人有近二十万，他们作战非常勇敢，平均每三个黑人战士中就有一个牺牲了。

这两个法令的颁布是南北战争的转折点，从此战争形势变得对北方越来越有利了。

1863年7月1日到3日，南北大军在葛底斯堡展开了内战以来规模最大的一次战役，北军取得了重大胜利。从此北军由守转攻，南军则由攻转守。

这年7月4日，北军又在维克斯堡大获全胜，从此北方军队几乎以秋风扫落叶之势席卷南方。1865年4月3日，北方军队攻占了南部首都里士满。4月9日，叛军总司令罗伯特·李率残部向北军总司令格兰特投降。

历时4年，规模要超过当时欧洲爆发的任何国际战争的美国内战以北方的胜利而告终。

南北战争是独立战争之后美国的第二次革命。这次革命不但废除了万恶的奴隶制，还维护了美国的国家统一。但林肯却由此遭到了南方黑人奴隶主们的刻骨仇恨，他们要报复。

1865年4月14日，晚上，当林肯在华盛顿的福特剧院看戏时，被南方奴隶制的死忠拥护者布斯暗杀身亡。

但他为美国所做的贡献人民永远不会忘记。

但丁渴望祖国统一

但丁是继维吉尔之后意大利最伟大的诗人，是西方文学史上最伟大的人物之一，同时也是一个伟大的爱国诗人。他毕生都在为祖国意大利的统一而奋斗。虽然他表面上没有成功，但实际上依旧为意大利的统一做出了巨大的贡献。首先，他是第一个不用当时流行的拉丁语，而是用意大利语写诗的伟大诗人；其次，他的诗写得实在是好，直到今天都是最好的意大利文范本之一。

据但丁自己说，他出生于1265年的"双子宫时段"。用星象来定时间是中世纪时博学的人们爱用的相当复杂的一个办法。这段时间是5月21日到6月20日，然而到底是哪一天就不得而知了。

但丁在描述自己的生平时极少提到亲人们。他提到过父亲，然而提到时的口气并不十分热爱或者尊敬，那只是他在同朋友们写一些互相取笑的诗中的主角。他还约略提到过有一位姐姐或者妹妹，他称为"那个与我血缘最近的女人"。

看得出来，但丁对自己的家庭没有多少感情，这可能是因为他早年丧母的缘故。那时但丁还只有十来岁，他的父亲后来又娶了一个妻子，名叫恰鲁菲，她替但丁生了两个同父异母弟妹。

但丁的父亲虽然只是小贵族，但颇有些钱，让儿子从小接受了良好的教育，如拉丁文、逻辑、修辞之类。据说但丁从小就是小大人，经常摆出一副若有所思的样子，像个哲学家。

在但丁后来的老师之中，有一个叫拉蒂尼的，被称为那时候最渊博的学者，也是但丁那一代青年们伟大的导师，在修辞与哲学上教导过几乎所有的佛罗伦萨人，使他们说话文雅得体，且思想敏锐。

但丁对自己的童年没有很多回忆，但有一件却是对他一生影响至深的回忆，这就是贝雅特丽齐的相遇，她是但丁一生的指路明灯。

1277年，由父亲做主，但丁同一个名叫杰玛·多纳蒂的女孩订婚，这年他12岁。早婚与包办婚姻都是这时候意大利的风俗。我记得在《罗密欧与朱利叶》里，当十三四岁的朱丽叶对母亲说自己太小，不想结婚时，母亲告诉她："我在你这个年纪时，已经生下你了哩！"

这次婚姻给但丁带来了两个儿子，他们热爱父亲，以父亲的巨作而自豪，成为这巨作最早的诠释与传播者。

但丁的父亲死于1283年之前，这时他还不到18岁，便成了无父无母的孤儿。所幸的是父亲为他留下了一笔财产，足以令他过上小康生活。

如果说父亲和家庭没有对但丁产生很大影响的话，那么政治则影响了他的一生。

我们知道，自罗马帝国崩溃之后，意大利一直是四分五裂。这时候统治意大利主要是两股力量：教皇和神圣罗马帝国，这两种势力在意大利互相倾轧，你争我斗。在这个城市你占优势，在那个城市我又占上风，彼此的势力交错分割，把美丽的意大利弄得破碎不堪。而且几乎在每座城市中都有分别支持教皇与皇帝的人，两派人马在一座座城市中展开血腥争夺，佛罗伦萨当然也不例外。

支持教皇的人被称为归尔甫党，支持皇帝的人被称为吉伯林党，两派之间相互"残酷斗争、无情打击"，而且无休无止。今天你占优势，明天我又占优势，占据优势的一派必定血腥镇压另一派，将一部分人杀了，另一部分人赶出城去。

在佛罗伦萨，先是归尔甫人取得了优势，但在不久后的一次战役中，吉伯林党击败了归尔甫党，统治了佛罗伦萨。到了1266年，归尔甫党再次崛起，在教皇与法国人的帮助之下，对吉伯林党人的镇压取得了决定性的胜利，从此牢牢地控制了佛罗伦萨。

一劳永逸地击败吉伯林党后，执掌政权的归尔甫党人立即分裂成了两派，分别被称为"黑党"和"白党"，实际上又成了新一轮的归尔甫与吉伯林，开始了新一轮争斗。没有赶上前一轮的但丁如今积极地加入进来。

当时佛罗伦萨的法律规定，只有加入了某一个行会的人才能从政，于是但丁加入了"医师和药剂师行会"。因为但丁当时被认为是一位哲学家，根据规定哲学家有权加入这个行会。

加入行会之后，但丁在1285年时成了"人民首领特别会议"成员，正式踏入仕途，属于白党。

1289年，但丁一口气参加了两次战争——坎帕尔迪诺之战和佛罗伦萨攻占比萨的卡普纳城堡的战斗，并立下战功。

大约十年之后，他成了佛罗伦萨百人会议的成员，相当于市议会议员。

又过了5年，即1300年，他正式当选为佛罗伦萨行政官，相当于市长一级了。不久接受了第一项重大政治使命，率代表团去毗邻的圣吉米尼亚诺市商议对抗教皇。

大家听起来也许会感到奇怪，归尔甫党人不是属教皇派么？怎么会反对教皇呢？

原来这时对意大利和佛罗伦萨的自由产生最大威胁的已经不再是皇帝，而是教皇了！特别是新上任的教皇卜尼法斯八世是一个野心勃勃的家伙，想将教权与俗权结合起来，统治全意大利。但丁虽然一开始属教皇党，但在认识到教皇统治的种种弊端后便开始反对教皇干政，并且寻找同盟者一起行动。这就是他之所以去圣吉米尼亚诺市的缘故。

一开始，但丁所属的白党在政治斗争中取得了优势，放逐了黑党。黑党便同教皇和法国人暗暗联合起来。不久，一支法国军队要求进入佛罗伦萨。佛罗伦萨尚未知悉黑党与他们联合的事，但也不敢冒然让他们进来。那时，教皇的种种举动也让他们感到了危机，决定派员去罗马同教皇谈判，大家都知道这是一项危险的使命。

这时但丁贵为行政官，他面对着自己去还是不去的两难局面。"若我去，谁留下？若我留下，谁又去？"就是他这时候留下来的名言。

为了城市的利益，他还是亲自去了。

这一去不啻是送羊入狼口，教皇立即将他扣了起来。

而这时的佛罗伦萨呢，1301年11月，市政当局允许法国军队进入。就在当晚，已经同法国人联合起来了的被逐出去了的黑党偷偷地溜了进来，随之夺取了大权，紧接着便对白党展开大迫害。他们不但迫害正在市内的白党人，还想迫害不在市内的但丁，向但丁发出了宣召，令他回来。

但丁当然知道如果回来等待他的将是什么，莫须有的罪名将令他坐牢甚至送命，因此他拒绝回来。

这更给了黑党人以口实。1302年1月，他们正式给但丁判罪：罚款5千弗罗林，流放5年，并永久剥夺他担任公职的权力。

他们给但丁的罪名是贪污公款、反对教皇、扰乱佛罗伦萨共和国。

这些罪名当然像秦桧加给岳飞的一样，是"莫须有"的，是"欲加之罪，何患无辞"。

但丁对这样的判决当然不服，拒绝缴纳罚款，并再次拒绝回乡。不久他便遭到了更加严厉的重罚。1302年3月10日，他被判处火刑。也就是说若他一旦被黑党逮住，等待他的将是与布鲁诺一样的命运。

这年但丁37岁，永远被驱逐出了故乡，从此不得不到处流浪，在异乡度过漫长的余生，如他自己所言："几乎是乞讨着走遍所有说这种语言的地方"。

"这种语言"指的是意大利语，不过这时的意大利语还只是一种民间土话。

但丁不会默然忍受命运的不公，他热爱自己的故乡，无时不想回去，甚至想要"打回去"。特别是1308年11月，亨利当选为德意志皇帝。这时的新教皇是来自法国的克莱芒五世，他宣布亨利为神圣罗马帝国皇帝，并答应在罗马圣彼得大教堂替他加冕。

由于好久以来意大利一直分崩离析，根本没有统一的领袖，亨利七世一旦加冕，也就成为全意大利的国王了。这至少会令意大利表面上有一个共同的统治者。亨利七世也宣布他将致力于意大利诸邦的团结与统一，并答应让所有被流放者回到家乡。

这些消息令但丁备受鼓舞，他成了亨利七世热烈的拥护者，不停地给意大利各地的大小封建诸侯和城市写信，号召他们团结在教皇的旗帜之下，又呈书给亨利七世，要他讨伐那些反对他的人。也正是在这段时间里他写下了为皇帝与帝制辩护的政治学名著《帝制论》。

然而，不久但丁便失望了。亨利七世太不争气，到达意大利之后就一直待在北方，令许多城市里反对他的人得以集合起来。强大的敌对势力使他无法实现理想、兑现诺言。

1313年，亨利七世病死，但丁曾经抱有的殷切期望化为泡影。

佛罗伦萨是站在最前面、反对皇帝最激烈的城市之一，但丁为此撰文对"穷凶极恶的佛罗伦萨人"进行了猛烈的抨击。这对他回到故乡当然没有好处。因此，虽然佛罗伦萨当局曾经搞过一次大赦，许多被流放者得以回到故乡，然而名单中没有但丁。

虽然到处漂泊，不过由于他毕竟曾是佛罗伦萨的长官，又已经有了诗人的名声，他还是到处受到了礼貌的接待。特别是在维罗纳和拉文那，他先是得到了维罗纳的统治者格兰德·德·斯卡拉的礼遇，在这里度过了许多时光。这时候的但丁已经早放弃了归国的希望，决心以创作来追求不朽的荣誉了。

他接受了一个叫圭多的拉文那贵人的邀请，在这里度过了生命中最后的时光。

1321年9月14日，但丁因患疟疾逝世于拉文那，享年56岁。

两个世界的英雄

　　加里波第是近代史上最伟大的意大利人，正是他领导意大利人民摆脱了罗马帝国以来千年的分裂，走向国家的统一，成为今天统一的意大利共和国。

　　加里波第1807年诞生在意大利北部的古城尼斯，这里现在属于法国，那时属于撒丁王国。加里波第的父亲是个船长，家境一般。加里波第从小喜欢狩猎与冒险，这与他将来的工作颇有关系。对了，他还有一个同乡，就是拿破仑手下的著名大将马塞纳，当时是他们家乡最大的名人。他从小听大人讲马塞纳的辉煌业绩，这些业绩深深地扎根在他幼小的心灵里，对他未来的事业产生了深远影响。

　　在加里波第成长之时，意大利依旧四分五裂。有数不清的大小政权，互不统属。更加可悲的是，意大利的分裂不仅仅是意大利人之间的分裂，而且是被许多外国人统治着，从这个角度上看，意大利就像是外国的殖民地一样，例如，它的北部许多地方属于奥地利，南部的两西西里王国属于西班牙，中部则是教皇国，教皇可不一定是意大利人。只有加里波第所在的撒丁王国算是意大利人自己建立的国家，也是以后意大利统一的基础。

　　千年以来，意大利人渴望国家统一，希望意大利成为意大利人的意大利，这是任何一个民族都有的对独立与自由的渴望。很早起，意大利就有无数的志士仁人为了意大利的独立而战斗，例如烧炭党人就是其中著名的一支，英国伟大的诗人拜伦就曾经与这些烧炭党人一起战斗，追求意大利的独立与自由。

　　加里波第还在很年轻时，就有了为国家的独立与自由而奋斗的念头，而且他认为，意大利的独立与自由不能靠外国统治者施予，而要靠意大利人自己用枪杆子去争取。所以，他很早就积极参加了意大利谋求独立的各种秘密组织，例如1833年他加入了"意大利青年党"，第二年又参加了意大利的海军起义，但像以前意大利人搞过的无数起义一样，失败了。此后，加里波第被迫流亡南美洲的巴西。

这时候的巴西倒是独立的，叫巴西帝国。但巴西有些人不满意由一个异族的皇帝统治巴西——巴西帝国的皇帝是葡萄牙人，所以许多巴西人起来反抗，要求建立巴西的共和政府。后来他们成功了，建立了巴西共和国。

加里波第到达巴西不久就加入了这里的共和主义军队，并迅速成为他们的领导者之一，在巴西南部领导了共和主义者们的起义，还奉命组建并担任了共和国的海军司令。

在战斗中，加里波第率领他的军队多次大败巴西帝国的政府军，显示出了过人的胆略和军事才能。

到1841年，当乌拉圭人在为他们国家的独立而战斗时，加里波第就离开了巴西，前往乌拉圭，参加了乌拉圭保卫独立的战争。他组建了一个意大利军团，为乌拉圭的独立而英勇战斗，前后驰骋疆场7年，打了很多胜仗。这时的加里波第已经成为了一个合格的、甚至是卓越的军事统帅。

不用说，加里波第的献身精神和光辉业绩受到了乌拉圭人民还有巴西人民高度的敬仰与赞扬，他因此被称为"两个世界的英雄"。这里的一个世界就是南美洲，另一个世界是欧洲。

到1848年，意大利掀起了要求独立的高潮，各种独立起义此起彼伏。加里波第被祖国的热情感动了，于是，率领意大利军团回到祖国。说是军团，其实没几个人。他率军到达了尼斯，受到故乡人民的热烈欢迎。他以他的军团士兵为骨干，另外招募了一些志愿兵，组成了一支千人左右的军队。然而，以这样数量的军队如何与奥地利或者西班牙的大军对抗呢？结果不用说，他的志愿军虽然英勇战斗，但还是以失败告终。

好在意大利不只有他在为独立而战斗，就在同一年，罗马人民举行了起义，推翻了教皇庇护九世的统治，宣布成立罗马共和国。庇护九世不甘心失败，向欧洲的天主教国家求援，如法国、奥地利、西班牙等。它们对于镇压像意大利这些国家的反抗一向是非常热情的，因为他们自己就在意大利有不少土地呢，要是意大利独立了，那就意味着他们自己在意大利的领土也要完蛋。

于是敌人的援兵来了，罗马开战了。加里波第立刻从南方赶来增援罗马人民，他们一开始也取得了些胜利，但随后法军取得了更大的胜利。到这年7月，法军已经占领了罗马大部分城区。罗马共和国就此消失，加里波第只好第二次流亡美洲。

但这时候意大利的统一已经成为必然的趋势，而统一的核心就是加里波第的家乡撒丁王国。我们说过，它是最大的由意大利人统治的国家，现在，几乎是自然地，这个王国承担起了领导意大利独立的重任。幸好它有一位不错的国王伊曼努尔二世，尤其是有一个卓越的首相加富尔，他们以自己的王国为基地，也在一步步地使意大利走向统一。办法很简单，就是将越来越多的意大利领土置于自己的统治之下，这当然是他们乐意做的。

到1854年，撒丁王国在独立之路上已经取得不小的进展，于是，加里波第在这种背景下又回到了意大利。他在热那亚接受了撒丁国王依曼努尔二世的命令，组建起一支精锐部队——"阿尔卑斯山猎人兵团"，将之用于意大利即将到来的独立战争。

1859年5月，意大利第二次独立战争爆发，这次法国和撒丁王国联合与奥地利作战。加里波第亲率猎人兵团深入敌后，连战连捷，成功地配合了正面战场的作战。

然而，法国出兵帮助撒丁王国并不是为了真的要意大利独立，它当然不愿意看到一个强大而统一的意大利出现在自己背后。所以，当法国皇帝拿破仑三世发觉意大利人不断胜利，真的要实现独立时，便背着撒丁王国与奥地利签订了停战协定，规定奥地利将伦巴第地区割让给法国，再由法国转让给撒丁王国，但奥地利仍可保有威尼斯。

这样，撒丁王国势单力孤，只好也作罢了，但他们毕竟统一了几乎整个北意大利，中部意大利各邦也获得了独立。

1860年3月，在英国支持下，中部意大利各邦举行了公民投票，宣布合并于撒丁王国。

接下来就是征服南部的两西西里王国了，这个任务是由加利波第完成的。

1860年5月，加利波第率领一千名"红衫军"战士登上了西西里岛，他们完全是一支民间志愿军。他们在西西里岛受到了当地意大利人的热烈欢迎，与红衫军一起向奥地利人杀去，三个月之内就解放了整个西西里岛。接着加利波第又回师大陆，继续进攻，到11月，整个两西西里王国回到了意大利人手中。

为了建立统一的意大利，胜利后的加利波第将他征服的土地献给了撒丁王国。

这样，北中南三部都落到了撒丁王国手中。

1861年3月，撒丁国王改名了，称为意大利王国。

现在，只剩下东部的威尼斯和罗马尚未统一。

1866年，在普鲁士的压力下，奥地利同意把威尼斯交给意大利。

这样，意大利最后只有最重要的城市罗马没有回归祖国了，因为这里有法国驻军在保护教皇。1870年普法战争爆发后，法军匆匆撤走，意大利军队立即向罗马进军，兵不血刃地占领了罗马。

意大利的统一至此完成。

不过，当意大利的统一眼看胜利在望，加里波第本可以凭着他的威望与贡献成为意大利的统治者之一时，他做出了一个令人更加敬佩的决定——急流勇退。

他辞掉了所有职务，放弃了军队的指挥权，默默地隐居在卡普雷拉岛，亲自劳作，并且拒绝接受政府的任何帮助，过着清贫的生活，直到1882年6月去世。

最受法国人崇拜的法国人

拿破仑的大名我们都知道，他是最受法国人崇拜的法国人。但他是不是一个爱国者则可能有人产生疑问。事实上这是不应该有疑问的，因为他的确是一个爱国者，就如同前面中国的汉武帝、唐太宗与俄罗斯的彼得大帝是爱国者一样。他为法国所做的贡献不亚于上述任何一位。

拿破仑生于1769年8月15日。就在拿破仑出生前一年,科西嘉岛才归并于法国,直到这时科西嘉人才成了法国人,所以拿破仑一生下来就是法国人了。他的母亲是个惊人的生产机器,在30岁之前已经生了13个孩子,活下来的有8个,后来都很有出息,他的4个兄弟中有3个做了国王,另一个是法国国民议会主席。

刚满10岁时,小拿破仑就进了军校。在军校,拿破仑算不上是个突出的学生。他个子很小,皮肤又黑,成绩也不突出,只有数学非常厉害。他性格内向,成天虎着脸,与那些纨绔子弟、大把花钱的同学不大说话,这些同学也不理他,这就造成了他的孤独感。他变得爱沉思、好读书,正如有名言说:"孤独是一种伟大的感情",令人生受益匪浅。

拿破仑在16岁那年成了王家炮兵团一名少尉军官。

4年之后,法国大革命爆发了。拿破仑一开始就热烈地拥护革命。革命开始不久,他便加入了共和政府的军队,并于1793年夏在故乡科西嘉第一次指挥了战斗。

从科西嘉回来后,拿破仑又回到了团里。这时,土伦这座重要海港被当地的保王党分子拱手交给了英国海军,把这里变成了反革命中心。革命政府决定发兵攻打。拿破仑通过他认识的一个革命政府的重要将领,得到了土伦炮兵司令之职。

拿破仑在这里第一次显示了他杰出的将才。他在土伦港附近找到了两座小山,再把大炮架在上面,向港口停泊的英舰大肆开炮,轰沉了好几艘,英军损失惨重,法军大胜。

土伦的胜利像风一样传遍了法国。此前,法军对付强大的英军几乎是每战必败,现在竟然取得了大胜。法国人立即把拿破仑捧得飞上了天。他顿时像坐上了直升飞机,一下从上尉变成了将军,年仅24岁。

1794年,执政的热月党人督政府任命拿破仑为步兵将军,但他拒绝了,他认为自己对步兵是外行。这种抗命惹恼了政府,立即革除了他的军籍,使他从将军沦落为无业游民。

他成天东游西荡,无所事事,曾经想去土耳其替苏丹作战,甚至想像他哥哥约瑟夫一样娶个有钱的妻子,老婆孩子热炕头了此一生。

1795年10月，他的机会来了，这时发生了"葡月政变"。

政变是保王党人发动的。他们乘督政府腐败无能，在民众中威信下降的大好时机发动了大规模叛乱。督政府首脑任命拿破仑为巴黎城防副司令。拿破仑用大炮一阵葡萄弹轰过去，乱党顿时尸横遍野、血流满街，成功地扫平了保王党的叛乱。

经过这次事件，拿破仑又一次成了政府的宠儿、巴黎最有势力的人物之一。

1796年3月，拿破仑被任命为法国意大利方面军司令，将在那里开始他一生的辉煌。

这时法国的意大利方面军正陷入难以自拔的困境。既不能进、又不能退，骑兵没有马、步兵没有枪，甚至连吃的、穿的都没有。但拿破仑却有本事令他们士气高涨，率领他们穿越阿尔卑斯山，向驻在那里的奥地利军队发动了进攻。

作战中，拿破仑总是身先士卒，英勇非凡。在著名的"通过洛迪桥的恶战"中，他亲率士兵，冒着对岸奥军的枪林弹雨，率先冲过了洛迪桥，占领了横跨波河的战略要道；被士兵们亲切地称为"小伍长"。因为他的行为好像他不是总司令，而是一个小伍长一样。他的这些行为给了其他士兵最好的表率，所以他们在战斗中个个奋勇争先。两军相遇勇者胜，勇敢，加上高超的指挥艺术，法军哪有不胜之理！

法军就这样马不停蹄地穷追猛打，不到一个月就把富庶的意大利平原踩在脚下，甚至不费吹灰之力就占领了罗马这座永恒之城。

1797年2月，他与罗马教皇签订了合约，4月又与奥地利签订了合约。这时距他担任意大利方面军司令仅仅一年。在这一年里，他以区区5万名装备不齐的疲惫之师横扫意大利，仅战俘就抓了15万，还从意大利往巴黎运送了米开朗基罗、提香、拉斐尔以及列奥纳多·达·芬奇等伟大艺术家的大批杰作。

他献给法兰西人民一面军旗，军旗一面写着："祖国感谢意大利方面军"，另一面记录着他的辉煌战绩。

但所谓功高震主，昏庸的督政府开始对他猜忌。拿破仑岂是好欺侮的，于是，1799年11月9日，共和历是雾月18日，他发动了雾月政变，兵不血刃地成了法国的统治者。

此后，拿破仑又把目光转向了为他赢得荣誉的意大利。因为这时奥地利人又打进来了，把拿破仑从它手里夺过来的土地又夺了回去。他的意大利方面军也被击溃，残部有的逃回了法国，有的在意大利的深山老林流窜。

拿破仑决心重现在意大利的辉煌。

他先派深得士兵爱戴的马塞纳去担任意大利方面军司令。马塞纳一到意大利，他的名字立即把已被打散的法军残部吸引了过来。之后，拿破仑自己一方面装着要重建庞大的新意大利方面军，并且大张旗鼓地做着各种战争准备，包括从边境各地调兵遣将。另一方面却悄悄地在法国内地各省招兵买马，建立了一支全新的大军。这才是真正的新意大利方面军。

1800年5月，拿破仑大模大样地离开了巴黎，说是去视察新意大利方面军。检阅一过，他立即悄悄统领新建立的三万余大军翻越白雪皑皑的阿尔卑斯山天险。当法军从天而降般地出现在波河平原时，奥地利人完全没有料到，一些最重要的地段竟然无人防守，在法军的猛击之下，作鸟兽散。他再次彻底击溃了奥地利大军，把一度失去的意大利重新夺了回来。这时他离开巴黎才一个月。

要说出他回到法国时受到何等狂热的欢迎是很困难的，不同的是，上次他是作为民族英雄受到了欢迎，这次他是作为民族领袖而受到欢迎。

打败奥地利后，英国也被迫和法国签订了"亚眠和约"，第二次反法同盟瓦解了。接下来的几年，法国人民终于享受了自从革命以来就没有享受过的东西——和平。

和平来到之后，拿破仑趁这难得的和平之机，做了两件大事：重建法兰西、加冕称帝。

他首先趁和平之机大搞建设，重建法兰西。

经济方面，拿破仑大力促进工商业的发展，如兴办大规模的贸易博览会、实行了庞大的政府采购计划、鼓励资本家建立新的工厂企业，还创建了著名的法兰西银行。甚至利用法国的军事优势，用枪杆子逼迫普鲁士、奥地利给法国商品优惠的关税，同时在整个欧洲大陆严厉排斥主要竞争对手英国的商品。

行政方面，他建立了严格的中央集权制，把全国划分为大体相等的省区，省区长官完全按照中央的命令行事。这样就彻底消除了地方割据势力，使全国上下一盘棋。

教育方面，他建立了全国性的教育系统，村有小学、镇有高中、市有大学。这其中包括他建立的著名的巴黎高师，为法国培养大量合格的师资力量。因为他的努力，教师在法国成为了一个令人羡慕的职业。

拿破仑这段时间所做的第二件大事是加冕称帝。1804年12月26日，他在巴黎圣母院从教皇手中抢过皇冠给自己戴上，成了拿破仑皇帝。

不久，他开始了新的征战。1805年9月，在著名的乌尔姆之战中又取得大胜，但一场更有名的战役正等着他，那就是西方历史上最经典的战例之一——奥斯特里茨战役。

战争一方是俄奥联军，另一方是拿破仑的法军，他们在奥斯特里茨这个小小的村庄展开了空前大会战。由于全欧洲的三个皇帝都亲临战场，史称"三皇会战"。

是役，拿破仑又以极其高明的指挥艺术取得了空前大胜，彻底击败了奥地利。

他的下一个主要对手是普鲁士。

1806年10月7日，普鲁士国王腓特烈·威廉三世向拿破仑宣战。

接下来的事用不着说了，简而言之，拿破仑取得的胜利竟然较之他对奥地利人的胜利更加快而且大。普鲁士人一宣战，他就率15万大军急速北上，一战耶拿、再战瑙堡、三战荷尔斯泰特，彻底击溃了普军，开战仅10余天之后，10月27日，拿破仑兵不血刃占领柏林。

拿破仑在20天之内就征服了普鲁士——欧洲最强大的国家之一。

欧洲大陆再也没有人敢与他对抗了，于是，1807年7月，在一个叫提尔西特的小镇，拿破仑与俄国沙皇签署了《提尔西特和约》。几乎是将俄罗斯之外的欧洲大陆任意宰割。

这时，拿破仑皇帝和他的仆从国王们所统治的国土几乎囊括了除俄罗斯之外的整个欧洲大陆，拿破仑则成了整个欧洲大陆前无古人、后无来者的霸主。

随着一次接一次的胜利，拿破仑变得越来越自信，逐渐由自信以至于狂妄。他越来越藐视他的敌人，这也导致了他的失败。

他的第一次失败在西班牙，此前不可一世的拿破仑大军被西班牙人打得落花流水。

而直接导致拿破仑失败的是侵俄战争。

1812年6月，拿破仑率领一支庞大无比的军队不宣而战侵入俄罗斯。它的成员来自除英国和俄罗斯外几乎所有欧洲国家，包括法国、奥地利、普鲁士、西班牙、葡萄牙、意大利、荷兰、波兰、立陶宛，等等，总人数超过六十万，其中法国人不到一半。

但结果呢，他失败了，而且败得很惨。当他终于逃回法国时，六十多万大军几乎全军覆没。

此后，他便很少胜利了，首先是在1813年10月进行的莱比锡大会战中失败，被迫于次年4月签署退位诏书。

他被英军军舰送往地中海中、距他的家乡科西嘉不远的厄尔巴岛，那将是他这个皇帝的全部领土。

但1815年2月，他又悄悄从厄尔巴岛潜回法国，不费一枪一弹重新夺回了皇位。这次，他的皇帝只当了一百来天。因为他在这年6月的滑铁卢之战中又失败了，不久再次签署了退位诏书。

他作为战俘被送往茫茫大西洋中的圣赫勒拿岛，这里距最近的海岸也有上千英里。

他在圣赫勒拿岛上生活了五年多，逝世于1821年5月5日。

爱国音乐家肖邦

肖邦是伟大的波兰音乐家，也是伟大的波兰爱国者。他在世的时候，波兰已经被俄国和普鲁士等瓜分吞并了，沦为亡国奴。但肖邦对自己祖国充满了爱，并且将这种爱深深地蕴藏在音乐之中。这使得肖邦成为音乐史上最著名的爱国者。

肖邦1810年诞生在波兰首都华沙近郊的一座小城。他的父亲原来是法国人，后迁居波兰，他热爱自己的第二祖国，曾参加过1794年波兰民族英雄柯斯秋什科领导的反抗侵略者的起义。起义失败后来到了华沙，在华沙一所中学当了法语教师，后来自己办了一所专门为来华沙学习的波兰外省贵族子弟服务的寄宿学校。他母亲是波兰人，曾经在一个贵族亲戚家庭中当女管家。

还在很小的时候，肖邦就显示了出众的音乐天赋。他早年跟一位捷克音乐家学习钢琴。这位音乐家当时是比较有名的音乐教师或者说教育家，他用独特的方法让弟子熟悉了许多音乐大师的作品，同时也留意保持他自己的独特个性。这为肖邦的音乐生涯奠定了一个良好的基础。

8岁时，肖邦第一次公开演奏，引起了热烈反响，华沙日报对此评论道：他不仅可以完美而轻松地演奏那些最难的钢琴作品，而且他还能创作出饶有兴味的舞曲与变奏曲。此后肖邦就经常应邀在华沙的贵族府邸里演出。

14岁时，肖邦开始跟从当时有名的德国音乐家、华沙音乐学院院长埃尔斯纳系统地学习音乐。两年后中学毕业，他进入了华沙音乐学院学习。这时候，他已经是一个小有名气的作曲家了。埃尔斯纳在他的一份学年报告中，称赞肖邦具有非凡的能力，是天才的音乐家。

从华沙音乐学院毕业后，肖邦到了当时整个西方世界最重要的音乐中心维也纳，在那里举办公开的演奏音乐会。他不但亲自用钢琴演奏，演奏的还是自己的作品。结果，他无论是作为作曲家还是作为钢琴家都获得了巨大的成功，据说当时的音乐评论上有这样赞美话语：

> 年轻的肖邦征服了每一个人，因为人们不仅发现了他的音乐天赋……从他表演和创作的原创性上还可以说他是一个音乐的天才……我们从这个名不见经传的年轻人身上看到了真正的艺术家。

这些演出与赞美使肖邦成为了有国际声望的音乐家。

到1830年，法国爆发了七月革命，被奴役的波兰人也开始骚动起来，他们用各种方式打击沙俄的统治。沙俄统治者进行了残酷的镇压，波兰的局势变得混乱不安起来。在这样的环境里当然是没法儿进行音乐创作的，而且肖邦还很年轻，因此，他的亲人、老师和朋友们都劝他到国外去，在那里他还可以通过音乐为祖国争取荣誉。

肖邦是不想离开祖国的，所以他很痛苦，但他也意识到了，自己现在能够为祖国做出的最大贡献就是在国外通过音乐来歌颂祖国，使别人了解祖国，同情它不幸的命运。他写道：

> 我愿意唱出一切为愤怒的、奔放的情感所激发的声音，使
> 我的作品能成为约翰的战士所唱的战歌，使它们的回声荡漾在
> 多瑙河两岸。

这里的约翰指17世纪的著名波兰国王约翰三世，曾击败了土耳其侵略者，收复了祖国的疆土，并将土耳其人逐出了维也纳和匈牙利。

怀着一颗矛盾的心，1830年11月，20岁的肖邦告别了亲人。在华沙的城郊，友人们赠送给肖邦一只满盛祖国泥土的银杯，象征着祖国将永远在异乡陪伴着他。

他的老师埃尔斯纳和华沙音乐学院的同学们为他演唱了《即使你远在他乡》，歌词中说：

> 你的才能从我们的国土中生长，愿它到处光大发扬，通过
> 你乐声的音响，通过我们的玛祖卡，显示我们祖国的荣光。

肖邦感动得热泪盈眶。

肖邦离开祖国不久，华沙就爆发了起义，并一度获得了成功。肖邦听到这消息，想要回国一起战斗，但被朋友们劝阻了。因为他瘦弱的身体显然不适合当一名战士，他为祖国服务的最好方式是音乐。

肖邦的名声早已传到了巴黎，他在巴黎受到了音乐家和社会名流们的热情接待，成为巴黎最好的沙龙里的宠儿。

身在异国，肖邦仍时时刻刻心系祖国，总想着怎样才能为祖国做一点事。有一次，著名的小提琴演奏家被称为"波兰的帕格尼尼"的里平斯基要来巴黎演出，作为同胞，肖邦帮了他不少忙，肖邦提出的唯一要求是请他为波兰侨民开一场音乐会。最初，里平斯基答应了，但后来又反悔不干了，因为他下一个演出地点是俄国，他认为如果在巴黎为波兰侨民演奏，会引起俄国人的反感，他的音乐会就开不成了。里平斯基这样的做法令肖邦大怒，立即与里平斯基割袍断义。

至于他自己，早在维也纳时，就连俄国的护照都不用了。虽然这时候他在法律上是俄国的公民，但他拒绝这个身份，就这样成了一个法律上没有国籍的人。俄国人当然希望能够有这样一个了不起的臣民，总是想办法拉拢他。1837年时，沙皇甚至要俄国驻法大使告诉肖邦，准备授予他"俄皇陛下首席钢琴家"的职位和称号，这样的称号是那时候一个音乐家可能接受的最阔气的称号了，但肖邦断然拒绝了，他的爱国之心可见一斑。

除了他的音乐与爱国情怀，肖邦在法国最有名的另一件事是他与著名女作家乔治·桑的爱情故事。

乔治·桑（1804~1876）是法国最著名的女作家之一，也是当时最有名、最风流的女性之一。她18岁时嫁给了一个贵族青年，但很快就不能忍受丈夫的平庸与缺乏诗意，于是一次又一次地红杏出墙。1831年时她跟情人私奔到了巴黎。她虽然身材很矮小、长相也不出众，但智慧超群，在欣赏女人智慧的巴黎分外引人注目。她还抽雪茄、饮烈酒、骑高头大马、穿长裤，总之经常是一身男性装扮。她有数不清的情人，其中许多是当时最有名的文人，如诗人缪塞，作家福楼拜、梅里美、屠格涅夫、小仲马和巴尔扎克，作曲家和钢琴家李斯特，画家德拉克洛瓦等等，都与她有过风流艳事。她会同时有好几个情人，据说当有人批评她不该同时有四个情人时，她竟然回答说，一个像她这样感情丰富的女人同时有四个情人并不算多呢。

不过，在她的这些情人中，她最爱、与她有着最长久关系的是肖邦。

他们是在1836年底相识的，不久音乐家就成了女作家的情人之一，而且他们的关系还进一步发展了，即公开同居，生活在一起了。

这是肖邦多年来第一次有了一个家，至少像一个家吧，因为有一个女人与他生活在一块。由于肖邦身体一向不大好，他又比乔治·桑小6岁，因此女作家不像对待别的情人一样对待他，而是像对待孩子一样地看顾他，将他的生活照料得无微不至。由于有了这样的照料，肖邦可以全心全意地创作了，大量出色的作品涌现出来。

这也是他一生中最幸福、安定的时期了，长达9年。

然而，所谓美景不长、盛筵难再，到1847年，他们同居9年之后，还是分手了。大概是因为他的体质不好，而且慢慢地越来越不好，容易生病。音乐活动和社交生活都在危害着他的健康，总之他们的生活越来越不和谐，结果只有分手。

分手之后，他的健康状况并没有好转，而是越来越恶化。两年之后，1849年，他就去世了，时年仅39岁。

根据他的遗嘱，他被安葬在巴黎的彼尔·拉什兹墓地，陪伴他的是那只从华沙带来的银杯，杯中祖国的泥土则被撒在他的墓地上。

同样，根据他的遗嘱，他的心脏被运回了他的祖国，埋葬在祖国波兰的大地上。

最伟大的女科学家

居里夫人的大名我们早已耳熟能详了。她是整个西方科学史上无与伦比的最伟大的女科学家，也是一个如肖邦一样的爱国者。居里夫人原名玛丽·斯克罗多夫斯卡，因为她的丈夫姓居里，因此结婚后就按习惯被称为居里夫人。

居里夫人是波兰人，1867年出生在波兰首都华沙。这时候的波兰早已被列强瓜分豆剖，华沙一带属于俄罗斯帝国。玛丽是家里的第五个孩子，上面有三个姐姐和一个哥哥。由于孩子多，收入不多，玛丽从小饱尝了贫困的滋味。

1883年，玛丽中学毕业了。因为成绩十分优异，她被授予金质奖章。

接下来怎么办呢？以她的资质与成绩，理当上大学，然而在当时的波兰是不可能的，俄国人对波兰实行愚民政策，根本不准许女孩子上大学。唯一的办法是去国外。

到1891年，通过多年辛苦打工，玛丽终于攒足了去巴黎的费用，进了著名的巴黎大学，就读物理系。

一开始，由于底子较差，她成绩还有点落后，但凭着过人的天赋与勤奋很快赶了上来。1893年，仅仅入学两年之后，玛丽就毕业了，成绩名列全班第一，被授予物理学学士学位。

第二年，玛丽遇到了居里。

居里是巴黎人，比玛丽大8岁。当他遇到玛丽时已经是卓有声望的科学家了，在许多领域都取得了重要成就，并且是巴黎物理和工业化学学校的总监。

认识之后，两人相见恨晚，不久就堕入了情网，边搞科研边谈恋爱，真是一举两得，第二年就结了婚。

据说两人的蜜月是骑自行车到巴黎近郊的乡间无目的地漫游了一番，回来后就一头扎进了实验室。

这时候，玛丽，不，应该叫居里夫人了，发现了一个有趣的研究对象，就是放射性。

她寻找各种各样有放射性的矿物来研究。当她研究某种沥青铀矿的放射性时，发现它的放射性竟然比纯铀还要大上二三倍！

居里夫人立即敏锐地意识到，这些沥青铀矿里头一定有某种放射性比铀还强的新元素。

怎么搞这项研究呢？说起来其实也不难，就是要从沥青铀矿里将那种神秘的元素提炼出来。他们首先找到了够多的沥青铀矿，将它们装进几个大桶中，加入一些化学试剂和酸，然后煮沸。煮时要用一根沉重的铁棒不停地搅拌这些像沸腾着的岩浆般又黏又稠的东西，更可怕的是，它们还会发出难闻的毒烟，对健康造成很大伤害。

然而居里夫妇对这一切视而不见，全心全意地工作着，将各种元素不停地从这些沥青铀矿分离出来。经过3年，他们终于将最后一种多余的元素分离出去了，得到了一种新元素，它的放射性要比铀强400倍。

居里夫人给这种新元素命名为钋，以纪念她苦难的祖国波兰。它的拉丁文名叫Polonium，与波兰，即Poland的词头一样。这是1898年7月的事。

取得这一重大的发现之后，居里夫人根本没有休息，因为她又从一些沥青铀矿里发现了一个大秘密：它发出的放射性竟然要比钋还要强，这说明它里头一定还有一种放射性更强的新元素。

居里夫人立即像先前一样投入到研究之中。这次劳动可谓驾轻就熟了，几个月之后，她就发现了又一种新元素，她命名为"镭"。

1898年底，居里夫人正式向法国科学院报告了自己的发现。

又经过了4年极为辛苦的提纯工作，她终于得到了一点氯化镭，这是镭元素存在的直接证明。

镭的发现在世界上产生了轰动性的效应。因为镭不同于钋，它的用途十分广泛，例如对治疗癌症有特效，是当时最好的抗癌药物；还有，由于镭在黑暗中能够自己发光，它被广泛用于那些需要夜光的东西，例如夜光表等等。

镭的发现与提炼给居里夫人带来了巨大的荣誉，同时也带来巨多的财富——如果他们愿意的话。懂得镭的重要性的企业家们争相向居里夫妇提出购买镭的提炼秘方，有朋友建议他们申请镭的专利，这样的话，他们一夕之间就能成为百万甚至亿万富翁。但居里夫人毫不犹豫地拒绝了这样的提议。她这样说道：

"我们应该公开发表我们的研究成果。这是唯一的道路。获取专利权将是违背科学精神的。"

他们的行为引起了科学界的一片赞美之声，各种荣誉纷至沓来，令

146

他们应接不暇。最为重要的荣誉是三个：一是巴黎大学宣布授予她博士学位。仅仅因为成就卓著就获颁博士学位，这在巴黎大学是极不寻常的，何况居里夫人还是一个外国血统的女子；二是英国皇家学会授予他们"戴维奖章"，这是皇家学会的最高荣誉之一；三是荣获诺贝尔物理学奖。这三大荣誉均来自1903年。

获得诺贝尔奖后，夫妇俩都成了世界闻名的科学家。第二年，巴黎大学就正式聘彼埃尔为物理学教授，居里夫人也被聘为丈夫物理实验室的主任。

然而，命运没有让她喜悦多久就残酷地打击了她。1906年4月的一个下午，她至爱的丈夫被一辆载重马车撞倒，马车从他的头上辗了过去，他当场就死了。

要说出这件事对她是何等沉重的打击是困难的。我只能用一些普通的字眼来说：居里夫人悲痛欲绝。她失去的不但是十余年来相濡以沫的丈夫、两个孩子的父亲，还是事业上最重要的伙伴。总之，她几乎失去了一切。

但她没有倒下，她还要将他们的孩子养大，还要为丈夫完成他们未竟的事业！

正是这些促使居里夫人擦干泪水，重新投入了工作。

她拒绝了法国政府提供的抚恤金，将原来彼埃尔正在进行的科研甚至教学工作都接了过来。巴黎大学这时候也显示了它人性化的一面，把彼埃尔留下的物理学教授职位交给了他的夫人，这时距彼埃尔遇难不到一个月。

居里夫人就此成了高贵的巴黎大学的第一位女教授。

居里夫人不但要完成原来准备由夫妻俩完成的工作，甚至还要做得更好，以告慰亡夫的在天之灵。她工作的勤奋程度有如疯狂，在她的日程表上，只有工作、工作、工作，几乎没有休息的时间。

实践表明，失去丈夫之后，居里夫人各方面都做得极为成功。

教学上，她在巴黎大学开设了最成功的化学讲座，讲授元素的放射性，现在应该称之为放射学了。她就是这门学科的创始人与最高权威。

研究上，她建立了当时全世界最好的科学实验室之一，将之发展成为享誉全欧洲的物理学与化学研究中心，尤其是元素放射性研究的主要中心。她还发表了许多重要论文、论著，精确地测定了镭的原子量，并提炼出纯净的金属镭，从而全面了解了镭的各种化学与物理性质。

家务上或者说子女的教育上，居里夫人同样取得了惊人的成功。她与同为著名科学家的朗之万等合办过一所儿童学习班，对许多科学家的子女进行早期的科学教育。这些孩子中包括她的大女儿伊雷娜，后来也成为了著名的物理学家，也获得了诺贝尔奖。

所有这一切都说明居里夫人是何等的伟大，尤其考虑到这一切伟绩都是在丈夫死后，她作为一个还要拉扯孩子的寡妇完成的，就更是在整个西方历史上都无与伦比了。

1908年，居里夫人成为巴黎大学的荣誉教授。由于她成功分解出纯镭，于1911年被授予诺贝尔化学奖。成为诺贝尔奖历史上第一个，也是唯一一个同时获得物理学奖与化学奖的科学家。

至此，居里夫人达到了她荣誉的巅峰。是时，爱因斯坦的相对论尚未被证实，因此，居里夫人可以说是全欧洲乃至全世界最知名的科学家。在科学这个传统领域内，一个女性能拥有如此之高的地位，的确是一件不折不扣的奇迹，整个科学史上也是前不见古人、后不见来者，绝无仅有。

她得到的各种荣誉，如荣誉学位、各科学院的院士、各种奖章等数不胜数。仅各种科学奖金就有近十次，各类奖章与勋章近二十枚，她还是二十多个国家的一百多个科研机构的会员或者荣誉会员，第一次去美国时就有近十所美国著名大学授予她名誉博士学位。许多报纸也常连篇累牍地发表对她的科学成就的述评，许多崇拜者向她寄来了各种各样的信件，仿佛她不是一个科学家，而是总统或者电影明星呢！

面对这一切，居里夫人只能用一个成语来形容：心如止水。可以说，从来没有哪一个人像她那样对普通人趋之若鹜的荣誉毫不放在心上。这使得同样也视荣誉如粪土的爱因斯坦感佩不已。他遇到居里夫人之后，说过这样的话：

在所有的著名人物中，居里夫人是唯一不为荣誉所颠倒的人。

对荣誉如此，对金钱同样如此。按理说，她从小就受穷，应该懂得金钱的重要性。然而居里夫人从不如此。自从得到诺贝尔奖金，并且成为教授后，她成了富翁。但直至离开这个世界，她一直过着清贫的生活，她的钱全给了别人。她经常赠款给需要帮助的穷人，经常资助别的科学家搞研究，尤其对来自祖国波兰的贫穷学子们更是慷慨大方。

第一次世界大战结束后，波兰终于重获独立，居里夫人的高兴劲儿可想而知。她曾在写给哥哥的信中说：

"我们降生在受奴役的人世间，一生下来就被套上了枷锁。我们一直梦想祖国的复兴，现在我们终于盼到了这一天。"

她决心为振兴祖国的科学事业尽一份力，建立一所大型的镭研究所。她为此积极奔走呼号，筹措资金，并将自己的一大半财产贡献出来。

1932年5月，波兰举国上下一片欢腾，无数波兰人会聚在首都华沙的街道上，欢迎他们最伟大的女儿归国。这时的居里夫人已经是满头银发，亲自主持了镭研究所的揭幕典礼。

居里夫人由于长期与放射性元素打交道，她的健康受到了严重伤害。但她从来不关心自己的健康，仍然拼命工作。她的实验室现在已经是享誉世界的科学研究中心，每年都有大批年轻科学家来这里学习。居里夫人总是尽心竭力地为他们提供最好的研究条件，尤其关心那些来自像她的祖国一样不幸的、落后国家的学生，例如来自遥远的中国的学生，不但关心他们的学习，还关心他们的生活，犹如慈母。

在这样辛苦的工作中，居里夫人的身体一天天地垮了下去，由放射性伤害导致的血癌迅速地吞噬着她残留的生命。

1934年7月4日这一天，病魔终于完成了它罪恶的使命。

居里夫人被以最简单、最安静的仪式安葬在巴黎郊区一个普通的乡村墓地里，她的棺木放在彼埃尔的棺木上面，她的哥哥和姐姐向墓穴洒下了一抔从波兰带来的泥土。

打败拿破仑的俄国名将

库图佐夫有点像中国的岳飞与袁崇焕，都是保卫国家的英雄人物，所不同的是岳飞和袁崇焕都失败了，还搭上了自己的性命，库图佐夫则不但取得了胜利，一辈子还过的相当舒服。

库图佐夫1745年生于圣彼得堡。他的父亲是一位中将，但不是带兵的，是一位有名的军事工程师。库图佐夫一开始也准备走父亲的路，进入了俄军的炮兵工程学校，1759年毕业后留校任教。

1761年他晋升为准尉，开始厌倦在学校里不带兵的军队生涯，于是请求将他调往东方的阿斯特拉罕步兵团，当了个连长。由于表现出色，不到一年就成了当地总督的副官，并升为大尉。

此后他又进了团队，担任一个独立支队的支队长，1770年调到了驻南方的第一军团，参加了当时正在进行的俄土战争。

俄土战争应当算是世界上两个国家之间持续时间最长的战争。如果从1676年爆发的第一次俄土战争算起，到1914年的第一次世界大战中的最后一次俄国与土耳其之间的战争，俄土战争共有11次，延续时间长达300余年，远远超过英法之间的百年战争。这些战争基本上都是俄国人取得胜利，一次次的胜利也使得俄国人从土耳其人那里得到了大片的土地。

库图佐夫参加的是开始于1768年的第五次俄土战争。这次俄土战争是由奥斯曼帝国因为反对俄国在波兰的扩张而侵入俄国引起的。这年9月，土耳其在法国和奥地利的支持下对俄宣战，攻入俄国南部，但不久就被鲁缅采夫等指挥下的俄军击退，战争也以俄国胜利告终，两国于1774年7月签订和约，俄国又获得了大片土地。

在这次俄土战争中，库图佐夫任队列军官和参谋，曾参加了坑凹墓地、拉尔加河及卡古尔河等地的大战。由于作战勇敢且显示了出色的指挥才能，他被晋升为中校，并担任一个军的作战部长，相当于现在的参谋长。

1772年，库图佐夫被调到克里木第二团，担任一个营的营长。1774年7月，在一个叫舒马村的地方（那地方现在根据他的名字命名为库图佐夫卡）的激烈战斗中，库图佐夫的太阳穴和右眼被打伤。由于伤势严重，俄国的医疗条件又相对落后，他只好到国外治疗，先后到过普鲁士、奥地利、英国和荷兰等，终于治好了伤。

回国后，他从1776年起在苏沃洛夫属下服务了近六年。

对了，虽然库图佐夫名气很大，但俄罗斯历史上最伟大的统帅也许不是他而是苏沃洛夫。苏沃洛夫一般被认为是俄国最伟大的军事家和军队统帅，也是俄罗斯军事理论的奠基人。他是俄军大元帅，同时也当过奥军元帅，被封为雷姆尼克伯爵和古意大利公爵。苏沃洛夫在他指挥的一系列战争中都取得了辉煌的胜利，被他打败的包括法军的著名统帅莫罗和茹贝尔等。遗憾的是他没有机会与当时正在迅速崛起的拿破仑决战，要是有这个机会的话，就可以看看究竟哪个是当时最伟大的战争艺术家了。

苏沃洛夫对库图佐夫的才华相当赏识，要他负责组织保卫克里木沿岸。

1777年，库图佐夫成为上校，先担任了一个长枪团的团长，后来转任轻骑兵团团长。由于在各个场合都表现出色，1782年时他成为了准将，两年后成为少将，随即出任由他组建的一个骑兵军的军长。

他对这个骑兵军进行了出色的训练，制定了相当新颖的战术方法，为此还写了一本书。

1787年爆发了第六次俄土战争。一开始，库图佐夫奉命保卫布格河沿岸的俄国西南边境，后来又率领他的骑兵军参加了多次大战，凭借出色的指挥赢得了胜利，得到了苏沃洛夫的高度称赞，并被升为中将。

这时候，虽然还只是中将，库图佐夫已经是俄军最有名的将军之一了。他的战法从许多方面学习了苏沃洛夫，例如抛弃了原来那些不利于发挥士兵积极性的死板战术，在战斗中做到灵活、积极、主动，因地、因时制宜，用不拘一格的方式打击敌人。

1792年第六次俄土战争结束后，库图佐夫成了外交家，被派往土耳其担任大使，并且取得了不小的成就，为俄国从土耳其捞了不少便宜，但又使两国关系有了很大改善，堪称外交杰作。

1795年起，库图佐夫担任了俄军驻芬兰部队的统帅，三年后成为上将。

1802年时，他失去了沙皇的信任，被免去军职，回到自己的庄园闲居。

这个时候，欧洲正处于一片战火之中，这战火不用说是由拿破仑点起来的。1804年，俄国参加了反法同盟，向奥地利派出了两支援军。库图佐夫又被起用，担任其中一支援兵的总司令。

1805年8月，他指挥5万俄军向奥地利开进。奥军还没来得及与俄军会师，就在乌尔姆被拿破仑击溃，顿时库图佐夫的军队面临被法军优势兵力包围、歼灭的危险。库图佐夫进行了极为巧妙的退却，退却途中还打败了拿破仑的大将缪拉，使俄军成功脱离了被合围、歼灭的危险。

接下来的一场战斗他就惨了，这就是奥斯特里茨战役，他的军队被拿破仑打得溃不成军。战后，沙皇亚历山大一世认为库图佐夫指挥不利是主要败因，于是将他降职、调用。

不久，土耳其在拿破仑的支持下发动了第七次俄土战争。这时候，由于俄国面临拿破仑军队的入侵，俄军将主力调往西部边境，对付土耳其的俄军兵力自然就少了很多。1811年，亚历山大一世任命库图佐夫为摩尔达维亚军队总司令，率军参战。在库图佐夫的巧妙指挥下，他接连在两场战役中大败土军，又赢得了这场俄土战争的胜利。接着库图佐夫又巧妙地运用外交手腕使土俄签署和约，不仅使拿破仑失去了土耳其这个盟友，不能帮他对俄国发动两面夹攻，还为俄国争取到了大片新土地。

1812年，拿破仑率大军侵入俄罗斯，俄罗斯开始了著名的卫国战争。这时候库图佐夫又因为不讨沙皇喜欢而丢掉了职位。由于俄国局势日益危险，而苏沃洛夫已经死了，亚历山大一世被迫在这年8月任命库图佐夫为俄军总司令。

库图佐夫深知现在敌人的兵力占有巨大优势，硬拼只有输的份，要胜利就必须依靠俄罗斯辽阔的国土，用空间换取时间的办法去阻击敌人。于是，库图佐夫率俄军不断后退，从而躲过了拿破仑企图利用优势兵力一举击溃俄军主力的企图。

当然，库图佐夫也不是一味逃跑，退却中只要有机会就寻求局部的战斗与胜利，并在博罗季诺战役中重创拿破仑。但随后，他不但放弃了博罗季诺，还放弃了莫斯科。

他知道，占领这时候已经是空城的莫斯科对法国人一点好处也没有，只要他保存和扩大实力，就一定能够胜利。果真，库图佐夫的军队得到了越来越多的后备军，而拿破仑的兵力则一天天减少，加上俄国的游击队在后方不断袭扰，同时由于冬天来了，法军又缺乏粮食和冬装，士气日益低落，失败不可避免。

没办法，拿破仑只好撤退。库图佐夫组织军队不断袭击，消灭了大批法军。就这样，库图佐夫几乎没有经过什么大战就消灭了以前被认为不可战胜的拿破仑大军——而且这是拿破仑统领过的最强大的军队。

作为俄军总司令的库图佐夫在这场俄罗斯伟大的卫国战争中自然厥功至伟，他被封为斯摩棱斯克公爵并获俄军最高勋章——一级乔治勋章。

这时候，库图佐夫已经是一个病人了，之后于1813年4月28日在西里西亚的小城本茨劳去世，遗体后来运回彼得堡，葬在喀山大教堂。

心向祖国，万里东归

渥巴锡汗和他的土尔扈特部落从遥远的伏尔加河历经千辛万苦回到祖国的故事，大家可能都听说过了，这是一个史诗般的爱国故事。土尔扈特是我国蒙古族中一个古老的部落，本来生活在中国北部的蒙古大草原和今天的新疆一带。明朝末年时，一直在游牧的土尔扈特人为了寻找新的可以游牧的草原，离开了故土，往西越过哈萨克草原，一直穿过作为亚洲和欧洲界河、界山的乌拉尔山和乌拉尔河，到达了当时还是一片无主草原的伏尔加河下游、里海北岸。这里水草很丰满，但人烟稀少，他们便在这里定居，建立了土尔扈特汗国。

但他们并没有与中国脱离关系，而是一直与明朝之后建立的清朝保持着联系，也依然信仰着属于佛教一个分支的喇嘛教。

但他们的好日子过了没多久，俄国人来了，俄国人征服了伏尔加河流域的广大地区，要求土尔扈特臣服于俄罗斯。土尔扈特被迫接受了。虽然俄国人并没有直接统治土尔扈特人，但土尔扈特人的日子却越来越不好过，到了渥巴锡汗的时期，土尔扈特人甚至面临亡族、灭种的危险。

渥巴锡汗生于1742年，他的父亲也是汗，父亲去世后，他在1761年继承了汗位。

初登汗位时，他还希望部落能像过去一样生活，虽然俄国人是太上皇，但并不过多地干预他的内部事务，也不会威胁汗国的生存。

但他的想法错了，俄国人开始越来越多地干预汗国的内部事务。土尔扈特原来的体制是汗王决定一切。在汗王下有个叫扎尔固的机构，俄国政府想要改组扎尔固，并把它的权力上升到和汗王一样，渥巴锡当然不干。

这时候，大量的哥萨克移民也往土尔扈特人的牧场迁移，也就是说土尔扈特人的领土在被不断地蚕食。

还有，土尔扈特人信仰的是喇嘛教，但沙俄政府想要他们改信东正教。背弃自己世代信仰的宗教，土尔扈特人当然反对。

更叫土尔扈特无法忍受的是，沙俄政府要求土尔扈特派兵为他们作战。我们知道，俄国人一直在扩张，经常要与周边国家开战，掠夺土地，其中与俄国人开战最多的是土耳其人，先后发生过十一次俄土战争。土尔扈特就生活在俄国人与土耳其的边境附近，因勇敢善战，所以，每次俄土战争，俄国政府都要从土尔扈特人那里征用大批战士，一次就达七八万，每次战争都要死几万。土尔扈特人的总人口不过三四十万，这样打下去，土尔扈特人恐怕很快就要亡族灭种了。例如1768年，渥巴锡汗就曾奉俄国政府的命令，率土尔扈特军队参加了俄土战争。

渥巴锡汗看到这样下去土尔扈特人就真的完了，这时正好有一位车凌太师生活在他的汗国里。原来，1755年，清朝征服准噶尔人后，车凌太师率领一万户卫拉特蒙古人逃到了他这里。车凌太师早就劝他东归中国，回到祖先的游牧之地，他告诉渥巴锡汗，中国的皇帝从来不会要求他们出兵打仗，从来不会要他们进贡财物，更不会要他们放弃信仰。于是，渥巴锡汗决定接受车凌太师的建议，东归中国。

清朝乾隆三十五年，即1770年，渥巴锡汗主持召开了一次秘密会议，会上大家庄严宣誓，要离开沙皇俄国，返回祖国中国。

返回当然不是说走就走的，他们在这里毕竟生活了一百多年，还建立了国家，有这么多人民。因此准备工作悄悄地进行了一年之久。到1771年初，他们出发了。

他们离开了寄居一个多世纪的异乡，用他们自己的话说，要回到东方去，回到太阳升起的地方去。

渥巴锡汗亲自率领一万多名土尔扈特战士走在最后。按预先说好的，他亲手点燃了自己的宫殿，其他人也点燃了土尔扈特人其他不能带走的东西。他们以这种破釜沉舟的行为表明自己的钢铁决心。

土尔扈特人要离开的消息很快传开了。这时候的沙皇是著名的叶卡捷琳娜二世，她不由大怒，立即派出大批哥萨克骑兵追赶土尔扈特人，同时要求沿路的其他臣服了俄国人的少数民族政权，特别是哈萨克人，拦截土尔扈特人。

由于土尔扈特人是拖家带口走的，速度当然不可能太快，所以很快被哥萨克骑兵追上了。面对强悍非常的哥萨克骑兵，渥巴锡汗镇定自若，组织五队骆驼兵从正面发起进攻，后面派大队进行包抄，几乎全部歼灭了这一队哥萨克骑兵，但土尔扈特人也牺牲了上万人。

走进哈萨克大草原不久，土尔扈特人又遭到了早已经准备好的哈萨克骑兵的突然袭击。土尔扈特战士与哈萨克人展开了残酷的白刃战，他们拼死冲杀，打退了强大的敌人，但又有近万人战死。

除了前有伏兵，后有追兵，土尔扈特人还要面临严寒的考验。这时候正是隆冬，西伯利亚的冬天野外可以达到零下四十多度，所以往往早晨醒来的时候，几百个围在火堆旁的男人、女人和儿童已经全部被冻死了。被这样活活冻死的人何止上万。

但无论遇到什么样的苦难，英勇的土尔扈特人和他们伟大的首领渥巴锡汗从来没有想到要后退，他们不顾一切，一往无前，向东方艰苦跋涉。

就像后来著名的西域探险家、瑞典人斯文赫定在考察了土尔扈特部东归事迹后所说的话：

> "土尔扈特人在逃亡途中曾经演出了多少场惨不忍睹的悲剧啊，有多少爱情河幸福永不复返，多少道血泪溪流在这条悲苦之路上奔涌。这路上的座座界石，就是千百个露天坟墓。无数个尸体被抛在那里成了饿狼猛禽的口中食。那些能够讲述最动人心弦故事的人死在途中了，那些活下来的人当然不愿意重提经历过的噩梦，要尽力从记忆中抹去那些恐怖的场面，因为他们只有一个目标：那就是坚定地期望未来那和平安宁的岁月。"

据说在最困难的时刻，渥巴锡汗及时召开了部落会议，斩钉截铁地告诉大家：我们宁死也不能回头！

幸好，他们的苦难终于要到头了。经过近半年的艰苦卓绝的努力，终于抵达了中国，抵达了新疆的伊犁河谷一带。在这里，他们遇到了前来迎接他们的清朝官员。

其实，清政府事先一点也不知道土尔扈特人东归的消息，直到1771年4月，才由定边的左副将军向乾隆帝报告了这事。

听到土尔扈特人的壮举，乾隆帝大为高兴加感动，当即决定好好接待。他下令从陕西银库内拨银三百万两，新疆、甘肃、陕西、宁夏、内蒙古等地的各族人民也向土尔扈特人民捐赠了大量的生产、生活物资，共有马、牛、羊等约二十万头，米、麦等约四十万石，茶叶两万余封、皮大衣五十多万件、棉布六十多万匹、棉花六十多万斤等，还有大量帐篷。

这时候，经过长达半年、超过万里艰苦跋涉的土尔扈特人人口已经由出发时的17万变成了8万左右，也就是说足足有一半人死了。

终于回到了中国的故乡，族人可以好好地休息一下了，但渥巴锡汗还有使命要完成。

1771年8月，渥巴锡汗和他的数十位随从在前来迎接的清朝高级官员的陪同下，又进行了一次长途行军。当然这次不再艰苦了，而是一路受到了热情周到的接待。他们一行经过新疆乌鲁木齐、沿甘肃河西走廊、经山西大同入河北张家口，一直到了承德避暑山庄，他们要去朝觐乾隆帝。

10月中旬，他们终于到达了承德避暑山庄的木兰围场。乾隆皇帝在一座蒙古包内接见了渥巴锡汗。渥巴锡汗献上一把祖传腰刀，表示将永世效忠朝廷。

据说这时正好承德有一座佛教大庙落成，举行了盛大的法会。乾隆帝下令在庙前竖起了两块巨大的石碑，上面用满、汉、蒙、藏四种文字铭刻他亲自撰写的《土尔扈特全部归顺记》和《优恤土尔扈特部众记》，用来纪念土尔扈特东归这一史诗般的历史事件。

为了妥善安置归来的土尔扈特人，经过仔细挑选并尊重渥巴锡汗的意见，清政府决定将位于天山深处、水草丰美的尤勒都斯草原一带划给土尔扈特人作牧场，让他们从此在那里安居乐业。

这块地被称为"渥巴锡所领之地"。

但渥巴锡汗并没有在这块乐土生活多久，胜利东归几个月之后，1775年1月，渥巴锡汗就因病去世了，终年仅33岁。

他率部东归祖国的故事将像伊犁河一样永远流传。

藏族爱国英雄颇罗鼐

我国的蒙古族出了一位伟大的爱国首领渥巴锡汗，更早些时候，藏族也诞生了一位爱国首领，他的名字叫颇罗鼐。颇罗鼐生于1689年，世代是西藏贵族，是17、18世纪西藏历史上的重要人物，他具有强烈的爱国主义精神，坚决维护祖国的统一，并且还有高尚的人格，称得上是藏族人民杰出的代表人物之一。

颇罗鼐主要的爱国事迹是奋勇抗击了准噶尔部对西藏的攻扰，维护了祖国的统一。

我们前面讲康熙帝时说过，准噶尔部的首领噶尔丹与俄国沙皇勾结在一起，发动叛乱，想要使蒙古和新疆等地从祖国分裂出去，他们的阴谋没有得逞，噶尔丹也兵败身亡。他死后，他的继承者以策旺阿拉布坦为汗王的少数人还继续想要分裂中国。这次他们没有直接发动叛乱，而是将目光转向了西藏。

当时统治西藏的主要是蒙古族的和硕特部，首领是拉藏汗，称藏王，他一贯主张维护国家的统一，颇罗鼐是他的得力干将之一。但一件事情的出现对拉藏汗的地位产生了威胁，这就是立谁为新的达赖喇嘛的问题。

那时候，六世达赖喇嘛仓央嘉措去世了，拉藏汗想立益喜嘉措为达赖喇嘛，而西藏三大寺的上层僧侣以及青海的一些和硕特蒙古王公则想立格桑嘉措。就这样双方产生了尖锐对立。

这时候，策旺阿拉布坦就出来了，想出了一个"鹬蚌相争，渔人得利"的计策。他一方面将养女嫁给了拉藏汗的长子，另一方面同时派人与拉藏汗的对手秘密联络，说要推翻拉藏汗和他所立的达赖喇嘛益喜嘉措，并得到了他们的支持，准备开始行动。

做了周密的准备后，1717年，策旺阿拉布坦派了精兵6 000偷袭西藏。他们声称是护送拉藏汗长子夫妇回藏省亲，所以拉藏汗没有防备，等到敌人发动袭击时，才匆忙调动部队抵抗。

作为拉藏汗的大将，颇罗鼐英勇奋战，他身先士卒，毫不畏惧地冲向了敌阵，负了重伤后，仍咬紧牙关，挥军作战。

虽然如此，匆忙聚集起来的拉藏汗士兵哪抵挡得住有备而来的敌人精兵，加上内部有人捣乱，拉藏汗不久失败被杀，策旺阿拉布坦的人马占领了拉萨，颇罗鼐也被抓起来，关进大牢。准噶尔部为了要他证明拉藏汗有这样那样的罪行，使他们的侵略行为合理化，对颇罗鼐施以酷刑，但他始终坚定无畏，决不屈服，使敌人无可奈何。

获得自由后，颇罗鼐立即投入到抗击准噶尔叛军的战斗之中。

这时候，清政府也决定平定西藏的准噶尔部叛乱。

1718年，清政府派总督额伦特楞、侍卫色楞等人率兵从青海进藏。当部队行至藏北某地时，被早已经做好准备的准噶尔军队包围，同时断绝了清兵的粮道。由于弹尽粮绝，清军不久全军覆没。

失败的消息传到了中央，康熙大怒，立即派了他的第十四子，即十四阿哥胤禵为抚远大将军，兵分三路进藏，从北、南、中三路直捣准噶尔部。

颇罗鼐得知清军来了，立即起兵策应。由于他指挥得当，身先士卒，他的部队节节胜利，很快控制了大片地区，打得准噶尔军四散而逃。颇罗鼐又亲自率领人马追赶，并积极动员其他的西藏贵族、兵民等与他一起打击准噶尔军，使西藏再次回归祖国。

据说，他在向藏族人民宣传抵抗准噶尔人时，发表了慷慨激昂的演说，其中有这样的话：

现在的清朝大皇帝是真命天子，他调动了浩浩荡荡的大军前来剿灭反叛准噶尔部，我们怎么能够不听从圣旨？

这番话表达了他维护祖国统一的坚强决心。

经过清政府与西藏地方的密切配合，策旺阿拉布坦失败了。到1720年，准噶尔人的势力终于被驱逐出了西藏。这次清政府用兵西藏，稳定了西藏局势，维护了祖国统一。而西藏人民在历经了策旺阿拉布坦统治之后，更加心向比较仁慈的康熙大帝了。

西藏虽然平定了，但颇罗鼐还在继续战斗。1723年，青海的和硕特蒙古族首领又发动了叛乱，中央命令颇罗鼐率军前往讨伐。这时正值严寒的冬季，军队的粮草供应严重不足，青藏高原冬天刺骨的寒风刮到人的脸上、眼睛里、鼻子上，滴水成冰，胡须上都结着冰凌，但他们还要战斗，战斗之艰苦可想而知。在这样艰难的环境下，颇罗鼐与士兵同甘共苦，从而大大地激励了他们的战斗意志。

还有，颇罗鼐一方面率军奋战，显示了强大的战斗力，同时又以仁义服人，对被他抓获的俘虏以礼相待，并晓之以理。经过这样的两手办法，不久就取得了胜利，使和硕特蒙古归顺中央，圆满完成了任务。

战后，颇罗鼐再次显示了他的大公无私的高贵品质，将战斗中缴获的所有财物都送到了政府的仓库，获得了中央政府的嘉奖。

颇罗鼐逝世于1747年，终年58岁。

禁毒英雄林则徐

林则徐，那可真是鼎鼎大名，他是中国近代史上第一个英勇抵抗外侮的爱国者，是中国著名的爱国人士。

林则徐1785年生于福建侯官，就是今天的福建省福州市。父亲叫林宾日，是个落第秀才，开了间私塾赚几个小钱辛苦度日。为了养家糊口，母亲还要帮别人做针线活赚点生活费。

所幸的是，林宾日先生发现自己的儿子很聪明，是块读书的料，非常高兴。4岁时便把儿子抱在怀里教他背诵四书五经，儿子虽然不懂其中的道理，但背得挺快。

在父亲的精心栽培下，林则徐进步很快，14岁时就中了秀才。随着年龄的增长，不能再由父亲教了，便进了福建著名的鳌峰书院。在这里，他不仅学习四书五经之类，还学习了许多有实际用处的知识，即所谓的"经世致用"之学，这对他以后的济世救民是大有用处的。

到1804年，20岁的林则徐便中了举人，但家里这时候更穷了，他只能像父亲一样当了私塾老师，两年后又到了厦门担任海防同知书记，这基本上算不得官。

正是在厦门，林则徐第一次看到了鸦片的毒害之深和鸦片贸易之罪恶，决心将来一有机会就要铲除这个坏东西。

1811年，林则徐终于在北京的殿试中进士及第。成了进士之后就等于拿到了当官的通行证，不久被选为翰林院庶吉士，正式进入官场。后来，他担任了翰林院编修、云南乡试考官、江南道监察御史等职。官算是越做越大，但他对于自己的要求还是一贯严格，从来都是勤勤恳恳地做事、做官。

1820年，道光皇帝上台了，林则徐离开了北京，到浙江当了杭嘉湖道，是个主管水利的官。他大修海堤，为老百姓做了不少好事。也就在这段时间，他发现自己性子太急，有可能坏事，就写了"制怒"两个大字挂在家里作为警语。

两年之后，林则徐又分别当过江南淮海道和浙江盐运使，在这两个职位上都取得了不小的成就，连道光皇帝都开始注意他了，觉得这个老林是会办事的主儿，立即升起他的官来。先升他当了江苏按察使，主管江苏官吏的升迁调降等。江苏可是个又大又肥的地方，总之是大美差。但林则徐可没有想到替自己捞什么好处，他一上任就大力整顿吏治，把贪官们赶下去，清官们升上来。又清理了一些旧案，平反了不少冤案，他还开始特别注意鸦片问题，严厉地查禁鸦片，不允许人们吸食。

江苏这一年又遭遇了大水灾，人民饿得没法，都要造反。林则徐反对朝廷出兵镇压，而是亲自到灾区慰问百姓，大力赈灾，取得了很好的效果。所以这年年底，他又当上了江宁布政使，负责江苏全省的财政和赈灾等事务。

不过到了1824年，他正准备大干一番的时候，他的父亲、母亲相继去世了。根据规定，他要在家里各守孝3年，因此加起来一守就是6年，一直守到1830年才又出来当官。

在此后的8年里，林则徐当过湖北布政使、河南布政使、东河河道总督、江苏巡抚等职，都是一方大官。每到一地，他都大举兴修水利，发展生产，为老百姓谋福利，又大力肃贪官。所以，每当听说他要到某个地方，那些地方的贪官污吏们就胆战心惊，怕得要死。而他清廉又有能力的好名声则传遍了大江南北。

到1837年，林则徐被升为湖广总督，这可是很大的官，是清朝九位最高级的封疆大吏之一，总管湖北和湖南的军事、民政等。不用说，他也做得非常好，例如他兴建和修复了几千里长江大堤，而且质量很好，绝没有豆腐渣工程，有效地避免了长江水患。

这个时候，清朝面对的已经不再是水灾、旱灾之类，而是比它们危害大十倍都不止的鸦片。

鸦片又称大烟、烟土，吸食的害处很多。

首先是毒害了人民的身体。鸦片就是毒品，相当于现在的海洛因或者可卡因一样，吸食之后容易上瘾，而且人越来越瘦，皮包骨一样，身体越来越差。中国之所以被称为"东亚病夫"，一多半原因是当时的中国有很多很多人吸鸦片，才变成了病夫。

其次买鸦片是要花钱的，而这个东西中国自己是不生产的，全部要进口。这样，为了进口鸦片，中国的大量白银就流进了外国人主要是英国人的腰包。所以当时不断有人告诉皇帝，如果再不严禁鸦片，几十年后，中国就几乎没有人可以当兵了，因为都被鸦片折磨成了病鬼，也再没有银子上交国库了，因为都去买了鸦片。

这下，道光皇帝给吓着了，决定禁烟。派谁去？当然是名满天下被当时视为第一清官加能干官的林则徐。

于是，1838年底，道光皇帝特命林则徐为钦差大臣，专门到广东查禁鸦片。

为什么要到广东呢？当然因为这里是鸦片贸易的中心，几乎所有的鸦片都是从这里进入中国各地的。

到广州之前，林则徐先悄悄地进行了调查，弄清楚了有哪些大鸦片贩子，他们是怎么把鸦片弄进来的，又都藏在了些什么地方，大概储存了多少鸦片，等等，总之做好了充分的准备。

1839年3月10日，林则徐到达广州，据说当时成千上万人挤满了珠江两岸，争睹这位大名人的风采。

第二天，林则徐就命人在钦差大臣府的大门外贴出两张告示，即《收呈示稿》和《关防示稿》，声明了他来广州的目的，并宣布要彻底查禁鸦片，为他的整个行为奠定了基调。

随即，林则徐发布命令，要求上缴鸦片。

由于效果一般，他便采取了更强硬的手段。

3月19日，他传讯十三行洋商，命外国鸦片贩子限期缴烟，并签字保证今后永不夹带鸦片，严正声明："若鸦片一日不绝，本大臣一日不回，誓与此事相始终，断无中止之理。"

他甚至下令禁止外国人离开广州，3月21日更下令包围外国商馆，第二天又派人捉拿英国的鸦片大贩子颠地。

这时候，英国官方负责广州贸易的专员义律出面了。林则徐呢，等义律一到，当天就下令停泊在珠江上的一切外国船只都要封舱，不准再进入，以防鸦片贩子们逃跑，又在当天晚上封锁外国商馆，并且撤走商馆里所有的中国人。

要知道，这些外国人尤其是英国人自己可是不会做饭的，那时候也没有汽车，出门得坐轿子。没了中国的工人，他们就吃不上饭，出不了门，连垃圾都没人倒。这下，义律们算是被林则徐将了死军，到3月28日，他同意了林则徐的要求，上缴全部鸦片。

这样，林则徐总共收缴了鸦片近两万箱，约二百四十万斤。

经过充分准备之后，1839年6月3日，林则徐亲自监督，在虎门海滩上，当众销毁所有上缴的鸦片。

具体销毁的方法是：先将鸦片放入挖好的两个大池子里，池中放入卤水，把鸦片浸泡半天后，再加上生石灰，生石灰与水起化学反应，产生大量的热量，冒起沸腾的水泡，好像将水烧开了一样，就这样把鸦片销毁了。

当然，这么多鸦片不是一天就能够销毁得了的，前后共经过22天，才把缴获的所有鸦片全都销毁。

这就是举世闻名、连人民英雄纪念碑上面都雕刻了的"虎门销烟"。

禁烟之后，林则徐考虑到英国人有可能进行军事挑衅，就做了充分准备，加强了广东沿海一带的防御力量，包括从外国买来了二百多门新式大炮，招募五千多渔民编成水勇，打退了英国军舰几次小规模的进攻。

还有，这时候的林则徐已经深深知道中国要强大，必须向西方先进国家学习。于是他为此进行了大量工作，例如亲自主持、组织人翻译了许多外国人讲述中国的言论，编成《华事夷言》，相当于现在中国的《参考消息》；为了了解西方的地理、历史、政治等，又组织翻译了英国人著的《世界地理大全》，取名《四洲志》，这是我国近代第一部比较系统介绍西方地理的作品；甚至还翻译了瑞士法学家瓦特尔的《国际法》。

林则徐所做的这些事情对不久之后的中国产生了巨大影响，被称为中国"开眼看世界的第一个人"。

然而，由于道光皇帝的盲目自大，以为英国人不过如此，下旨完全停止英国贸易。这下英国政府不干了，终于导致了鸦片战争。

鸦片战争爆发后，朝廷又派琦善到广州指挥。他是个无能又胆小的家伙。不久中国战败，他擅自与英国人签订割让香港、赔偿烟价600万元的《穿鼻草约》，但却把一切罪过都加在林则徐身上。

道光皇帝听信了琦善的鬼话，将林则徐革职查办，发配遥远的新疆。林则徐在与妻子告别时，写下了"苟利国家生死以，岂因祸福避趋之"的诗句，充分表达了他的爱国节操和高尚人格。

到新疆后，林则徐不顾年高体衰，走遍新疆各地，实地勘察了许多地方，收集了大量资料。他发现了沙俄对中国可能构成的严重威胁，认为真正成为中国最大隐患的将是俄国人——这个预言也不幸应验了。

后来，他把这些资料都交给了左宗棠，为后来左宗棠收复新疆打下了最初的基础。

总之，林则徐从南到北，为祖国立下了许多汗马功劳。

林则徐逝世于1850年，终年66岁。

海战英雄邓世昌

邓世昌我们在中学课本里都读到过他的名字，他算得上是我国最早的抗日英雄之一。

邓世昌出生于1849年，广东番禺人。他的父亲是一个到处开店做茶叶生意的富商，儿子还小时就带着他移居上海。由于茶叶主要是卖给外国人，为了将来子承父业，他很早就请外国人来家里教儿子学英语。

邓世昌聪明又好学，很快英语说得非常流利。他18岁时，林则徐的女婿沈葆桢被左宗堂推荐到他建立的福州马尾船政学堂当领导，左宗棠自己同时开办了制造学堂和驾驶管轮学堂，前者用法文教学，后者用英文教学。两个学堂在广东福建沿海一带招学生，邓世昌也来报考，结果每个考试科目成绩都很好，而英语尤其好，因此被顺利录取，进入轮船驾驶学堂。

在学校里，邓世昌学习刻苦，成绩优良。1871年毕业后被派到"建威"舰练习实际的驾驶操作，随着军舰到了南洋等地，开阔了眼界。

实习期满后，1874年，他被任命为"琛海"号兵船的大副，不久就升任"振威舰"、"飞霆舰"等兵船的管带，就是舰长。

1879年，李鸿章开始建设北洋海军。由于邓世昌能力强，被上级评为"熟悉管驾事宜，为水师中不易得之才"，所以李鸿章将他调到北洋海军，担任"镇南"号炮船的船长。

1880年冬天，北洋海军在英国定购了两艘大军舰"扬威"号和"超勇"号。这是两艘相当先进的巡洋舰，北洋海军的总司令丁汝昌就派了水师官兵二百多人赴英国接舰，邓世昌就在其中。

在英国接到了军舰后，邓世昌等人驾驶着它从位于北大西洋的英国出发，经过漫长的航行之后，在第二年11月抵达天津的大沽口，这是中国海军首次完成这么漫长的航行，就是在今天也是一个壮举，不用说，这大大增强了中国的国际影响力。邓世昌因为驾驶新舰有功，被朝廷授予"勃勇巴图鲁"的称号，并被任命为"扬威"舰的舰长。

1887年春天，邓世昌又率一队海军官兵到英国接收清政府向英国和德国订造的"致远"、"靖远"、"经远"、"来远"四艘巡洋舰。这年底，他又带着四艘军舰通过老路线顺利归国。

归国途中，邓世昌并不是简单地航行回家，还沿路安排了舰队进行操演与列队作战等练习。回国后，因接舰有功，他被升为海军副将，并有了总兵的头衔，担任"致远"舰的舰长，这是当时中国最好、火力最强的军舰之一。

1888年10月，北洋海军正式成立。就规模与火力等来说，这时候的北洋海军可以称为亚洲第一，世界上也仅次于英、法、德、美、俄等传统海军强国。

由于才华出众，这次邓世昌当上了北洋海军的中军中营副将。三年后，李鸿章来检阅他辛苦建立起来的北洋海军，大为满意。邓世昌又因为训练海军有功，获得了"葛尔萨巴图鲁"的称号，大概相当于我们现在的一等功臣之类吧。

在海军的训练中，邓世昌经常向士兵们说的一句话是："人谁无死？但我们要死得其所，死得值！"也就是说，他早就做好了为国捐躯的准备。

不久，中日甲午海战爆发了。

日本在明治维新以后，经济迅速发展，国力不断增强，但国土狭小、资源贫乏的问题也越来越突出。于是，日本的统治集团就开始想通过军事侵略争夺殖民地。第一个目标就是朝鲜，而朝鲜当时是中国的属国，大致相当于一个民族自治区。因此，要吞并朝鲜，当然先要打败中国，这就是甲午战争的起源。

甲午战争在1894年爆发，包括陆战和海战。陆战我们这里不说，只说海战。甲午战争的海战包括三场，第一场是丰岛海战。

1894年7月25日，日本联合舰队向丰岛海面的北洋水师济远和广甲舰发动突然袭击，打响了甲午战争的第一枪，但这次战斗规模不大。

更重大的海上战役是大东沟海战。

1894年9月12日，北洋水师从威海出发，总共出动主力舰12艘、炮舰2艘、鱼雷艇4艘，赴鸭绿江口，护送轮船运载的陆军。17日，北洋水师护送的运兵船卸载完毕，这时候镇远舰的哨兵发现了敌舰，海军立即下达战斗准备。这次日本海军只有12艘军舰，也没有中国海军这样的大型巡洋舰，但他们根据自己的特点采用了灵活机动的战术，充分发挥了舰上速射炮的威力。结果在这场中日双方海军主力的大决战中，北洋水师损失了5艘大型战舰，其他各大型军舰也都重伤，从此只能藏身在威海卫军港。日本海军从此完全掌握了战争的主动权。

邓世昌就是在这次大东沟海战中阵亡的。

战斗中，邓世昌指挥"致远"舰奋勇作战，但其他军舰不能有效配合，使"致远"舰遭到多艘日舰的围攻，多处被大炮击伤，全舰燃起了大火，船身也严重倾斜，眼看就要沉没。这时候，邓世昌告诉官兵说：我们既然来当兵保卫国家，早已经不知道什么叫怕死了，今天这样的情形，我们只有以死报国了。日本鬼子的吉野舰最厉害，如果我们打沉它，其他的军舰就都会被吓倒。当时打是不成了，因为军舰都快沉了，于是邓世昌驾驶军舰全速撞向"吉野"号，要与敌舰同归于尽。

"吉野"号上的日本兵一看，果然被吓着了，连忙集中炮火向"致远"号猛烈轰击，不幸一发炮弹击中了"致远"舰的鱼雷发射管，管内的鱼雷发生连环爆炸，"致远"舰一下子就沉没了。

邓世昌也掉到了海里，他的随从忙给他一只救生圈，他说："我立志杀敌报国，今死于海，义也，何求生为！"意思就是我今天为报国而死，是好事，救什么救呢！就这样壮烈殉国。

冯子材大败法国侵略军

冯子材是中法战争时镇南关大捷的指挥者。镇南关大捷是中国近代以来面对西方列强如英国、法国、德国、俄国、日本等取得的第一场大胜。冯子材也因为这场大胜，而在中国爱国史上留下了浓重的一笔。

冯子材1818年出生在广东钦州。他是个不幸的孩子，自幼父母双亡，成了流浪儿童，长大后则靠到处帮人打短工维持生计。但他性情刚毅，为人正直，因为从小摸爬滚打，练就了一身好武艺，身边也聚集了一帮好兄弟。

1850年，冯子材带着他的兄弟们在广西博白聚众起义，并于第二年加入了广东天地会领袖刘八的部队。但不久，冯子材就觉得这不是长久之计，于是拉着自己上千人的部队投降了当地的知县游长龄，他的部队也被改编成了清军的"常胜"勇营。他开始转而镇压广东、广西一带的各支农民起义军，为清朝立下了不少功劳，被升为千总。此后，他又加入了镇压太平天国的行列，这些与他后面的爱国事迹没多少关系，我们就不说了。

1867年，他又奉命镇压广西天地会起义军的吴亚终部，获得了胜利。吴亚终往南逃跑，退入了当时中国的属国越南境内。

朝廷于是派这时候已经是提督的冯子材率一万余人攻入越南。经过艰苦战斗，打败了吴亚终部。此后，冯子材还在越南一带镇压过多支起义军。

到1881年，冯子材回到了广西，当他的广西提督了。但不久就感到这官不好当，因为当权派刘坤一和徐延旭等都不喜欢他，不断地给他小鞋穿。这时冯子材已经65岁了，功劳又大，怎么能忍受这些小辈的欺侮，于是愤而辞职，解甲归田，回到了家乡钦州。

钦州与越南相邻，这时候越南南部已经沦为法国的殖民地，而且法军正步步北侵，想将整个越南都占领过来，同时还跃跃欲试，对中国南方的广东、广西一带虎视眈眈。法国人这些举动自然传进了钦州冯子材的耳朵里，他不由十分担心。为了弄清楚敌人底细，他多次派人到越南，探听法国人的虚实动静。

1883年底，法国侵略军悍然向越南北圻的中国军队发起进攻，中法战争正式开始。

次年2月，法军兵力达到16 000人，继续北侵。当时清政府在北宁一带也有不少驻军，但将帅昏庸、军纪废弛、兵无斗志，在法军进攻下连战连败。

打了败仗的清政府想起了熟悉越南的老将冯子材。最初，掌权的李鸿章认为他太老了，不是法军对手，只给了一个督办团练的虚名。冯子材在既无实权又无粮饷的情况下，几个月间就成立了9个州县的团练，其中，他在钦州亲自挑选和训练了500名精兵，称为"萃军"。

1884年5月，坚持抗战的名臣张之洞当了两广总督，冯子材立即主动上书，要求统率15 000军队从钦州进入越南东北与法军作战。张之洞欣然同意。

但没有等到冯子材军队出发，法军先打进来了。1885年1月，法军主力七千余人向中国广西边境杀来，2月，占领了中越边境越南的战略要地谅山，并乘势占领了中国广西的门户镇南关，那里现在叫友谊关。法军的前锋部队甚至大摇大摆地深入我国境内数十公里，不过此后又退了回去。撤兵前他们炸毁了镇南关的城墙和防御工事，还在镇南关的废墟上立了一块木牌，上面写着："广西的门户已不再存在了"。

然而，他们得意得太早了，就在这个时候，冯子材率军到了。据说走前他嘱托家人，万一要是他打不赢，两广一带恐怕会被法国人占去，他们一定要往北迁移，要永远只当中国人，决不可当亡国奴。他又把两个儿子带在身边，一是准备让他们报效国家，二是万一他战死沙场，好为他料理后事。

为什么冯子材这么紧张呢？因为这时候的形势相当不好，一方面法军强大，人数众多；另一方面清军的军官大都胆小如鼠，不敢应战，此前的清兵总指挥竟然丢下军队，一口气逃到了距镇南关上百里的海村，而且其他各路清军将领又互不服气，甚至互相拆台，还不听冯子材的调度，简直是一群散兵游勇。这样的军队如何与强大的法军决战呢？冯子材确实愁死了。

他考虑再三，就召集各路将领开了一次军事会议，他劝告大家一定要消除彼此的成见，要以国家为重，齐心协力保卫国家。他白发苍苍，言辞慷慨，感动了那些将军们，于是大家都表示以后一定精诚团结，并都愿意服从冯子材的统一指挥。

冯子材这下有底了，1885年2月，他率军进驻广西凭祥，这里与越南紧邻。他经过侦察，就有了胜利的信心，因为这时候他面对的法军只有四五千人，而且远离后方的补给基地，而他统领的清军达两万余人，粮草充足，士气也很高昂。

但冯子材并没有盲目出击，因为敌人的兵力还是占了很大优势。于是，他想出了一个诱敌深入的法子，先构筑了坚固的防御工事，然后亲自率领一部分精兵夜袭法军的前哨据点文渊，杀伤不少敌人。以前那么胆小的清军这次竟然主动出击，还打死了不少部下，使法军的指挥官感到很丢脸，于是不等援军到齐，自己领兵前来报仇了。

3月23日一大早，法军一千多人趁大雾偷偷进了镇南关，然后在猛烈的炮火掩护下，夺占了清军3座尚未完工的堡垒，威胁清军阵地的侧翼，甚至可能占领镇南关。冯子材见状大喊："要是法国人进了关，我们有什么脸回去见家乡父老？"拼命坚守，终于打退了敌人。

3月24日一大早，法军又攻来了，他们以重炮猛轰城墙，直赴关口。当他们接近城墙，以为可以顺利占领镇南关时，突然听到大喝一声，只见冯子材和他的两个儿子手执长矛一跃而出，杀入敌阵，展开了白刃格斗，其他清军将士看到主帅如此，也一齐向敌人冲去。法军的枪厉害，但拼刺刀就不一样了。到中午，冯子材预先安排好的5营"萃军"突然出现在法军侧后，展开围攻。法军顿时大乱，狼狈逃窜。傍晚，冯子材派遣的另一支清军又抄了法军后路，消灭了它的运输部队。这下，法军三面受敌，伤亡惨重，后援又没了，顿时全线溃败，逃回了文渊。

冯子材不给敌人喘气的机会，立即率军杀向文渊。文渊之敌本来就被冯子材的夜袭打怕了，不久就四散而逃，冯子材乘势占领了文渊，直赴谅山。

经过激烈战斗，谅山又被清军攻克。法军统帅胸部中弹，负了重伤，法军全线溃散，四散奔逃，许多落到了水里，被活活淹死。清军顺利攻克谅山，并乘胜追击，到31日已经占领了越南北部许多地方。

这就是史上有名的镇南关大捷。

这场大捷震惊了整个西方，他们第一次见识到了中国军队这么厉害，也使法国政府内部大乱，内阁因此倒台。

镇南关大捷后，冯子材从越南撤兵回国，负责广西一带的防务，着力防止法国对中国广西、云南边疆的侵略。

1903年9月，冯子材病死军中。

我们将战斗到底，决不投降！

丘吉尔是英国历史上最伟大的首相之一，也是最伟大的人之一。正是他领导英国人民在第二次世界大战中打败了极其强悍而残暴的纳粹德国，不但拯救了一度面临危亡的英国，也拯救了整个人类文明，使之免于被德国纳粹、日本军国主义与意大利法西斯主义统治与蹂躏。

丘吉尔所在的家族是英国最显贵的家族之一，世代英才辈出。丘吉尔的父亲名叫伦道夫·丘吉尔，曾在1887年担任英国下院领袖和财政大臣，他的妻子是美国人，他们在1874年生下了温斯顿·丘吉尔。因此丘吉尔是英美混血儿。

关于丘吉尔身世的另一点小花絮是，丘吉尔其实并不是百分之百的白种人，他的外祖母有四分之一的印第安易洛魁人血统，因此丘吉尔也多少带有印第安人血统。

丘吉尔14岁时进了著名的哈罗公学，除了写作水平较高外，其他成绩并不出色，父亲便送他去从军。他考了3次才进入著名的桑德赫斯特皇家军事学院，1894年毕业。

军校毕业后，丘吉尔加入了皇家第四轻骑兵团。那时候，古巴正在为独立而战，他便去了古巴，作为《每日画报》的记者去采访，发表了不少出色的新闻报道。从这个时候起，丘吉尔就开始靠写作自谋生路了。对了，如果您查《美国百科全书》或者《不列颠百科全书》，会发现丘吉尔的第一个身份并不是政治家，而是作家，他在世时就被称为当世最杰出的散文作家之一，并于1953年获诺贝尔文学奖。

1899年丘吉尔辞去军职，投身政界。当年便作为保守党代表参加了下院选举，但没有成功。不久他就应聘作为《晨邮报》的记者去南非报道正在进行的布尔战争。到达南非后就立下了不小的功劳：他参与救出了一列被布尔人包围的装甲火车，并被布尔人俘虏后机智地逃了出来，这使他一夜之间成为英国家喻户晓的英雄人物。有了这资本，他在第二年再度参加下院选举并获胜。这时他还只有26岁。由于他身材伟岸、面相庄严、仪态高贵，自然成为下院中的醒目人物。

1906年，丘吉尔开始进入内阁，1911年担任内务大臣，不久转任海军大臣。

他深知海军是英国力量之保证，促使内阁通过了英国历史上最为庞大的海军预算，制订了庞大的造舰计划。他这样做的原因之一是看到了日益强大的德国表露出来的勃勃野心，深知英国必须有强大的力量才能压制它；同时他也看出来，英国只有与法国结盟才能有效地在海上与陆地都制止德国的扩张。

1914年，第一次世界大战爆发。丘吉尔对此一点也不感到奇怪，他早已凭深刻的洞察力看出这种必然的趋势，并提早下达了海军动员令，使英国海军能够不慌不忙地迎接大战的到来。

关于第一次世界大战我们不多说，这是一场双方都谈不上正义的战争，只是一场为了赤裸裸的利益而进行的战争。当然结果是英国赢了，其中，丘吉尔统领的海军居功不小。

1922年，丘吉尔遭遇了人生最大的一次挫折。在大选前夕，他突患阑尾炎，直到大选前两天才在选民们面前露面参加下院竞选，结果以超过万票之差屈辱地负于对手。他突然发现自己"一无政府职位，二无议会议席，甚至连阑尾也已失去"。

不过，他这次在野的时间并不长。1924年的新大选中，保守党大胜，丘吉尔入阁成为财政大臣，在内阁里一直待到1929年保守党政府解体，工党上台。

一直对社会主义毫不留情地大批特批的丘吉尔，在这样的政府里自然没有位置。从这时起直到10年之后的1939年，丘吉尔都被排斥在政府之外。

但丘吉尔一直关注政治，他从很早开始就注意到了希特勒和纳粹的可怕，采取了一切措施希望政府能够倾听他的声音，设法抑制希特勒。然而这一切都徒劳无功，他只能眼睁睁地看着张伯伦大搞绥靖，看着希特勒一步步走上侵略扩张之路。他深刻地认识到了德国纳粹才是民主社会最大的敌人，为抵制希特勒，他甚至提议与苏联联合。1938年9月，张伯伦签订《慕尼黑协议》后，丘吉尔尖锐地指出：那是一个完全的失败。

此后，历史的发展一次次验证了丘吉尔的担心与预言都是正确的。希特勒撕毁了《慕尼黑协定》，吞并了捷克斯洛伐克。1939年希特勒入侵波兰后，9月3日英国不得不对德宣战。

张伯伦再也不能无视丘吉尔了，当天就任命丘吉尔担任海军大臣。丘吉尔的到来受到了海军官兵们热烈的欢迎，他们将他看做是信心与胜利的保证。

丘吉尔立即精神抖擞地投入到海军的建设与战斗中。不过他的努力并没有多少成效，这时候希特勒已经太强大了，难以抑制了。他入侵波兰，挑起了第二次世界大战，在战争初期，取得了迅速的胜利。到1940年5月10日，德国发动了对荷兰、比利时、法国的攻击，几小时内就灭掉了荷兰。

这时候，英国人都知道，是张伯伦的绥靖政策使得英国面临今天如此被动的局面，于是张伯伦便迅速地倒台了。

谁能够继任呢？很明显，唯有丘吉尔。形势的发展已经证明他的预言和以前提出的方针有多么正确！大家都认识到，如果早就听取丘吉尔的意见，英国哪会沦落到今天如此危急的地步！而今天，也唯有丘吉尔才能救英国！

就在希特勒进攻荷兰的这天，丘吉尔当上了英国首相。

但战争的形势继续在恶化。3天后，荷兰女王逃到英国。当天下午，丘吉尔向下院发表了一次著名的演讲。他对议员们说：

> 我所能许诺给各位的唯有流血、流泪、流汗并劳苦地工作……你们问，我们的政策是什么？我会回答，我们的政策是在陆地、海上和空中作战，竭尽全力，毫不保留上帝所赋予我们的一切力量，和一个在人类可悲、罪恶的黑暗记录中绝无仅有的恐怖暴政作战。这就是我们的政策。……（我们大英帝国的目标是）胜利，不惜一切代价，排除一切恐怖取得胜利。不管路有多长、有多艰险都要赢得胜利，因为不胜利，我们就会灭亡。

丘吉尔这番话并非危言耸听，这时候德军正步步紧逼，到6月22日，经过短短6个星期的战斗，强大的法兰西就灭亡了。

希特勒并不想打英国，他多次向英国表示，只要英国将第一次世界大战结束后从德国夺取的殖民地归还给德国，德国就与英国建立和平。不过丘吉尔毫不客气地回绝了希特勒，于是德国也向英国开了战，这就是"不列颠之战"，主要是大规模的空战。希特勒决心通过空战来征服英国，为此德军共集结了近3 000架轰炸机与战斗机。

这时候的英国呢！这时候英国只剩下这样一些重型武器：500门大炮、200辆坦克、700架战斗机、500架轰炸机，轻武器只有约60万支步枪和1万挺轻机枪。面对强敌，丘吉尔毫不畏惧，他如此说：

> 我们将在海滩上战斗，在田野和街头战斗，在山岭上战斗。
> 我们将不惜任何代价保卫国土。我们将战斗到底，决不投降。

经过艰苦卓绝的战争，虽然付出了巨大的代价，但丘吉尔领导英国人民抵抗住了残暴的纳粹，英国仍巍然屹立。

丘吉尔早就敏锐地认识到，要战胜纳粹，必须组织一个世界性的反法西斯联盟。经过他不懈的努力，英国、美国、苏联，后来加上中国和世界上许多国家都联合起来了，组成了世界反法西斯的统一战线。这个统一战线的建立乃是第二次世界大战中得以战胜强大的德意日法西斯同盟的基本保证。

其他关于第二次世界大战的详细情形我们就不说了，总之，丘吉尔领导英国人民、同时作为全世界反法西斯同盟的主要领袖之一，取得了辉煌的胜利，彻底粉碎了德意日法西斯。

中国也在这场反法西斯战争中取得了很大的胜利与很大的收获，例如收回了东北三省和被日本占领了50年之久的台湾。倘若没有第二次世界大战，很难说中国能否有机会收回台湾这个不是通过武力侵占，而是通过中日两国之间的条约而割让的宝岛。

从这个意义上说，我们也应该感谢伟大的丘吉尔。

第二次世界大战结束后，丘吉尔人生最主要的使命也完成了。他在战后的第一次大选中失去首相职位，为此他说了这样一句话：

"对他们的伟大人物忘恩负义，是伟大民族的标志。"

但1951年他再度获胜，出任首相，直到1955年因健康原因辞职。

1953年，伊丽莎白二世女王即位，授予丘吉尔最高荣誉嘉德勋章，并有意封丘吉尔为伦敦公爵，以表彰其为英国所做的巨大贡献，但丘吉尔拒绝了伦敦公爵这个无比尊荣的封号。

1965年1月24日，丘吉尔因中风去世，享年91岁，是政治人物中罕有的高寿。

我告诉你们，法国并没有完！

戴高乐1890年出生于法国南部大城里尔。他的父亲是普法战争的老战士，18岁与表妹结了婚。后来戴高乐在他的自传中写道，他的父母都非常热爱自己的国家，这对他产生了深刻的影响。

1909年，戴高乐通过考试进入法国著名的圣西尔军校。在圣西尔，戴高乐不久就显得与众不同，一是因为他那近两米的身高，还有硕大的鼻子，在同学们中间简直鹤立鸡群一般呢；二是因为他那既果敢又孤傲的性格。这使他赢得了"公鸡"的绰号。

1912年戴高乐从军校毕业，被编入第三十三步兵团，他的团长就是贝当上校。

两年后，第一次世界大战爆发，戴高乐英勇作战，受重伤被俘，在俘虏营里待了两年半，等他出来时大战已经结束了。

1925年，已经是军法总监的贝当挑选了他的旧部下当他的幕僚。1927年，挂了整整12年上尉军衔的戴高乐终于成了少校营长，驻防特里尔。后来他担任过各种职务，还到过中东，1937年时已经是上校了。

在这期间，欧洲局势风云变幻，特别是希特勒的上台与德国的日趋强大令戴高乐忧心忡忡。他一方面致力于研究一直深感兴趣的战争艺术，另一方面大声疾呼建立强大的装甲部队以抑制德国可能的侵略扩张。但他人微言轻，建议没有受到高层的重视。

戴高乐所担心的事终于发生了。1939年9月，德军入侵波兰，法国旋即对德宣战，戴高乐被任命为驻阿尔萨斯一个坦克旅的旅长。第二年5月，德军大举攻入法国，这时候戴高乐是第四装甲师师长。德军突过阿登森林后，他率第四装甲师奋勇反击，取得了不小的战果。然而大厦将倾，独木难支，法国迅速溃败。由于戴高乐在阿登反击中显示出来的军事才能，他在6月份被任命为国防部副部长。然而这对法国的局势已经没有任何影响。当戴高乐得知雷诺政府倒台，新上任的贝当政府决定投降后，深知再呆在法国境内只会死路一条，必须离开法国，去英吉利海峡对岸组织新的抵抗。

于是，戴高乐偕家眷于1940年6月17日乘飞机抵达英国，这时他的心情之沉重可想而知。然而他丝毫没有退缩，到伦敦的第二天，他就发出了著名的"6·18"号召，宣告：

我告诉你们，法国并没有完。

……

无论发生什么事，法国抵抗的火焰不能熄灭，也绝不会熄灭。

　　从此，戴高乐在伦敦高举起反抗德国法西斯、争取民族独立的大旗，号召所有法国人起来抵抗法西斯侵略者和维希卖国政府。戴高乐的号召得到了广泛响应，大批法国爱国志士冒着生命危险前来投奔，许多法国殖民地，例如面积广大的赤道非洲殖民地，宣布效忠于他，使戴高乐迅速积蓄了一支反抗力量。

　　不过，对于戴高乐，更为重要的是丘吉尔的支持，这是毋庸置疑的。作为在英国的流亡者，如果得不到英国政府的支持，他根本无法立足。丘吉尔与戴高乐的关系并不融洽，两人也从来没有成为好朋友，主要是因为两人都是毫不妥协、意志如钢的人，自尊心都极强。戴高乐虽然寄人篱下，但从来没有在丘吉尔面前矮三分的感觉。丘吉尔则感到这个靠自己的政府生活的家伙太过桀骜不驯。所幸的是两人都不是心胸狭窄之辈，为了对抗共同的敌人法西斯，他们还是团结起来了。6月28日，丘吉尔正式承认戴高乐是"自由法国人的领袖"。

　　这年10月，戴高乐在赤道非洲的布拉柴维尔发表宣言，宣布维希政府的投降违反宪法，同时宣布成立法兰西帝国防务委员会，由委员会来行使政府职能。由此正式举起了代表所有法国人进行反抗的大旗。

　　此时，法国国内掀起了轰轰烈烈的抵抗运动，但内部缺乏团结。为此，戴高乐在1942年1月将他的大将让·穆兰空投到了法国内地，作为他的总代表协调各抵抗组织。穆兰很快显示了高超的组织才能，将分散全法国的抵抗组织团结起来，第二年5月就成立了"全国抵抗运动委员会"，统一领导全法所有的抵抗运动组织，承认戴高乐是其唯一的领袖，使戴高乐的全法国抵抗运动领袖的地位得到进一步加强。

　　唯一的例外是北非的吉罗，他与罗斯福的关系很好，得到了美国的支持，在英、美军队控制北非后担任北非法军的领袖。罗斯福与丘吉尔联合起来压戴高乐承认吉罗是与他地位平等的领袖。1943年1月，戴高乐到了北非，与吉罗举行会谈，不久两人在阿尔及尔共同创立了法兰西民族解放委员会。委员会刚一成立就被英、美、苏等大国正式承认为法国临时政府。但不久，戴高乐就凭借委员会中的大多数人支持自己，将本来是两主席之一的吉罗弄走，自己成了法国抵抗运动和临时政府唯一的领袖。

1944年6月，盟军在诺曼底登陆。就在当天，戴高乐发表演说，号召法国人民起来解放祖国。他所领导的许多"战斗法国"的正规军也迅速在法国登陆，参加解放祖国的战斗。法国本土的游击战士们经过整编组成了内地军，也开始大规模地袭扰德军。他们英勇战斗，赢得了英美盟军的尊重。

正由于上述因素，使英美军队没有将自己看做是法国占领军，而只是解放军，解放法国后，将政府权力迅速移交给戴高乐临时政府。

解放法国最重要的一仗是解放巴黎。这一仗并不激烈。当盟军在法国节节胜利时，8月19日，巴黎市民们发动起义，这时候，由于盟军已经兵临城外，巴黎城内的德军指挥官乔蒂茨将军既不敢像以前一样残酷镇压起义，更不敢听从希特勒的命令毁灭巴黎，于是，经过一番象征性的抵抗，他与巴黎的起义者们达成了停战协议。25日，戴高乐率领战斗法国正规军雄赳赳气昂昂地进入了巴黎。戴高乐走在最前面，他那像一棵树般高耸的身材真是太引人注目了，他这时已经成了全法国人民心目中的民族英雄。

9月，戴高乐将临时政府从阿尔及尔迁到了巴黎。不久，他建立了一个"举国一致"内阁，22名阁员包括了法国各大政党，在抵抗运动中做出过巨大贡献的共产党有两人入阁，这也是法国历史上共产党第一次加入政府。

第二次世界大战中，法国遭受了很大损失，人员死伤数十万。其中，遭受最大打击的是经济。因此，新政府的第一要务就是复兴经济。另一件戴高乐极为重视的事是重拾法国的大国地位。

由于在第二次世界大战被迅速打败，美国人颇有些看不起法国人，认为法国人是屠头，不配享有大国地位。因此，一些重要会议，像敦巴顿橡树园会议、雅尔塔会议，都没有邀请戴高乐参加，这大大地伤害了戴高乐的自尊心，使他奋起捍卫法国的大国地位。他采取的办法是拉拢另两个大国英国和苏联，还与苏联签订了为期20年的同盟互助条约。担心法国人与苏联人搞在一起的美国人赶快给了法国人应有的大国地位，又给了法国一块德国领土作为它的占领区，还让法国人担任联合国安理会常任理事国。这一切，终于使法国享有了完全的大国地位。

1958年12月，戴高乐以绝对优势当选法兰西第五共和国首任总统。

总统任内，他致力于解决阿尔及利亚问题，以宽容与大度达成了这块法国最主要殖民地的独立。

他又大力发展法国经济，使法国成为仅次于美国、日本、西德的西方第四大工业国。而且，他格外注重尖端工业，如航空、电子、宇航、核电等的发展，这些工业直到今天都是法国的强项。

就整体而言，第二次世界大战之后，法国政治的强大与经济的繁荣程度，都远远超出了当时人们的预想。

而为这一切做出最大贡献的就是戴高乐。

较之内政，至少表面上戴高乐更加关心外交。

戴高乐的整个外交任务，远溯至第二次世界大战尚未结束之时，可以一言以蔽之，即追求法兰西的光荣，力图使法国成为与美国平起平坐的大国。经过不懈努力，他基本上取得了成功，至少使法国在政治上成为西方世界仅次于美国的大国。

1969年4月，戴高乐辞去总统职务，并于第二年的11月9日因心脏病发作而去世。

遵照他的嘱托，他的遗体被装在一具只值72美元的普通橡木棺材里，由他的几位同乡——一个肉店伙计、一个干酪铺掌柜和一个农场工人——抬着，安葬在家乡一块普通的小墓地里。

墓碑上只刻了："夏尔·戴高乐 1890–1970"几个字。

这更加凸显了他的伟大。

罗斯福为什么四次当选美国总统？

如同丘吉尔领导英国人民和戴高乐领导法国人民在第二次世界大战中战胜了万恶的法西斯一样，罗斯福也在第二次世界大战中领导美国人民战胜了法西斯。与英法不同的是，罗斯福所领导的美国人民乃是战胜法西斯的主力军，美国为第二次世界大战中盟国的胜利、正义的胜利所做的贡献比哪个国家都要大。

罗斯福1882年出生在纽约的上流社会家庭，小时候在家中接受高水平的私人教育，14岁时进入马萨诸塞州的格罗顿学校，4年后进入著名的哈佛大学，1905年毕业时与远亲埃利诺·罗斯福结婚。

1910年，罗斯福进入政界，代表民主党竞选纽约州议会的参议员成功，年仅28岁就成为州参议员，次年他开始帮助威尔逊竞选总统并获成功。为了感谢他的帮助，1913年，威尔逊总统任命罗斯福为海军助理部长。

第一次世界大战爆发后，罗斯福预见到美国有一天将会参战，很早就开始呼吁做好战争准备。这些正确的预见为他赢得了极大声望。1920年，不满四十岁的罗斯福就被民主党全国代表大会提名为副总统候选人，作为考克斯的伙伴参加总统竞选。结果民主党大败，共和党上台，罗斯福一下子成为平民。

所谓祸不单行，1921年8月，可怕的灾难发生了。这时罗斯福正在加拿大的坎波贝洛岛上度假，一场突如其来的大病——小儿麻痹症——袭击了他，导致他双腿瘫痪，幸好身体的其他部分还能正常活动。

灾难并没有打垮罗斯福，他顽强地生活着，甚至没有退出政坛。

7年之后，罗斯福不但完全走出了瘫痪的阴影，而且再次参加竞选。这次他竞选的是纽约州州长。他坐着汽车、轮椅展开竞选活动，到处发表演说，完全像一个健康的年轻人一样精力充沛，看不到一丝因身体残疾而在心理上留下的阴影。结果他取得了奇迹般的胜利，当选纽约州州长，成为了世界历史上极为罕见的残疾人政治家。由于政绩出色，深得民心，两年之后，他以压倒性优势蝉联州长。

这时候罗斯福已经闻名全美，成为最知名的政治家之一，在民主党内几乎无与伦比。于是，自然而然地，党内许多人开始力劝他出马，竞选总统。经过一番艰苦竞争，1932年，罗斯福在民主党的全国代表大会上获得胜利，被民主党提名为总统候选人，并在大选中大胜胡佛，成为美国总统。

罗斯福是1933年3月正式就任总统的。在就职演说中，他充满自信地告诉美国人民：

> 这个伟大的国家将会坚持下去，正像它已经坚持的那样，它将会复兴，将会繁荣昌盛，……我们唯一需要恐惧的事情是恐惧本身。

这时，1929年开始的经济危机的阴影正像大山一样压得美国人民喘不过气来。上台伊始，罗斯福立即开始实行他在竞选时就承诺了的"新政"。

根据新政的方针，他大力整顿银行业、工业、农业等国民经济各领域。但他最为重视的，也是新政最首要的内容，是为那些在危机中没有工作、没有住房甚至没有食品的濒于绝望的人们带去面包、住所与希望。

他建立了联邦紧急救济署，救济署并不是给穷人钱粮就成了，而是视对象做出区分。对于有劳动能力的年轻人，救济署建立了一支庞大的地方资源养护队，专门在各地从事植树造林与防汛工作，他们由陆军协助管理，实行准军事编制，在遍布美国全国的一千五百多个工地劳动。这项工作不但使失业的年轻人不致挨饿，而且能够使他们为国家做出贡献。而且这乃是福荫子孙的不朽事业！它令美国处处一片葱郁，环境优美，直至现在。

1935年，罗斯福又建立了工程进度管理署，雇佣了数以百万计的人员在全国各地大搞工程建设，建设了大批公路、铁路、桥梁、隧道、体育馆、美术馆、学校、医院，等等，有力地促进了美国经济的复苏，也为经济进一步发展提供了坚实的基础。

罗斯福的新政使美国成功地摆脱了经济危机，也因此，在1936年的大选中，罗斯福又以绝对优势当选美国总统。

1939年，第二次世界大战爆发了，一开始，纳粹德国取得了巨大胜利，法国很快被打败投降。这时候，美国根据自己的中立法不能直接援助英国等反法西斯国家，但罗斯福还是想尽一切办法帮助了英国，例如英国急需战斗机与轰炸机，但《中立法案》规定美国飞机不能"从美国飞往交战国"，罗斯福便将这些飞机先飞到美国与加拿大边境，然后将它们推过边界线，到加拿大后再起飞运往英国，后来还给了英国其他的巨大援助。美国的援助乃是英国能够在强大的希特勒德国的打击之下坚持下去的主要原因之一。

对了，正在罗斯福急切地帮助急需帮助的英国时，他同时还要参加总统竞选。此前，罗斯福在1936年第二次当选美国总统。根据惯例，总统最多只能连任一次。但现在正当多事之秋，欧洲战云密布，完全可能笼罩到美国人头上，加之1929年经济危机的阴影还刚刚摆脱，美国需要在这个特殊时期使政策具有连续性。因此，罗斯福第三次竞选总统。他的竞选赢得了广泛支持，在1940年11月5日揭晓的选举结果中，罗斯福在48个州中的39个州赢得了胜利，史无前例地第三次当选美国总统。

当选第三任总统后，1940年12月29日，罗斯福又发表了著名的"炉边谈话"，提出美国必须成为民主国家的大兵工厂。他告诉美国人民：

> 倘若英国倒下去，轴心国就会控制欧、亚、非和澳大利亚等各大洲及各大洋……到那时候，在整个美洲，我们所有的人就将生活在枪口的威胁下。

经罗斯福的努力，1941年3月，美国国会通过了《租借法案》，法案授权总统向那些与美国安全有关系的国家提供武器和其他军用物资。

1941年6月22日，希特勒入侵苏联。第二天，罗斯福政府发表声明谴责，并宣布所有抵抗法西斯侵略的国家包括苏联在内，都将得到美国的援助。不久，美国首批援苏物质启程运往苏联，强大的美国的支持，无疑为此时正处于极大困境中的苏联人民提供了物质与精神方面的双重支持。

1941年8月12日，罗斯福与丘吉尔在加拿大外海的一艘军舰上举行了会晤，发表了《大西洋宪章》，宪章中提出，所有国家无论大小，都要相互尊重、互相平等，要彻底摧毁纳粹暴政、重建和平。同时，他们都表示要给予苏联巨大而迅速的援助。

此后不久，美国也加入了第二次世界大战中反法西斯的阵营。美国直接参加的原因是1941年12月7日日本对珍珠港的偷袭。日本偷袭的第二天，罗斯福总统向国会参众两院发表演讲，正式对日宣战，并且迅速成为对日本法西斯作战的主要力量，这也大大缓解了几乎一直独力抗日的中国人民面临的巨大压力。

随着世界反法西斯战争的不断胜利，1943年11月，罗斯福、丘吉尔和斯大林准备在德黑兰举行会议。罗斯福与丘吉尔在前往德黑兰途中，与中国的蒋介石在埃及首都开罗举行了美、英、中三国首脑会议，会后，三国首脑签署了《中美英三国开罗宣言》，宣言中声明：日本必须交出侵占的一切中国领土，如东北、台湾、澎湖列岛等，还庄严地声明将长期作战，直至日本无条件投降。

会上，罗斯福还表示中国应取得与英、美、苏同等的大国地位，成为战后国际四强之一。

在紧接着召开的德黑兰会议中，通过了《德黑兰宣言》。宣言中说：

"世界上没有任何力量能阻挡我们由陆地上消灭德国的军队，在海上消灭它们的潜艇，并且从空中消灭它们的兵工厂。"

宣言最后说：

"我们怀着信心期望着那么一天，那时全世界所有各国人民都可以过自由的生活，不受暴政的摧残，凭着他们多种多样的愿望和他们自己的良心而生活。"

到了1944年，这时候第二次世界大战正进行得如火如荼，由于世界形势特殊和罗斯福率领美国取得的巨大胜利，美国人民再次史无前例地第四度选择罗斯福继续担任美国总统。

然而，这时候罗斯福的身体已经大不如前。他感到自己可能无法完成这个总统任期，因此，选择了一个足以胜任总统的副总统，这就是杜鲁门。

果真，第二年罗斯福就去世了，由杜鲁门继任总统，这是1945年4月的事。

罗斯福被认为是美国历史上最伟大的三个总统之一，其他两位是华盛顿与林肯，他为美国人民做出的贡献，也足以媲美他的两位伟大前辈。

最杰出的苏军统帅朱可夫

1942 年 8 月的苏德战场，苏联与德国之间正处在决战的最关键时刻。这时候，希特勒认识到，唯一可能制胜的办法是在斯大林格勒城下拼死一战。他命令第四与第六集团军加强对斯大林格勒的围攻，他们分别从斯大林格勒的南面与西面发动了更加狂猛的进攻。苏军则死战不退，战斗惨烈异常。到 9 月 12 日，德军第四集团军已经突破苏军南部防线，苏军被迫退守城区。第二天，德军攻入斯大林格勒市区，从而展开了最为残酷的巷战。

苏军担任斯大林格勒防卫的主力是六十二集团军和六十四集团军，由朱可夫与华西列夫斯基作为苏军最高统帅部的代表，担任守城总指挥。

朱可夫堪称苏军的名将之花，其指挥艺术不亚于希特勒麾下的任何一位将军。

朱可夫 1896 年 12 月出生于莫斯科西南一个鞋匠家庭，19 岁从军，参加过第一次世界大战，因作战有功曾获两枚圣乔治勋章。十月革命爆发后，朱可夫加入红军，在与高尔察克白军的战斗中，从士兵升为连长。以后屡次进军校深造，先后毕业于骑兵训练班、骑兵指挥员进修班、高级首长班。之后，历任骑兵旅旅长、骑兵第四师师长、骑兵第三军和第六军军长、白俄罗斯特别军区副司令等职。

1939 年 6 月，朱可夫东调任驻蒙苏军第一集团军司令。当时，日军正试探性地进攻苏联与蒙古，以窥测其势力。在哈拉哈河战役中，朱可夫几乎不费吹灰之力就围歼了日军的重兵集团，获得大捷。从此，日军再也不敢谈北进的事，使苏联避免了东西两线同时作战的窘境。朱可夫因此被授予 "苏联英雄" 称号，此后一跃成为耀眼的将星。1940 年 6 月，朱可夫晋升为大将并任基辅特别军区司令，1941 年 1 月任苏军总参谋长，成为苏军首脑人物之一。

1941年6月22日苏德战争爆发后，苏联成立了最高统帅部，朱可夫是七名成员之一。7月29日，当德国向乌克兰扑来时，朱可夫建议斯大林放弃基辅，全力保卫莫斯科。据说斯大林答道："真是胡说八道，基辅怎能放弃给敌人？"朱可夫忍不住反驳："如果你认为我这个总参谋长只会胡说八道，这里也就用不着我了，我请求解除我的职务，把我派往前线。"一阵争执之后，斯大林决定解除朱可夫的总参谋长职务，派他担任预备队方面军司令员。根据我们前面谈过的战争进程，可以看出来朱可夫深邃的洞察力。在那次德军向基辅的进军中，仅俘虏的苏军就多达六十六万余人。如果当时斯大林采纳朱可夫建议，避敌锋锐，就不会造成那样巨大的损失。

接到任命几小时后，朱可夫就动身履任新职。他率领该方面军在叶尼亚地域成功地实施了卫国战争中首次进攻战，粉碎了德军的部分先头部队，取得了一次局部胜利。

1941年9月，当列宁格勒被德军包围时，朱可夫被任命为列宁格勒方面军司令，率该方面军与波罗的海舰队协同作战，有力地阻止了德军的进攻。同年10月，当希特勒想占领莫斯科时，朱可夫又被调回莫斯科，担任新的西方方面军司令员，全面负责莫斯科防御战。他着手在莫斯科以西建筑坚固的防线，取得了莫斯科保卫战的胜利，打破了德国陆军不可战胜的神话，还打破了希特勒通过闪击战速胜苏联的计划，不得不改打持久战。

1942年8月，希特勒将目标锁定在斯大林格勒后，斯大林即命朱可夫代表最高统帅部赶赴斯大林格勒前线督战。

因为无论希特勒还是斯大林都深知，斯大林格勒很可能将决定着整个苏德战争的胜负，只要占领了斯大林格勒，德军就能利用乌克兰庞大的资源打持久战，同时慢慢地消耗苏联。而此时苏联的大部分战略物资，包括粮食都要依赖乌克兰一带供应或者至少要通过乌克兰运送，如果没有了这条生命线，苏联是很难坚持下去的。相反，如果苏军守住了斯大林格勒，那么它就几乎拥有无限的潜力与德军打消耗战，而德军是肯定经不住这种消耗的，失败是迟早的事。总之，苏德双方、斯大林与希特勒，在斯大林格勒摆开了决战的架势。

分析了斯大林格勒的形势后，朱可夫决定采取两步走的方式作战：第一步是组织顽强的防御，无论如何不能让敌人占领城市，第二步则是当久战不下的德军疲惫不堪时，再实施强大的反攻。

在极其艰苦的条件下，苏军顽强地坚守住了斯大林格勒，并于这年11月19日在斯大林格勒外围展开了大反击，对包围斯大林格勒的敌军实施了反包围。德军不久就几乎弹尽粮绝燃料空。

到了1943年初，苏军已经进入了其最擅长的冬季作战，德军士兵则要穿着单衣在风雪中作战了。希特勒唯一能够给德军打气的是在1月30日，也就是希特勒上台10周年纪念日这天，授予斯大林格勒的德军统帅保卢斯元帅节杖，但保卢斯已经不需要了，因为第二天他就投降了。

这次投降对于保卢斯实属无奈之举，但对于希特勒却是奇耻大辱。他的光荣的军团竟然整体投降，而且这个军团，第六军团，乃是他最精锐的部队之一，都是由"纯种雅利安人"组成的，两年前用闪电战迅速征服比利时与荷兰的正是这支队伍。现在，军团的25万人中，16万战死，成了战场冤魂，另外9万则成了苏军的阶下囚，其中包括保卢斯元帅本人和24位将军。

整个庞大的军团，从司令到士兵竟然没有一个人逃脱。

斯大林格勒之战是苏德战争，也是整个第二次世界大战的转折点，从此苏军转入了进攻，而德军基本上只有被动挨打的份了，也就是说，希特勒德国的失败已经成为必然。

此后，朱可夫带着他的大军继续与德军血战，一路高歌猛进。他亲自指挥的最后一场大战是柏林战役。

是役，朱可夫指挥白俄罗斯第一方面军从1945年4月16日发起总攻，先后突破奥得河、尼斯河防线，25日对柏林形成包围。26日，包围柏林的苏军开始强攻，他们的战术很简单：从四面八方猛扑过来。由于苏军占有绝对优势的兵力与火力，他们根本无需什么路线或者战术。第二天，苏军已经突入柏林市中心。29日开始进攻柏林的心脏与象征——国会大厦，第二天，苏军战士将胜利的红旗插上国会大厦主楼圆顶。

当天，希特勒自杀身亡，标志着法西斯德国的彻底覆灭。

5月8日，德国代表弗里德堡在柏林签署了无条件投降书。这是德国正式的投降仪式，主持仪式的是朱可夫元帅。

第二次世界大战结束后，朱可夫也完成了他的人生主要使命。此后，1953年，他担任了苏联国防部第一副部长，两年后又当了国防部部长。但到1957年，被斯大林错误地解除职务，直到1964年被恢复名誉。

1974年，朱可夫在莫斯科逝世。一代名将之花陨落了，终年78岁。

国破尚如此，我何惜此头！

从这起，我们要讲四位伟大的抗日英雄，他们有的属于共产党，有的属于国民党，但无论属于哪个党，他们都是中国人，都为中国人民伟大的抗日战争做出了巨大贡献，是中华民族的爱国英雄。

第一个要讲的是吉鸿昌将军。

吉鸿昌将军1895年出生在河南省扶沟县一个贫苦农民家庭。他的父亲也怀有朴素的爱国情感。受父亲影响，吉鸿昌从小时候起，就对他古老而又多灾多难的祖国怀有很深的感情，渴望长大后报效祖国。

在那个时代，报效祖国最好的办法是当兵，为国打仗。因此，1913年，18岁的吉鸿昌便投到了冯玉祥的部队里当兵。后来冯玉祥也成了著名的抗日爱国将领。

由于吉鸿昌肯吃苦，又聪明机智，而且勇气过人，一向爱惜人才的冯玉祥十分赏识他，不久提升吉鸿昌为手枪连连长，再不久又提升他为营长。

1921年，已经当了官的吉鸿昌回家乡探亲，他拿出了全部积蓄，创办了"吕北初级小学"，规定穷人的孩子都可以免费上学。这个学校办得相当不错，一度被称为"豫东第一"，意思就是河南东部最好的小学吧。

1924年，吉鸿昌的顶头上司冯玉祥发动了"北京政变"，推翻了北京的直系军阀政府，把清朝的退位皇帝溥仪赶出故宫，并同意将自己的部队改编为中华民国国民军，并电邀孙中山赴京共商国是。后来，由于战事不顺，冯玉祥到了张家口，就任西北边防督办，他的部队又改称西北边防军，简称西北军，这就是国民革命时期著名的西北军的由来。

这个时候，吉鸿昌升任为一个骑兵团的团长，不久，又被任命为第三十六旅旅长。

旅长算得上是大官了，但吉鸿昌依然像以前一样，无论当多大的官，拿多少军饷，都从来不过奢侈的生活。他平时总省吃俭用，将省下来的钱用做公益事业。他像冯玉祥一样，一向治军很严，他的部队从来不像其他军阀一样抢掠百姓。大约也是在这个时候，吉鸿昌认识了共产党员宣侠父等人，在他们的影响之下，吉鸿昌渐渐倾向革命。

1928年，吉鸿昌担任了冯玉祥部第三十师师长，调防到甘肃天水，第二年又统兵进军宁夏，不久被任命为宁夏省政府主席兼第十军军长，成了镇守一方的大将。在宁夏，吉鸿昌大力兴利除弊。由于宁夏回族人占多数，他致力于汉回之间的和谐共处；他看到西北地区还相对落后，就提出了"开发大西北"的口号，这个口号到今天我们的政府还在用呢。

1930年4月，蒋介石与冯玉祥、阎锡山联军之间的中原大战爆发，吉鸿昌奉命率部从宁夏出潼关，与蒋军作战。不久，冯玉祥战败，自己通电下野，他的部队被蒋介石接收改编，其中就包括吉鸿昌的部队。吉鸿昌被蒋介石任命为第二十二路军总指挥兼第三十师师长。不久，蒋介石派他进攻鄂豫皖苏区，与共产党作战。

吉鸿昌早就与共产党有过联系，对于共产党的主张很是支持，所以当然不肯打红军。于是他借口自己生了病，到了上海，与共产党取得了联系，随后甚至化装到他被命令攻打的鄂豫皖苏区，进行了详细的考察。他感到这样的地方才能代表中国的未来，于是决定将部队拉出来加入红军，但没有成功。蒋介石发现吉鸿昌的意图后，立即解除了他的军职，要他出国"考察"，其实是要他流亡国外。这是1931年9月的事。

乘船到达美国后，吉鸿昌不久就大受刺激，激愤不已。因为美国的好旅馆都不接待中国人，对日本人却十分客气。还有一次，吉鸿昌要往国内邮寄东西，邮局职员竟说世界上没有什么中国，吉鸿昌大怒，就要发作起来，陪同他的一个中国大使馆的参赞竟然劝他，让他说自己是日本人，因为只要这样就会受到客客气气的接待。吉鸿昌听了这个同胞的话更加愤怒，斥责他说："你觉得当中国人丢脸吗，可我觉得当中国人光荣!"

于是，他找了一块木牌，用英文大大地写上："我是中国人!"挂在胸口，到哪都戴着。

这时候，吉鸿昌已经感到中国面临的最大威胁是日本的侵略。他借各种机会不断揭露日本图谋侵略中国的罪行，并斥责与日本结盟的英国是纵容者，还抨击蒋介石对日妥协的投降路线。他还想方设法要去苏联访问，但由于中国使馆不配合，没有去成。

这个时候，吉鸿昌还写过一首诗："渴饮美龄血，饥餐介石头。归来报命日，恢复我神州。"听上去有些恐怖，但其中表达的爱国之情是显而易见的。

1932年4月，吉鸿昌终于加入了中国共产党。他按照党的指示，到湖北黄陂、宋埠一带召集旧部策划起义，但没有成功。他又去找当时正隐居泰山的冯玉祥，希望他出面组织军队武装抗日。吉鸿昌自己也散尽万贯家财，变卖成6万银元购买武器装备，并联络各地抗日武装，准备起兵抗日。

第二年5月，吉鸿昌在张家口宣布成立"察哈尔民众抗日同盟军"，自己就任前敌总指挥兼第二军军长，率部向日伪军发动攻击，收复了康保、多伦等地。对于吉鸿昌的抗日行为，蒋介石不但没有支持，反而与日军一道夹攻抗日同盟军。不久，阎锡山的晋军也被蒋介石命令加入攻打吉鸿昌部队。担任了"察哈尔民众抗日同盟军"总司令的冯玉祥也动摇了，发表声明取消了同盟军司令的头衔。所以，只剩下吉鸿昌部队坚持抗战，不久就被打散了。

吉鸿昌自己不久也被蒋军扣留，要把他押送到北京审问。途中，押送人员在吉鸿昌的感化下，冒着生命危险放走了他。

1934年5月，吉鸿昌回到了天津，组织了"中国人民反法西斯大同盟"，积极开展抗日民族统一战线工作。

蒋介石当然不会容忍吉鸿昌这个如今的共产党员这么干，派出了军统特务想要暗杀他。这年11月的一天晚上，吉鸿昌在天津法租界遭军统特务暗杀受伤，被法国人逮捕，不久被引渡给国民党的军委会北平分会，这是当时蒋介石政府在北京的最高机构。

11月23日，北平军分会举行了"军法会审"。据说吉鸿昌在法庭上义正词严地说：

"我是中国共产党党员，由于党的教育，我摆脱了旧军阀的生活，而转到为工农劳苦大众的阵营里来，为我们党的主义，为全人类解放事业而奋斗，这正是我的光荣……"

会审的结果是，吉鸿昌被判"立即枪决"。

1934年11月24日，吉鸿昌披上他的将军斗篷，从容不迫地走向刑场。据说他用树枝在地上写下了一首诗：

"恨不抗日死，留作今日羞。国破尚如此，我何惜此头！"

就义时年仅39岁。

抗战军人之魂张自忠

张自忠是第二次世界大战中，盟军阵亡的最高军衔将领，被尊为"抗战军人之魂"。张自忠1891生于山东临清，1907年成婚，第二年考入了临清的高等小学堂，相当于今天的中学，1910年从高等小学堂毕业后，第二年又去了天津，就读于天津法政学校，第二年又转入山东济南法政专科学校。

1911年辛亥革命爆发后，一心报效国家的张自忠加入了孙中山的同盟会。三年后，又投奔了当时为北洋军第十六混成旅旅长的冯玉祥。冯玉祥见张自忠身材高大强壮，目光如炬，一身英武之气，十分高兴，当即委任他为中尉军官。

果然冯玉祥有知人之明，不久，张自忠便在冯军中崭露头角，当上了连长，并且他的连队在全旅的考核中多次名列第一，成为第十六混成旅的"模范连"。

1921年，张自忠被委任为冯玉祥卫队第三营营长，三年之后成为学兵团团长。

就在这一年，第二次直奉战争爆发，冯玉祥乘机发动北京政变，将废帝溥仪驱逐出紫禁城。张自忠部受命截击吴佩孚的交通兵团，迫其缴械投降。

不久，张自忠奉命移驻北京丰台火车站。当时英军已经在这里盘踞多年，不让张自忠的部队进入。他哪管这些，派一个连将车站占了下来，并且对前来抗议的英国人说："丰台车站是中国的领土，中国军队在自己的领土上执行任务，外国无权干涉。"英国人一听这还了得，立即派军队包围了车站，甚至开枪射击。张自忠立即命令车站守军，只要英国人开枪，就坚决回击。在他的强烈回击之下，英国人被迫妥协，将丰台车站交了出来。

1930年5月，爆发了规模空前的军阀大混战——蒋、冯、阎中原大战，虽然结果是冯玉祥战败，但张自忠的部队却显示了极强的战斗力，打败了蒋介石最精锐的部队之一教导第二师。大战结束后，他的部队还有五千余人，是西北军残部中最完整的部队之一。他拒绝了蒋介石高官厚禄的引诱，坚持追随冯玉祥，率军进入还没有被蒋介石控制的山西。这时候，冯玉祥西北军的残部尚有六七万，军中还有宋哲元、赵登禹等，后来都成了抗日名将。

这年11月，负责接受西北军残部的张学良将其改编为东北边防军第三军，宋哲元任军长，张自忠为其中的第三十八师师长。同年6月，南京国民政府整编了全国陆军，第三军改番号为第二十九军。

1931年，爆发了九一八事变，日军占领了东北三省，并在1933年初占领山海关，接着在短短十余天就占领了热河省。

宋哲元奉命率二十九军抵抗。出发前，张自忠召集他的三十八师进行了战前动员。他慷慨激昂地表示："日本人并没有三头六臂，只要我们全国军民齐心协力，与日寇拼命，就能将日寇赶出中国。国家养兵千日，用兵一时，为国捐躯，重如泰山！"

日军继续进军，1933年3月4日攻克承德后，开始向长城各口发动大举进攻。二十九军奉命在长城的喜峰口阻击敌人。3月7日，张自忠抵达喜峰口附近的三屯营，他对赵登禹等同胞说："人生在世总是要死的，打日寇为国牺牲是最光荣的。只要有一兵一卒，我们决心与日寇血战到底！"

3月9日，日军先头部队攻占了喜峰口的制高点孟子岭，以火力控制了喜峰口。如果我军白天攻击，很容易成为制高点上日军的活靶子。张自忠决定组织大刀队在夜里向日军发动攻击。

这一招果然奏效，日军想不到中国士兵这么勇敢，敢在夜里用大刀来砍人，被杀死了上千人。后来我军又从两翼迂回敌人侧后进行攻击，再次打败日军，取得了喜峰口之战的胜利，歼灭日军五六千人，大长了中国抗日军民的士气。

但一个喜峰口胜利不能扭转整个战局，国民党的长城抗战仍以失败告终。日军从其他地方顺利攻入长城以内，并准备迂回包抄，二十九军被迫放弃喜峰口。不久蒋介石政府同日本签订了《塘沽协定》，事实上承认了日军对东北三省的占领。从此长城成了边境，北京成了边境城市，中国的抗日形势更加严峻。

1937年7月7日，得寸进尺的日军又发动了卢沟桥事变，开始全面侵略中国。不久，上海、南京相继沦陷，日本侵略军兵锋直指战略要地徐州。

1938年3月，近八万日军兵分两路向徐州东北的台儿庄进击，在临沂一带遭遇阻截的中国军队，发生了激烈战斗，张自忠率第五十九军以一昼夜一百八十里的速度火速前来增援。与他对阵的是日军号称"铁军"的坂垣师团，火力占优，又有飞机、大炮、坦克、装甲车掩护。中国军队拥有的唯有不要命的精神。张自忠率军拼命抵抗，与日军展开残酷的肉搏战，许多阵地失而复得三四次，但中国军队死战不退。就这样，经过数天血战，日军终于抵挡不住了，开始后退。张自忠率军追击，收复了蒙阴、莒县等敌。这一仗又歼敌四千余人。

1938年6月，张自忠又率部参加了武汉会战。这年9月，日军两个师团沿公路西进，张自忠率军迎击。从9月9日到9月19日，张自忠率军与日军血战了整整10天。原定只要他在这里坚持7天就可以撤退，结果张自忠不但守了10天，最后还率部从容地在日军眼皮底下全师而退。

战后，立下大功的张自忠被升为第三十三集团军总司令，在汉水两岸排开了阵势，准备与日寇大战。

到1940年5月，日军为了控制长江交通、切断通往当时的首都重庆的运输线，集结30万军队大举进攻。张自忠作为集团军总司令，本来不必亲自率军迎战，但他不顾部下的再三劝阻，坚持由副总司令留守，亲自带领两千多人东渡襄河迎战日军。

行前，张自忠亲笔昭告部队官兵：

> "国家到了如此地步，除我等为其死，毫无其他办法。更相信，只要我等能本此决心，我们国家及我五千年历史之民族，决不至亡于区区三岛倭奴之手。为国家民族死之决心，海不清，石不烂，决不半点改变。"

率军渡河后，张自忠军一路猛攻，将日军第十三师团拦腰斩断。但毕竟人数太少，日军以优势兵力对张自忠部队发动猛攻。不久他残余的一千五百余人被近六千名日军团团包围。张自忠毫不畏惧，战斗异常惨烈，战至5月15日下午3时，身边士兵大部分已经阵亡，他本人也被炮弹炸伤右腿，但他们仍继续奋勇抵抗，一直激战到16日早晨。

16日，日军在飞机大炮的掩护下，向张自忠发动了更加猛烈的进攻，连续9次冲锋。张自忠从早晨到中午，一直在最前方亲自督战，到下午2时，他已经多处负伤，身边只剩下几个人。

不久，大群日军冲上了阵地。根据日方资料，日军第四队的一等兵藤冈是第一个冲上阵地的，突然看到从血泊中站起来一个身材高大的军官，目光极其威严，一下子使藤冈愣在了那里。冲在后面的第三中队长堂野随即开枪，子弹打中了那军官的头部，但他仍然没有倒下！回过神来的藤冈端起刺刀，拼尽全身力气猛然刺去，那军官的高大身躯终于轰然倒地。

不用说，这个军官就是张自忠将军。

此时是 1940 年 5 月 16 日下午 4 时。

惊闻张自忠战死，举国一片悲声，国民政府为他隆重举行了国葬。

东北抗日英雄杨靖宇

杨靖宇的名字大家都很熟悉，他是中国共产党最有名的抗日英雄之一。

杨靖宇 1905 年出生在河南省确山县一个贫苦农民家庭，原名马尚德，到 1932 年赴南满领导抗日斗争时才改成这个名字。

杨靖宇幼时在村里读过私塾，1918 年考入了确山县立第一高等小学堂，相当于现在的中学。

读中学时，杨靖宇还有一个小故事流传下来。据说有一天，杨靖宇正在学校里，突然听见外面有人叫喊，原来有个叫老张的被几个痞子兵打了。杨靖宇冲出去，大喊一声："你们太欺负人了！"打人的兵说："怎么啦？他得罪我们了，就该挨揍！"杨靖宇一听大怒，一挥手，说："上。"结果几十个学生一拥而上，把几个兵痞痛打一顿，赶出了学校。

中学毕业后，1923 年，杨靖宇进了开封纺织染料工业学校。也许由于出身的关系，杨靖宇很早就倾向革命，并在 1925 年 6 月加入了共青团。两年后，他领导了确山农民起义，同年 5 月加入中国共产党。

1928 年初，杨靖宇被调到中共河南省委工作，先后 3 次被捕入狱，但他运气不错，没有像许多革命者那样被枪毙。

1929 年，中共中央命令杨靖宇到东北，担任中共抚顺特别支部书记。这年秋天又被捕了，直到 1931 年九一八事变后才出狱。此后他担任了中共哈尔滨市委书记、满洲省委委员、代军委书记等职，成为东北人民抗日斗争的领袖之一。

后来，杨靖宇开始直接领导抗日军队，担任过中国工农红军 三十二军南满游击队政委、东北人民革命军第一独立师师长兼政委、南满抗日联军总指挥、东北人民革命军第一军军长兼政委等职，在东北抗日运动中的地位越来越重要。

1937年，杨靖宇担任了东北抗日联军第一路军总指挥兼政委，带领六千多人的队伍在东北南部进行抗日武装斗争。卢沟桥事变后，杨靖宇率军西征，经常主动打击日军，以支援内地轰轰烈烈的抗日斗争。

由于受到杨靖宇军队的多次沉重打击，日军加紧了清剿行动。1938年冬，他们在杨靖宇经常活动的地区实施了残酷的归屯并户政策，就是把原来分散居住的老百姓集中在某一个地方，然后像罪犯一样对他们牢牢看管监视，严防他们支持抗日联军。这样，归屯并户外的其他地方就成了无人区。这使得主要依靠老百姓支持的抗日联军一下子没了后盾，处境异常艰难。

到1939年冬，日寇进一步加强了对抗日联军特别是第一路军的围剿，组织了所谓的东三省联合大讨伐，采取的策略是"遇到山林队和抗联，打抗联放过山林队；遇到杨靖宇司令部和其他抗联，放过其他，死死咬住杨靖宇"。因为他们知道，杨靖宇乃是东北抗日联军的领袖与灵魂，只要消灭了他，整个抗日联军就难以支撑了。

后来，杨靖宇率领抗日联军第一路军的一千多人退入了长白山密林中，继续顽强抗日。在蒙江县境与敌人的战斗中遭受重大损失，损失上千人，他的队伍只剩下四百多人。

但就是这400多人也面临严重的困难。到1940年初，为了给队伍筹集粮食药品，杨靖宇命部队主力北上，自己只带领一支小分队往东。由于遭到日伪军一路跟踪追击，不断有战士死伤，到最后他身边仅剩下6名战士，其中4名还是伤员。杨靖宇先要这4名伤员转移，不久，剩下的2名战士也被日伪军杀害了。

到1940年2月23日，这时候在吉林蒙江县保安村一带的杨靖宇已经只剩下孤身一人。他遇到了4个中国人，虽然手中有枪，但他没有动武，而是给了他们一些钱，请他们帮他买些吃的来。但其中有个人回去后立即向日伪军告了密。于是，日军的关东军讨伐队立即杀来，包围了杨靖宇。杨靖宇知道自己已经必死无疑，但他毫不畏惧，与日伪军展开了激烈的枪战。

日本侵略者当时留下了一份战场实录，其中有这样的记载：

　　"讨伐队已经向他（杨靖宇）逼近到一百米、五十米，完全包围了他。讨伐队劝他投降。可是，他连答应的神色都没有，依然不停地用手枪向讨伐队射击。交战20分钟，有一弹命中其左腕，吧嗒一声，他的手枪落在地上。但是，他继续用右手的手枪应战。因此，讨伐队认为生擒困难，遂猛烈向他开火。"

于是敌人用机枪向杨靖宇扫射，将他打成了马蜂窝，他这才倒下。

杨靖宇将军身高近两米，在那个时代是很少见的巨人，又如此勇猛，令日军感到不可思议，想看看这个人究竟是用什么材料做成的。于是他们将杨靖宇的尸体拉回蒙江县城的医院。

经医生解剖检查，发现他的胃肠里一粒粮食也没有，只有没有消化的草根、树皮和棉絮。

很多天以来，杨靖宇就是吃着这些东西，与日军战斗至死的。

引领德国统一的俾斯麦

俾斯麦这个名字大家可能比较陌生，但它对于德国人而言可是大名鼎鼎的，可以称为德国历史上最重要、最受尊敬的人物之一。他之于德国人就像汉武帝或者唐太宗之于中国人一样，是领导国家走向统一与强盛的领袖人物。

俾斯麦1815年出生在德国普鲁士的勃兰登堡，他的家族是德国的大容克贵族世家，这些容克贵族世代主导着德国的政治生活。

俾斯麦的父亲是一位大地主，像其他所有容克贵族一样，当过军人。他希望儿子也能成为出色的军人，为国家尽忠，但他的母亲则希望儿子当政治家。这两者当然不是互相矛盾的，就像拿破仑一样，既是伟大的军人，也是伟大的政治家。

8岁时，俾斯麦被送往德国教育质量最好的首都柏林去上小学。据说由于同学大多是柏林的资产阶级子弟，因此排挤他这样的容克贵族子弟，使他的学校生活颇为不幸。但他学习努力，成绩优良。

12岁时，俾斯麦上了中学，他更加勤奋，成绩也更好，尤其在语言方面成就非凡，精通英语、法语、俄语、波兰语、荷兰语等多国语言，成为一个难得的语言天才。这样的天才除了搞语言学研究外，最好的职业当然是当外交官了。

未满17岁时，俾斯麦进入位于普鲁士著名的哥廷根大学。但这时候的俾斯麦开始展现了鲜明的个性，对学习也不上心了。据说他不务正业，经常腰间挂着佩剑，牵着条大狼狗，在校园里四处游逛，还特别好战斗狠，曾有过参加27次决斗的辉煌纪录，虽然每一次都可能致他于死命，但他凭着自己强健的身体与超好的运气，一直活得好好的。

后来，他又转到了柏林大学，读法律系，但仍然是老样子。1835年毕业后他当了律师，但这可不是他喜欢的职业，他喜欢的职业这时候已经定格在当官与搞政治上。所以，他不久就投考政府公务员，当上了一个小小的书记员。

据说这时候他爱上了一位贵族小姐，双方订下了婚约。但由于他没多少钱又喜欢赌博，结果输掉了所有的钱，还欠下很多债，因此，被贵族小姐一脚踢开了。后来，他又爱上了一位牧师的女儿，再次订婚，但这位小姐还是比较爱钱，后来嫁给了一个有钱的军官。俾斯麦最后只能灰头土脸地从柏林回家乡去了。

回家乡后，他从父亲那里继承了不少地产，当上了庄园主，但这也不是他喜欢干的活，于是他又进入了政坛。他首先当上了河堤监督官。这时候他已经变得成熟了，工作兢兢业业，政绩十分突出，得到了不少的支持者。后来他凭着这份资历参加了议会选举，不久成功当选为柏林州的议员。这时是1847年，俾斯麦只有32岁。

因为他年轻有为，所以在政坛迅速蹿红，1851年出任法兰克福邦联会议的普鲁士代表，不久后又升为大使。到了1857年，由于腓特烈·威廉四世精神失常，于是由他的弟弟威廉亲王摄政，威廉亲王一直比较欣赏俾斯麦，不久任命他为德国最重要的外交官——驻俄大使。

在驻俄大使任上，俾斯麦同样干得出色，于是在1861年威廉亲王登基为威廉一世后，任命俾斯麦为内相。但俾斯麦对于这个职业并不满意，因此没有履职，第二年又被任命为更重要的驻法大使。

这一年，政府和议会陷入僵局。经过双方的多次协调，最后威廉一世从巴黎召回了俾斯麦，任命他为首相兼外交大臣。这是1862年9月的事，从此，俾斯麦就成为了德国政坛实际上的主宰者。

就在当上首相不久的9月26日，在下议院的一次演讲中，俾斯麦就发表了他著名的政治宣言。他说：

> 德意志所瞩望的不是普鲁士的自由主义，而是普鲁士的威力……当代重大问题不是说空话和多数派决议所能解决的——1848年和1849年的错误就在这里——而必须用铁和血来解决。

他不但这样说，而且是这样做的，所以，不久就被冠以"铁血首相"的绰号，并且以此绰号闻名于世。

据说，对俾斯麦这样的行为，国王曾对他说："我很清楚结局，他们会在歌剧广场我的窗前砍下你的头，过些时候再砍下我的头。"而俾斯麦则答道："既然迟早要死，为什么不死得体面一些？……无论是死在绞架上抑或死在战场上，这之间是没有区别的……必须抗争到底！"

而他这个抗争，指的其实就是一件事情：要使千年以来四分五裂的德国走向统一。这当然也是国王之所愿，因此，威廉一世从此不惜代价地支持自己的首相和他统一德国的大业。

俾斯麦的计划大体是这样的：第一步是建立更加强大的普鲁士军队，这乃是统一之根本。俾斯麦深知，所谓"铁和血"，铁就是枪炮，血就是军人，没有锐利的枪炮、能战的军人，一切都是废话。

有了强大的军队作基础，俾斯麦那"有魔鬼般智慧"的办法就出笼了。

俾斯麦深知，在统一的道路上要拔掉两颗钉子：一是奥地利、二是法国。他的计划就围绕这个而展开。

我们从地图上可以看到，在德国北面有个小国叫丹麦，论实力而言，当然不是普鲁士的对手。俾斯麦就决定从打丹麦开始。

但攻打他国像人打架一样，得找个借口。也是俾斯麦的运气好，在他当上首相的第二年就找到借口了。原来德意志北部有两个小邦，它们一向是丹麦国王的私人领地，不过并不是丹麦领土，而是德意志诸侯之一。在这个时代，领地与领土是有区别的。丹麦国王这年干脆把它们并到丹麦了。俾斯麦一看，立即把这作为借口向丹麦开了战。

　　不仅如此，俾斯麦在这里显露出了他的不世雄才。他不是自己单独去同丹麦作战，而是以德意志同胞的名义邀奥地利一起参加，并且许诺胜利后各分一邦。奥地利当然知道就是不用它帮忙，普鲁士打赢也会易如反掌，他只要随便派几个兵就行了，送到手上的便宜如何不捡！

　　结果当然是丹麦战败求和，献出了两邦。普鲁士就把一个叫霍尔斯坦的给了奥地利。

　　我们马上就会看到俾斯麦是多么的狡猾了。

　　奥地利一拿到霍尔斯坦，俾斯麦立即开始了频繁的外交活动，分别向普鲁士和奥地利的三个大邻邦，包括法国、俄国以及这时候已经基本独立的意大利大肆献媚，例如，帮俄国镇压被沙俄吞并的波兰的起义；又对法国说，他不反对法国把卢森堡占过来；又对意大利说，他一定帮忙把威尼斯从奥地利手里夺过来。

　　这样，这三个国家都答应在未来的战争中与他站在一边。

　　这一切安排好后，俾斯麦开始向奥地利挑衅了。他的法子直截了当：要奥地利人把霍尔斯坦让给普鲁士。因为在霍尔斯坦与奥地利之间隔着一个普鲁士呢。奥地利当然不答应平白无故地丢掉一大块领土。俾斯麦当然也知道，他要的就是奥地利人不答应。

　　他便把这个作为借口，向奥地利宣战。

　　战争的结果可想而知，萎靡不振的奥地利人哪是雄赳赳气昂昂的普鲁士大军的对手？萨多瓦一战，奥军被普鲁士军打得惨败，意大利这时也来个趁火打劫，从背后向奥地利杀来，奥地利只好忙不迭地求和了。这时距战争开始才两个月。

　　普鲁士也见好就收，答应了奥地利的求和。双方在布拉格签订合约，奥地利割让霍尔斯坦，并同意普鲁士在北部德意志建立联邦。不过普鲁士只象征性地要了一点战争赔款，本来它可以要得更多的。这让奥地利很高兴，甚至心存感激。下文我们会看到，这也是俾斯麦的妙计。

这是1866年8月的事。

第二年，北德意志联邦成立了，在这个联邦里当然一切是普鲁士说了算：普鲁士的国王是联邦的世袭首脑，普鲁士的首相是联邦的当然总理。

德意志由此统一了一半。

但对于俾斯麦，这只意味着另一半德意志尚未统一。

是谁阻碍了统一？当然不是奥地利，它已经没这能力了。我们前面说过，有两个大敌在阻碍俾斯麦统一德意志，一个是奥地利，已经不能阻碍了，另一个大敌就是法国。

俾斯麦寻找着向法国宣战的借口。

这时法国正处在路易·拿破仑，即拿破仑二世的独裁统治之下，而且他也正渴望用一场战争来平息人民对他的不满呢。他也把目光投向了尚未完全统一的普鲁士。普鲁士这时候还是羽翼未丰，要打得趁早下手，用他们自己的话来说，叫"此刻或者永不"！

后面的事我们已经说过了，双方都如愿以偿，找到了战争的借口。结果就是1870年7月的普法战争。

战争的结果我们也知道了：拿破仑二世做了俘虏，法国彻底失败。现在我们来讲讲大致的过程。

这次是拿破仑二世主动宣战的，所以他也想主动进攻。

拿破仑二世是法国的总司令，他定了一个美好的计划，即集中优势兵力迅速攻入南德意志，迫使南德意志诸邦保持中立，然后再攻普鲁士。

这个计划听上去很好，可惜的是他不了解现在的法军，还以为同他叔叔时的法军一样地善于急行军呢。但实际上，这时的法军与从前的法军已经判若两军了，直到7月底才把22万军队运到边境。

普鲁士军的总司令是威廉一世，实际指挥是总参谋长老毛奇（以后还有个小毛奇）。老毛奇是个出色的统帅，他制订的战略计划简单实用，即集中优势兵力，将法国主力聚歼于德法边境，再乘虚直捣巴黎。

这时的普鲁士充分显示了其经济与军事的双重优势：它有比法国更稠密的铁路网、更迅捷的军队。到7月底，普军已有装备整齐的近五十万大军集中边境，等待决战。

8月2日，法军先向普军发动进攻，但随即被击退。4日，普军转入进攻。

4日、5日、6日，普军三日三战三捷。

这时，法军两大统帅之一巴赞连败之后，没有迅速退兵，被行动极速的普军四面围困于麦茨要塞。

另一路法军由麦克马洪指挥，本想退往巴黎固守，然而拿破仑二世命令他去救巴赞。于是他率军冒险北进，他自己也随军行进。随即在色当被普军重重围困。

9月2日，拿破仑二世孤注一掷，与普军决战于色当，惨败。

次日，拿破仑二世率全军投降，共计10万余人、39名将军。

10月27日，在梅斯城，巴赞亦率整整14万装备完好、士气也并不低落的法军向普军投诚。

普法战争以普军彻底胜利而告终。

接下来，普鲁士与法国签订的和约内容我们已经知道了。与战胜法国同样重要的是：普鲁士统一德国的最后一道障碍被扫除了。

1871年1月18日，在凡尔赛宫镜厅，威廉挟法兰西征服者的威风宣布成立德意志帝国。

统一德国后，俾斯麦又大力推动德国经济的发展，也取得了相当的成就，使德国经济迅速发展，成为欧洲和世界新的经济强国，打下了直到今天德国都是世界经济强国之一的最初的基础。

到了1888年，一直坚定不移地支持俾斯麦的威廉一世去世了，他的儿子腓特烈·威廉继位。但他在即位的一百来天后就病死了，他的儿子威廉二世继位。新王时年只有29岁，但年少气盛，不甘心被笼罩在自己首相的光芒之下，于是刻意地与俾斯麦作对，在很多问题上不同意他的意见。

这时候的俾斯麦已是73岁高龄，执政了26年之久。对于这样的局面他岂能不理解。于是，1890年3月，他向威廉二世递交了呈辞。

1898年7月，为德国的统一做出了最大贡献的铁血宰相俾斯麦，悄无声息地离开了这个精彩的世界，享年83岁。